Der Mann aus den Wolken

J. Storer Clouston

Writat

Diese Ausgabe erschien im Jahr 2023

ISBN: 9789359253770

Herausgegeben von
Writat
E-Mail: info@writat.com

TEIL I

ICH

IN DEN WOLKEN

„Mein Gott", sagte Rutherford, „das Kabel ist gerissen!"

Im Nu beugte ich mich über die Seite des Korbes. Fünfhundert Fuß, 700 Fuß, 1000 Fuß, 2000 Fuß unter uns schrumpfte der Kreuzer, der unsere einzige Verbindung zur Welt der Menschen gewesen war, so schnell, dass er, soweit ich mich erinnere, auf die Kleinheit eines Schleppers geschrumpft war Dann verschwand er im Dunst, bevor ich ihm überhaupt antwortete.

„Ist irgendetwas zu tun?" Ich fragte.

„Nichts", sagte er.

Selbst in der Nähe des Wassers war es immer nebliger geworden, und als der losgelassene Ballon nun in eine Höhe von fünf-, zehn- und bald zwölftausend Fuß schoss, verschwand alles im Himmel und auf der Erde bis auf den weißen, klebrigen Nebel . Durch einen gleichzeitigen Impuls zündete er sich eine Zigarette und ich eine Pfeife an, und ich erinnere mich noch genau daran, wie ich mich gefragt habe, ob er irgendeinen Anflug dieser selbstbewussten Missachtung des Schicksals und der absichtlichen Absicht gespürt hatte, das Coolste zu tun, was möglich war, was ich gestehen kann, dass ich es empfand ich selbst. Wahrscheinlich nicht; Rutherford war die echte Marine und ich nur ein RNVR-Amateur mit Zick-Zack-Ringen. Dennoch ist der Geist der Marine ansteckend und ich habe einen fairen Versuch unternommen, seinem starken Herzen Gesellschaft zu leisten.

„Was *soll* mit so etwas geschehen?" Ich habe nachgefragt.

„Wenn dieser Wind anhält, könnten wir möglicherweise irgendwo landen – mit außerordentlichem Glück."

"Auf der anderen Seite?"

Er nickte und ich dachte nach.

Es war gegen Ende August 1914. Wir befanden uns etwa in der Mitte der Nordsee, als der Beobachtungsballon aufstieg, und ich hatte Rutherford überredet, mich im Korb mitzunehmen. Vor fünf Minuten hatte ich mir gesagt, dass ich der glücklichste RNVR-Unterleutnant der Marine sei; Und dann passierte plötzlich das Schreckliche. Ich verrate zwar keine Marinegeheimnisse, aber ich nehme an, jeder weiß, dass Schleppballons manchmal auf See eingesetzt werden, und es ist ziemlich offensichtlich, dass ihnen bestimmte Unfälle passieren können. In diesem Fall ereignete sich der offensichtlichste aller Unfälle ; Das Kabel riss, und schon steuerten wir, soweit ich es beurteilen konnte, auf die Sterne zu, die über der deutschen Küste funkeln. Zumindest zeigte unser Aneroid, dass wir schneller aufstiegen, als jeder Vogel aufsteigen konnte, und der Westwind wehte direkt auf die Elbmündung zu, als wir ihn zuletzt spürten – denn in einem freien Ballon hört man natürlich auf zu spüren Wind insgesamt.

Eine Zeit lang redeten wir beide nicht, dann kam mir plötzlich ein Gedanke und ich fragte:

„Haben Sie bemerkt, wie spät es war, als wir losbrachen?"

Rutherford nickte.

„Ich nehme mir die Zeit", sagte er, „und wenn wir davon ausgehen, dass die Brise von zwanzig Knoten anhält, könnten wir gegen sechs Uhr einen Absturz riskieren."

„Ein Tropfen" bedeutete, in den Weltraum zu springen und darauf zu vertrauen, dass der Fallschirm seine Aufgabe ordnungsgemäß erfüllt. Ich spürte, wie sich mein Innerstes plötzlich zusammenzog, als ich an den Sprung ins Leere dachte, aber ich fragte ganz ruhig:

„Und vorausgesetzt, die Brise hält nicht an?"

„Oh, es wird schon gut halten; es wird sogar steigen, wenn überhaupt", sagte er.

Wir waren erst seit einer Woche Schiffskameraden (das war der Umfang meiner nautischen Erfahrung), aber ich hatte in dieser Zeit genug über Rutherford gelernt, um zu wissen, dass er einer der positivsten und selbstbewusstesten Menschen war, die atmeten. Dem musste man Rechnung tragen; Dennoch ist das die Art von Gesellschaft, die man sich bei einer unfreiwilligen Ballonexpedition über die Nordsee durch dichten Nebel wünscht.

„Und wo werden wir wahrscheinlich hinkommen?" Ich habe nachgefragt.

„Wir könnten die deutsche Küste bis nach Borkum oder einer der anderen Inseln im Süden erreichen oder irgendwo im Norden bis nach Holstein landen."

„Nicht Holland oder Dänemark?"

Er schüttelte positiv den Kopf. „Kein Glück."

Obwohl dies ein wenig deprimierend war, war es beruhigend zu spüren, dass man mit einem Mann zusammen war, der sich so gut mit der Luft auskannte.

Ich schaute auf unsere Karte, beurteilte den Wind und kam zu dem Schluss, dass er wahrscheinlich Recht hatte. Die Chancen, ein neutrales Land zu gewinnen, schienen sehr gering. Merkwürdigerweise hatte ich die Wahrscheinlichkeit, überhaupt kein Land zu erreichen, für den Moment außer Acht gelassen. Rutherford war so vollkommen überzeugt.

„Und wie sieht das Programm aus , wenn wir landen?" Ich fragte.

„Nun, wir müssen so schnell wie möglich von dort verschwinden. Das ist ziemlich offensichtlich."

"Wie?"

„Du kennst die Fachsprache, nicht wahr?"

"Ziemlich gut."

„ Gut genug, um nicht als Ausländer erkannt zu werden?"

„Das glaube ich fast."

„Das Erste, was ich jemals von der Ehre des diplomatischen Dienstes gehört habe!" er lachte. „Nun, Sie müssen irgendetwas sagen, wenn wir uns mit den Eingeborenen anfreunden. Natürlich werden wir versuchen, ihnen aus dem Weg zu gehen , wenn wir können, und nach Kompass im ganzen Land entweder für Dänemark oder Holland arbeiten." "

„Hast du einen Kompass?" Ich fragte.

"Verdammt!" rief er und für ein paar Augenblicke legte sich ein Stirnrunzeln auf sein Bulldoggengesicht. Dann klarte es wieder auf und er sagte: „Schließlich müssen wir nachts umherziehen und die Sterne werden es auch tun."

Er war nie ein großer Redner und danach verstummte er völlig und ich war meinen Gedanken überlassen. Obwohl ich für den Aufstieg glücklicherweise reichlich zusätzliche Kleidung angezogen hatte, wurde mir oben in der Höhe, eingehüllt in den kalten, weißen Nebel, langsam kalt, und ich habe nichts dagegen, zuzugeben, dass meine Gedanken nach und nach etwas ernster wurden, als es sein sollte ganz ehrlich) sind sie normalerweise. Ich glaube kaum, dass Rutherford trotz all seiner Tugenden viel Fantasie hatte. Ich habe ein gutes Geschäft gemacht – manchmal etwas zu viel – und neben einer sicheren Landung und einer triumphalen Flucht zeichneten sich mehrere andere mögliche Enden unserer Reise ab. Vor allem zwei musste ich ständig im Kopf behalten: einen Abstieg mit einem Fallschirm, der sich nicht öffnen ließ, sei es auf deutschem oder anderem Boden, oder einen Spritzer und dann einen kurzen Kampf in der kalten Nordsee. Ich bin kein großer Schwimmer und es würde bald vorbei sein.

Und so vergingen die Stunden langsam; immer der gleiche Nebel und im Allgemeinen die gleiche Stille. Gelegentlich unterhielten wir uns ein wenig, und dann verstummten unsere Stimmen für längere Zeit und es herrschte völlige und absolute Stille – nicht das leiseste Geräusch irgendeiner Art oder Art. Wir hatten lange, lange geschwiegen und ich hatte gerade so viel nachgedacht, wie gut für meine Nerven war, als Rutherford plötzlich ausrief:

„Wir sind über Land!"

Er schaute über den Rand des Korbes und sofort starrte ich auf meiner Seite ins Leere. Außer Nebel war sicherlich nichts zu sehen.

„Ich kann Land riechen", sagte er, „und ich habe gerade etwas gehört."

„In dieser Höhe!" rief ich aus.

„Wir sind auf deutlich unter sechstausend Fuß gesunken", sagte er.

Ich wollte überzeugt werden, aber das war mehr, als ich glauben konnte.

„Der Geruch muss teuflisch stark sein", stellte ich fest. „Und ich fürchte, ich muss eine Erkältung im Kopf haben. Außerdem ist es erst halb fünf."

Wie ich bereits sagte, war der arme Rutherford der positivste Mensch der Welt. Er beharrte darauf, dass wir über Land waren, aber es gelang mir, ihn zu überreden, noch etwas zu warten, um sicherzugehen. Er wartete eine halbe Stunde und als er sprach, konnte ich sehen, dass er sich entschieden hatte.

„Wir fallen ziemlich schnell", sagte er, „und ich persönlich würde lieber die Chance nutzen, mit dem Fallschirm abzuspringen, als in diesem Korb zu bleiben, bis wir stoßen. Wenn jemand einen Abwurf versucht, ist es großartig, zu sehen, dass es so ist." ein langer Fallschirm. Fallschirme öffnen sich nicht immer so schnell, wie sie sollen. Jeden Moment können wir plötzlich anfangen zu fallen, also gehe ich jetzt über Bord."

Meine eigene Karriere hat es bisher nicht geschafft, meine Freunde davon zu überzeugen, dass Besonnenheit meine bestechende Tugend ist, aber ob es die ernüchternde Wirkung dieser langen Stunden kühlen Nachdenkens war oder ob mein guter Engel mir zu Hilfe kam, weiß ich nicht; Jedenfalls schüttelte ich genauso entschieden den Kopf, wie er nickte.

„Wir sind nur so lange unterwegs gewesen, wie Sie für die Landung vorgesehen hatten", argumentierte ich, „und es ist durchaus möglich, dass die Brise etwas nachgelassen hat. Ehrlich gesagt habe ich weder ein Geräusch gehört noch einen Geruch gerochen, der auf Land darunter hindeutete Wir können noch viel mehr abwerfen und haben Platz für die Fallschirme. Warten wir, bis wir auf 1.000 Fuß herunterkommen."

„Machen Sie, was Sie wollen", sagte er. „Ich gehe rüber."

„Und ich gehe noch nicht", sagte ich.

Wir sahen uns einen Moment lang schweigend an, dann streckte er seine Hand aus.

„Na, auf Wiedersehen und viel Glück!" sagte er.

„Warte noch ein bisschen!" Ich flehte ihn an.

„Mein lieber Merton", sagte er, „ich spüre es in meinen Knochen, dass wir viel schneller vorangekommen sind, als wir berechnet hatten. Tatsächlich weiß ich, dass wir es getan haben! Man bekommt *einen* Instinkt für so etwas, und das schafft man auch." eine Art allgemeine Idee, wann man den Korb aufschneiden und springen sollte. Ich sage dir, wir waren die letzte halbe Stunde über Land. Komm schon, alter Junge, ich rate dir ehrlich, auch zu springen."

Ich hätte fast nachgegeben, aber irgendein Instinkt schien mich zurückzuhalten. Der Gedanke, dass er glauben könnte, ich würde ihn im Stich lassen, der Verdacht, dass er vermutete, ich hätte ein wenig Angst vor dem Sturz, trieb mich fast mit ihm über den Rand des Korbes. Ich kam mir brutal vor, weil ich mich zurückhielt, aber in meinem Herzen war ich genauso sicher, dass er zu früh aufsprang, wie er das Gefühl hatte, ich würde zu lange warten. Also schüttelte ich ihm die Hand und er ging hinüber; Ich erhaschte einen flüchtigen Blick auf etwas Dunkles unter mir, und dann verschluckte ihn der Nebel. Rutherford war verschwunden, und ich kann jetzt genauso gut sagen, dass man nie wieder eine Spur von ihm gesehen hat.

Wenn Sie wissen möchten, wie Einsamkeit – wirklich schreckliche Einsamkeit – ist, dann kenne ich kein besseres Rezept, als in einem Ballon durch den Nebel zu treiben, ohne Ihren einzigen Begleiter und nicht den leisesten Glauben im Herzen, dass Sie sich im Umkreis von hundert Meilen befinden von jedem Quadratzentimeter Erde. Ich glaube fast, dass die Tatsache, dass der Ballon stetig sank und ich früher oder später auch aus ihm springen musste, das Einzige war, was meine Stimmung sowieso auf Trab hielt. Die Aussicht auf selbst die verzweifeltste Aktion war besser, als endlos dieser feuchten Leere gegenüberzustehen.

Auch wenn mir die Chance, Land zu gewinnen, zu diesem Zeitpunkt verschwindend gering vorkam, war es für den Fall, dass ich solch ein fast unvorstellbares Glück hatte, gut, einige Vorbereitungen zu treffen, um in einem feindlichen Land um mein Geld zu kämpfen. Ich zog meinen Uniformmantel aus und verstaute alles, was ich behalten wollte, aus den Taschen in denen meines Ölzeugs. Das habe ich dann angezogen und zugeknöpft, und natürlich habe ich meine Mütze abgenommen.

Und dann rauchte ich noch eine Pfeife, beobachtete das Aneroid und versuchte, überhaupt nicht nachzudenken, bis mir plötzlich klar wurde , dass wir uns deutlich weniger als tausend Fuß über dem Land befanden oder über dem Meer? Der Himmel wusste was, aber wir fielen schnell und wir hatten keine Zeit mehr zu verlieren. Ich befestigte den Fallschirm an meinem Bein, stieg auf den Rand des Korbs und dann – nun ja, ich hätte ihn fast vermasselt. Ich erinnere mich, dass mein letzter Gedanke ein schreckliches Gleichnis von einem Mann war, der mit einem Seil um den Hals von einem Baum springt, und dann zwang ich mich irgendwie, loszulassen.

Zu den nächsten Sekunden kann ich keine Angaben machen, weder zur Höhe noch zum Tempo. Ich weiß nur, dass ich, als mir zum ersten Mal etwas bewusst wurde, wie eine Schneeflocke durch den Nebel schwebte und dass ich im Laufe dieses Treibens mehrere Seiten mit meinen Gedanken füllen konnte. Mir kam es so vor, als gäbe es kaum einen Vorfall in meinem Leben, der mir nicht wie ein blitzschneller Film durch den Kopf ging. Zu den anschaulichsten Vorfällen gehörten die letzten drei Bälle des Overs, in denen ich im Uni-Match den Century toppte, mein Interview mit meinem armen lieben Onkel, als ich die Nachricht überbrachte, dass ich mich dem offiziellen Konkursverwalter stellen und den Diplomaten fallen lassen musste Gottesdienst und der erste Abend von „Bill's All Right", als ich mein Debüt auf der Bühne gab. Eine brillante Karriere! Und ich ließ es sehr schnell Revue passieren, denn gerade als ich die Theaterepisoden erreicht hatte, veränderte sich das Licht außerordentlich, und meine Gedanken wandten sich plötzlich von meinen vergangenen Verfehlungen ab …

Es war Abend, als ich aus den Wolken fiel, aber der Nebel sorgte dafür, dass das Licht sehr weiß, wenn auch eher gedämpft war. Jetzt schien plötzlich Schwärze unter meinen herabsteigenden Füßen aufzusteigen, und im selben Moment lichtete sich der Nebel, bis ich rundherum einen freien Raum unter mir sehen konnte. Dieser Raum war grün und bevor mir klar wurde, was das Grün bedeutete, saß ich in einem Kleefeld.

II

DER MANN AM UFER

Die Brise, die den Ballon hoch über ihnen getrieben hatte, war offensichtlich nur eine Oberströmung, denn in diesem Kleefeld herrschte fast völlige Stille. Zwischen dem Einbruch des Abends und dem dünnen Nebel war meine Sicht auf einen Radius von etwa einer Viertelmeile beschränkt, aber ich kann Ihnen versichern, dass ich diesen sichtbaren Raum intensiver studiert habe, als ich jemals etwas in meinem Leben studiert habe. Es schien ein fast flaches Land zu sein, in dem ich gelandet war, alles kultiviert, aber sehr karg. Ich befand mich etwa fünfzig Meter von einer niedrigen, rauen Steinmauer entfernt, und auf der anderen Seite davon lag ein Maisfeld. Auf jeder anderen Seite verschwanden andere Felder im Abend und im Nebel, und das war alles, was man sehen konnte. Ich sah kein Zeichen eines Hauses, eines Baumes oder einer Hecke, und ich hörte kein Geräusch außer dem Schrei eines fernen Seevogels.

In den fröhlichen Tagen, als ich Attaché in Berlin war, hatte ich eine ziemlich allgemeine Bekanntschaft mit Deutschland gemacht, und ich hielt den Ort, an dem ich gelandet war, sofort für einen Teil des flachen, windgepeitschten Landes unweit der Nordseeküste. Tatsächlich deutete die schreiende Möwe darauf hin , dass das Ufer ziemlich nahe war. Das passte so genau zu unseren Berechnungen, dass ich mich sofort entschlossen habe, damit als Arbeitshypothese zu beginnen und mich entsprechend zu verhalten.

Doch wie genau sollte man sich entsprechend verhalten? In welche Richtung soll ich abbiegen? Was soll ich anstreben? Soll ich mir ein Haus oder einen Einheimischen suchen und darauf vertrauen, dass mein Deutsch immer noch auf dem alten Höchststand ist , oder soll ich mich für die Nacht zurückhalten? Ich stand einfach ein paar Minuten da und wunderte mich, und dann entschied ich mich für eine prompte und sofortige Tat. Der Fallschirm musste versteckt werden, sofern diese Gegend überhaupt etwas verbergen konnte.

Ich packte es so ordentlich wie möglich zusammen und machte mich dann auf den Weg zur niedrigen Mauer. Meine ersten Schritte auf dem festen Boden mit seiner weichen Matte aus Klee und Gräsern bereiteten mir ein außergewöhnliches Vergnügen. Allein schon wieder am Leben und auf der Erde zu sein schien keine Wünsche offen zu lassen. Nahe der Wand erhob sich plötzlich ein Pipi von meinen Fußen und flatterte mit einem melancholischen Schrei nach dem anderen in die Dämmerung. „Pipi! Pipi!“ Ich werde dieses Geräusch nie hören, ohne an dieses einsame, neblige Feld zu denken. Ich blieb stehen und sah mich ängstlich um, aber sonst war kein Lebewesen gestört worden, und bald verstaute ich den Fallschirm in einem Bett aus hochrangigem Gras und legte direkt unter der Mauer an.

Dann blieb ich stehen und lauschte noch einmal. Wieder einmal schrie ein entfernter Seevogel, und ich beschloss, mich auf den Weg zum Geräusch zu machen, um die Küste zu finden und zumindest eine Peilung zu bekommen. Ich folgte der Mauerlinie, überquerte eine weitere niedrige Mauer und ein weiteres Feld mit dünnem, rauem Gras, und dann wurde mir klar , dass ich fast am Rande des Meeres war. Das Rauschen der Dünung an den Felsen drang an mein Ohr, und das trübe, neblige Grün des Landes verschwand im nebligen Grau des weiten Wassers.

Ich stieg über eine weitere dieser niedrigen, eingestürzten Mauern und befand mich nun auf dem frischen, kurzen Gras, das die Küsten säumt, mit Felsen vor mir und dem Meer, das etwa zehn Meter unter mir gut sichtbar war. Ich hatte also gerade Land gemacht und nichts mehr! Armer Rutherford; Ich erriet sofort sein Schicksal.

Etwas ziellos machte ich mich auf den Weg nach links. Irgendwie hatte ich mir in den Kopf gesetzt, dass ich näher an der niederländischen als an der dänischen Grenze war, und meine Idee war, in ein neutrales Land aufzubrechen. Die Küste drehte sich landeinwärts um eine Bucht herum und fiel gleichzeitig scharf ab, und kaum hatte ich mich umgedreht, um ihr zu folgen, schien eine Gestalt aus der Senke aufzutauchen.

Ich weiß nicht, ob der Mann dort gehockt hatte oder ob es die Neigung des Bodens war, die ihn plötzlich sichtbar machte, aber dort war er keine zehn Schritte entfernt. Ich konnte erkennen, dass er Ölzeug und Südwestwester trug, und hielt ihn sofort für einen Fischer.

"Guten Abend!" Ich weinte fröhlich in meinem besten Deutsch. „Es ist eine schöne Nacht!“

"Guten Abend!" sagte er, ebenfalls auf Deutsch und scheinbar ganz unwillkürlich, denn im nächsten Moment sprach er wieder in einer ganz anderen Tonart, und zwar *auf Englisch* .

„Mein Gott! Bist du verrückt?“ sagte er mit tiefer, intensiver Stimme und einem deutlichen Anflug von gutturalem Akzent. „Sprechen Sie hier kein Deutsch! Haben Sie keine andere Sprache? Sprechen Sie kein Englisch?“

Ich weiß nicht, ob du mich mit einer Feder im wahrsten Sinne des Wortes hättest umhauen können, aber eine kräftige Feder wäre dem sicherlich ziemlich nahe gekommen. Ich starrte ihn einfach an.

Wieder sprach er; Diesmal auf Deutsch, aber fast im Flüsterton.

„Sprechen Sie hier nicht so laut Deutsch! Können Sie kein Englisch?“

Eine schwache Wahrnehmung der fast unglaublichen Wahrheit begann in mir zu dämmern und ich tat mein Bestes, um mit der Situation klarzukommen. Ich musste meinen erstaunten Blick erklären; Das war der erste Gedanke, der mir durch den Kopf schoss.

„ Natürlich spreche ich Englisch“, sagte ich, und durch die Gnade des Himmels sagte ich diese Worte instinktiv mit dem Akzent des deutschen Kellners in „Bill's All Right“ (mein erstes Vergehen auf der professionellen Bühne), „aber Ich dachte, du wärst Hans Eckstein. Ich konnte meinen eigenen Augen kaum trauen!“

„Hans Eckstein? Wer ist er?" fragte meine neue Bekanntschaft, und ich war erfreut, in seiner Stimme keinen Verdacht, sondern nur ein wenig Erstaunen zu bemerken.

„Ein Freund", antwortete ich leichthin, „einer von uns."

Er sah mich einen Moment lang sehr ausdruckslos an, und in diesen Sekunden des Schweigens wurde mir allmählich klarer, was passiert sein musste . Der obere Luftstrom wehte *nach Westen* – nicht nach Osten, da der Wind an der Oberfläche wehte. Das gute Land unter meinen Füßen war sicherlich nicht Deutschland; Mit ziemlicher Sicherheit muss es Teil meiner eigenen gesegneten Heimatinsel sein, oder warum besteht ich darauf, dass ich Englisch spreche und nicht etwa Niederländisch oder Dänisch? Und was muss der Mann, mit dem ich gesprochen habe, offensichtlich sein? Es gab nur eine mögliche Antwort.

Ich möchte hinzufügen, dass ich die Geistesgegenwart hatte, ihn nicht ausdruckslos anzustarren, während ich diese Gedanken dachte. Ich ließ ihn starren, während ich meine Pfeife aus meiner Ölzeugtasche holte und anfing, sie zu stopfen.

"Also!" murmelte er, und ich dachte, er schien zufrieden genug zu sein, vor allem, als er mit offensichtlicher Neugier, aber ohne offensichtlichen Verdacht in seiner Stimme fragte: „Und wie sind Sie hierher gekommen?"

Doch als ich von meiner Pfeifenfüllung aufblickte, um ihm zu antworten, könnte ich fast schwören, dass er etwas getan hatte, um seine Gesichtszüge weniger sichtbar zu machen – er hatte seinen Südwester weiter nach unten gezogen und sein Kinn in den hohen Kragen seines Ölzeugs versenkt, das ist es auf jeden Fall kam mir so vor. Da ich zuvor einen sehr unzureichenden Eindruck von ihm gewonnen hatte, war das ein wenig provozierend. Dennoch sagte ich mir, dass unsere Bekanntschaft erst am Anfang stand. Wie man es reifen lässt – das war das Problem. Ich versuchte es mit einem einfachen Augenzwinkern und den Worten mit kühler, wissender Miene:

„Auf die übliche Weise. Müssen Sie fragen?"

Er blickte scharf die Felsen hinauf und hinab und hinaus aufs Meer, und ich erkannte sofort, was ihm durch den Kopf ging.

„Unmöglich! Es gab kein Signal. Ich habe die ganze Zeit Ausschau gehalten", sagte er.

Ich habe nur gelacht.

„Wie hätte ich deiner Meinung nach sonst kommen können?"

"Also!" Er murmelte erneut und stellte dann eine seltsame Frage.

„Wissen Sie, ob es auf dieser Insel viele Schafe gibt?“

also auf einer Insel gelandet! Das war die erste und wichtigste Schlussfolgerung, die ich aus dieser Untersuchung zog. Der zweite Grund war, dass das Englisch des Mannes etwas schwach sein musste. Offensichtlich meinte er etwas ganz anderes als das, was er sagte.

"Schaf?" Sagte ich lachend. „Nein, mein Freund, ich habe etwas anderes zu tun, als Schafe zu zählen.“

Wieder sah er mich einen Moment lang an, sein Gesicht war nun fast vollständig von der Spitze seines Südwesters verdeckt. Wenn er zufällig immer noch an mir zweifelte, schien das Beste ein Anflug von Offenheit und ein Appell zu sein, dem er kaum widerstehen konnte.

„Sehen Sie“, sagte ich mit gesenkter Stimme, „ich möchte heute Nacht auf dieser Insel anhalten. Tatsächlich sind das meine Befehle. Wo können Sie jetzt einen sicheren Ort für mich finden?“

Auch er senkte seine Stimme. Tatsächlich schien er mein Vertrauen sehr zufriedenstellend zu erwidern.

„Wir müssen sehr vorsichtig sein. Ich muss zuerst dafür sorgen, dass die Luft rein ist. Setzen Sie sich einfach hier hin und warten Sie zehn Minuten. Ich komme zurück.“

Er nickte mir zu, um seinen Anweisungen Nachdruck zu verleihen, und fügte, als er sich abwandte, hinzu:

„Setzen Sie sich weiter. Denken Sie daran!“

Ich setzte mich, stopfte meine Pfeife fertig, zündete sie an und wartete. Und während ich wartete, gestehe ich ehrlich, dass ich mich selbst ziemlich umarmt habe. So viel Glück hatte es noch nie gegeben, dachte ich. Dass dieser vagabundierende Ballon seinen Passagier tatsächlich in sein Heimatland zurückbringen konnte, anstatt ihn ins Meer zu werfen oder in Deutschland zu landen, war ein fast unvorstellbares Glück, aber dass er es dann doch schaffte Über einen deutschen Spion zu stolpern und den Mann tatsächlich davon zu überzeugen, dass er ein Konföderierter war, und ihn direkt in das Netz zu führen, das sich bereits für ihn ausbreitete, zeigte sicherlich, dass der Passagier nach einer beträchtlichen Pechsträhne (und, ich muss gestehen, schlechter Führung) nicht mehr dabei war war plötzlich Fortunes Hauptfavorit geworden . Während ich dort saß und rauchte, wurden in der Nachtluft an diesem einsamen Ufer mehrere sehr elegante und geräumige Schlösser errichtet.

Und dann hörte ich ein vorsichtiges, aber deutliches Pfeifen, und ich sprang auf und blickte mich um. Es war niemand zu sehen, aber das Geräusch kam von rechts – aus der Richtung, aus der ich gekommen war, und ich machte mich durch die immer dichter werdende Dämmerung auf den Weg in diese Richtung. Aber das Seltsame war, dass ich erheblich weiter ging, als der Ton der Pfeife hätte tragen können, und nie ein Zeichen von Mensch oder Haus gesehen habe – nichts als die verlassene, grasbewachsene Küste und das schwach schimmernde Wasser.

Ich blieb stehen und begann zu wundern, und dann hörte ich erneut das Pfeifen. Es lag noch vor mir, also ging ich weiter und noch einmal passierte das Gleiche. Diesmal hielt ich noch mindestens zehn Minuten inne, aber niemand erschien und es passierte überhaupt nichts. Da war ich wieder völlig allein, das Land wurde schwarz und das Meer trübe und nicht einmal mehr von den Möwen war zu hören.

III

WIEDER ALLEIN

„Der Mann hat mich verdächtigt!" Ich sagte zu mir.

Es war eine unangenehme Schlussfolgerung, aber je sorgfältiger ich über jeden einzelnen Umstand nachdachte, desto sicherer wurde ich, dass es sich um die Wahrheit handelte. Da war zunächst die Art und Weise, wie er nach den ersten paar Sätzen, die wir wechselten, sein Gesicht verbarg. Dann war da noch diese seltsame Frage zu den Schafen. Es muss ein Passwort gewesen sein – das habe ich jetzt gesehen, und ich hätte mich selbst ärgern können, weil ich es nicht früher gesehen habe. Natürlich hatte ich keine Ahnung von der richtigen Antwort, aber ich hätte zumindest mit einem ebenso kryptischen Satz antworten und versuchen können, ihn zu täuschen und zu glauben, ich würde einen anderen Code verwenden. So wie es war, hatte ich vollkommen deutlich gemacht, dass ich den Punkt völlig verfehlt hatte.

Schließlich war da noch sein Verhalten, indem er sich davongemacht hat und mich auf diese Weise festsitzen ließ. Sicherlich war es der allerletzte Streich, den man einem Komplizen spielen konnte. Tatsächlich war die Angelegenheit damit geklärt . Aber warum pfiff er dann – und noch dazu zweimal?

Ein paar Minuten lang war ich völlig verwirrt, dann kam mir plötzlich eine Erklärung in den Sinn. Er wollte mich in diese bestimmte Richtung führen! Und warum? Offensichtlich, weil er selbst in dem anderen lebte oder sich versteckte. Ich habe versucht, mich in seine Lage zu versetzen und darüber nachzudenken, was ich selbst tun würde, und wenn ich den Verstand gehabt hätte, darüber nachzudenken, wäre das offensichtlich das Vernünftigste gewesen. Es kam mir so offensichtlich vor, dass ich beschloss, von dieser Annahme auszugehen.

Zuerst ging ich ein wenig weiter, um zu sehen, ob ich diese Theorie überprüfen könnte, und nach ein oder zwei Minuten sah ich undeutlich Häuser in der Nähe des Strandes vor mir . Ich blieb stehen und dachte noch einmal nach. Könnte es sein, dass dies die Zuflucht war, die er mir bot, und dass er mich gar nicht verdächtigte?

„In diesem Fall", sagte ich mir, „würde ein vernünftiger Mensch eine so vage und irreführende Methode anwenden, um einen Freund zu benehmen, insbesondere wenn ein Fehler für seine Pläne tödlich sein könnte – und wahrscheinlich auch würde? Offensichtlich nicht!" "

Andererseits passten diese Häuser hervorragend zu der Theorie, dass er wollte, dass ich dort Zuflucht suche, einfach weil sie weit von seinem eigenen Versteck entfernt waren.

„Und was macht der Kerl dann die ganze Zeit?" Ich dachte. „Offensichtlich in die entgegengesetzte Richtung zurückhuschen!"

Also kehrte ich um und machte mich auf einen sehr freudlosen und einsamen Spaziergang. Ich hatte nicht das Gefühl, dass unmittelbar etwas passieren würde, keine Erwartung weiterer Aufregung in dieser Nacht, und je mehr ich darüber nachdachte, es gab keine Chance von tausend, noch einmal über den Mann zu stolpern, obwohl ich wirklich auf ihn zusteuerte .

Als ich an diesem dunklen Ufer entlangging, versuchte ich, mir alle Möglichkeiten der Situation auszudenken.

„Lebt der Mann auf dieser Insel?" (Angenommen, es ist eine Insel, und da die Schafe keine echten Schafe waren, ist es möglicherweise keine echte Insel) fragte ich mich. „Oder ist er einfach von einem U-Boot oder einem anderen feindlichen Schiff aus gelandet und macht sich mittlerweile schon wieder auf den Weg?"

Ich erinnerte mich an unser Gespräch, insbesondere an seine Worte, als ich sagte, ich sei „auf die übliche Weise" angekommen. „Unmöglich! Es gab kein Signal. Ich habe die ganze Zeit Ausschau gehalten", hatte er geantwortet. Das bedeutete sicherlich, dass er hier an Land lebte, und tatsächlich stimmten seine alleinige Anwesenheit und seine gesamte Haltung und sein Verhalten nur mit dieser Theorie überein.

„Zu welchen Schlussfolgerungen ist er über mich gekommen?" war meine nächste Frage, und während ich über dieses Problem debattierte, begann sich meine Stimmung ein wenig zu bessern.

„Hör auf, er muss verwirrt sein!" Ich sagte mir selbstbewusst, und ich denke zu Recht. „Denn angenommen, ich war bei seinem Job in Deutschland und plötzlich tauchte aus dem Nichts ein völlig Fremder auf, begrüßte mich in ausgezeichnetem Englisch und verhielt sich dann (auch wenn er das spezielle Rätsel, das ich als Passwort verwendete, nicht kannte) so ein Konföderierter, der keinen Versuch unternahm, mich zu verhaften oder mich zu stören, und Deutsch mit einem deutlichen englischen Akzent sprach, was würde ich denken?"

Ich überlegte einige Minuten lang über die Antwort, und dann fiel sie mir unwillkürlich und unweigerlich ein.

„Ich wäre am Boden zerstört, wenn ich wüsste, was ich denken soll! Und das ist genau das Loch, in dem dieser Kerl steckt. Ich kann ein Hunnenfreund sein und ich kann ein Feind sein, und er muss sich entscheiden, was." . Bisher bin ich mir ziemlich sicher, dass er in beiden Fällen nicht über genügend Beweise verfügt."

Die offensichtliche Konsequenz daraus war, dass ihm Beweise vorgelegt werden mussten, die ihn dazu veranlassen würden, mich für einen Landsmann der Hunne zu halten. Dies setzte natürlich voraus, dass er über Mittel verfügte, Neuigkeiten über meine Taten und Bewegungen zu erfahren und aus dem, was er hörte, Schlussfolgerungen zu ziehen. Aber ich hielt es für eine ziemlich sichere Annahme. Der Mann muss ein Konföderierter gewesen sein, und er würde ihnen bestimmt von dem geheimnisvollen Fremden erzählen, und die ganze Bande würde es sich mit Sicherheit zur Aufgabe machen, alles über mich zu erfahren.

„Was würde ein anderer Hunne an meiner Stelle tun?" Ich sagte zu mir. „Wenn ich die Rasse so gut kenne wie ich, würde er das patriotische John-Bull-Geschäft mit Sicherheit übertreiben, er wäre allen gegenüber etwas zu höflich und er würde fressen wie ein Schwein."

Das sollte also meine Rolle sein, und ich kann genauso gut ehrlich zugeben, dass mich der letzte Punkt besonders angesprochen hat. Ich rauchte weiter, bis mir der Kopf schwankte, in der Hoffnung, meinen Hunger zu vergessen, aber zwischen den Pfeifen fühlte ich mich bereit, mein Ölzeug zu kauen. Natürlich sollte ich auch einen Hauch des deutschen Kellner-Akzents beibehalten, und wenn dieses Programm weder zu meiner Verhaftung noch dazu führte, dass mein Freund mir zu Hilfe kam, spürte ich, dass mein Ruf sowohl als Ex-Diplomat als auch als aufstrebender junger Mann gefährdet war Schauspieler wäre ernsthaft getrübt.

Und dann schien auf einmal ein Licht in meinem Gehirn zu erlöschen. Ich konnte nicht mehr denken und meine Knie zitterten beim Gehen. Es war die Reaktion nach einer wirklich ziemlich langen Belastung der einen oder anderen Art. Rückblickend scheint es mittlerweile unvermeidlich zu sein, aber damals schämte ich mich zutiefst. Vielleicht hätte ich mich vielleicht zusammenreißen können, wenn ich noch einmal mit dieser ölgekleideten Gestalt zusammengetroffen wäre, aber in dem Moment dachte ich, ich wäre völlig nutzlos geworden und fühlte mich geneigt, mich ins Gras zu werfen, einzuschlafen und zu vergessen alles. Eigentlich hätte ich es schon bald tun sollen, als ich endlich einige Wirtschaftsgebäude dicht vor mir sah . Sie standen am Rande einer kleinen Bucht und der Boden fiel zu ihnen hin ab, so dass sie nicht an der Himmelslinie angrenzten, und ich war fast direkt gegen die Wand eines Nebengebäudes gelaufen, als ich ein Zeichen von ihnen sah.

Und dann erinnere ich mich, wie ich verschwommen an eine Tür klopfte und mich plötzlich in einer niedrigen Küche wiederfand, auf der ein Torffeuer auf einer offenen Feuerstelle brannte und scheinbar Dutzende Menschen darum saßen. Ich habe sie wahrscheinlich jeweils drei- oder viermal gezählt.

Sie gaben mir eine riesige Schüssel Milch und einen Haufen Haferflocken und Käse, und der einzige Punkt meines Programms, den ich treu befolgte, war, wie ein ausgehungertes Tier zu essen. Ich glaube, ich habe den wenigen Worten, die ich gemurmelt habe, eine Art Akzent verliehen, aber die meiste Zeit war mein Mund zu voll, um viel zu reden. Ich weiß, dass ich nie versucht habe zu erklären, wie ich dorthin gekommen bin, und an diesem Abend hat mich niemand gefragt, und ich habe die patriotische John-Bull-Angelegenheit auf jeden Fall verschoben.

Als ich mit dem Abendessen fertig war, fühlte ich mich besser, aber immer noch ein wenig benommen. Mittlerweile schien es weniger in der Familie zu geben, aber meine Augen müssen sie immer noch vervielfacht haben, denn ich dachte, es gäbe drei oder vier ziemlich hübsche Mädchen, vermutlich Töchter, mit hohen rosa Wangen, als sich am nächsten Morgen tatsächlich herausstellte, dass es nur zwei waren ; und zwei arme Idioten, vermutlich Söhne, mit unangenehmen Blicken, Stoppelbärten und offenen Mündern, als das Tageslicht nur einen offenbarte. Tatsächlich waren der Familienvater und seine Frau die einzigen Personen, die ich genau zählte .

Und dann erinnere ich mich, wie ich zur Scheune geführt wurde, einen riesigen Haufen weichen Heus sah und mich mitten hineinwarf; und damit enden meine Erinnerungen an diesen Tag. Eigentlich hatte ich mich noch nicht einmal erkundigt, welchen Teil der Welt ich verlassen hatte.

IV

DER VERDÄCHTIGE FREMDE

Es scheint zwei verschiedene Arten von Träumern zu geben; zumindest nach ihren Geständnissen am nächsten Morgen zu urteilen. Es gibt die höhere Art, die von einem komprimierten Roman träumt und sich deutlich daran erinnert, um sie beim Frühstück weiterzuverkaufen, und es gibt die minderwertige Art, die nur den vagen Eindruck mit sich bringt, dass sie vage versucht hat, einem nebulösen Schrecken zu entkommen, oder dass er es versucht hat Kaufen Sie ein Pfund Golfbälle an einer Theke, die sich immer wieder in ein paar Barren oder einen Rollschreibtisch verwandeln würde. Ich persönlich gehöre zur minderwertigen Spezies und kann nicht einmal schwören, dass ich in dieser Nacht überhaupt einen Traum hatte. Ich weiß nur, dass ich, als ich endlich aufwachte, feststellte, dass mein Ölzeug aufgeknöpft und zurückgeworfen war, während ich dachte, ich wäre mit zugeknöpftem Schlafsack eingeschlafen; und als ich das bemerkte, begann ich eine verwirrte Erinnerung an einen Traum zu haben, in dem ich von jemandem oder etwas gepackt wurde und heftig darum kämpfte, mich zu befreien.

Ich setzte mich in meinem Strohbett auf und sah mich um. Der Sonnenschein strömte durch ein kleines Fenster und unter die Tür, aber die Tür war geschlossen, die Bar war sehr still und bis auf meine eigene Anwesenheit ziemlich leer, und zunächst waren das Krähen eines Hahns und das Gackern der Hühner die einzigen Geräusche das hat mich von außen erreicht. Dann wurde ich mir eines sanften und regelmäßigen „Sausens" bewusst, das sich ständig und unaufhörlich hob und senkte, und ich erinnerte mich an das nahegelegene Meer, und ein Schauer der Dankbarkeit lief mir durch den Kopf, als ich darüber nachdachte, wie knapp ich der wogenden Oberfläche entgangen war mein Kopf.

Seitdem habe ich mir oft gewünscht, ich hätte eine Weile da gelegen und versucht, mich an den Traum zu erinnern und ob ich tatsächlich mit zugeknöpftem Ölzeug eingeschlafen wäre, während die Umstände, so wie sie waren, noch frisch in meiner Erinnerung waren. Als ich danach an sie dachte , konnte ich auf nichts schwören und kam schließlich zu dem Schluss, dass das Ganze wahrscheinlich schick war.

Sollte dies jedoch nicht der Fall sein, dann hatte offensichtlich *jemand* in der Nacht versucht, mich zu durchsuchen, und wer wäre das wahrscheinlich gewesen, wenn nicht mein verschwundener Bekannter am Ufer oder seine Verbündeten? Und in diesem Fall muss einer von ihnen ganz in der Nähe lauert haben. Als ich jedoch anschließend versuchte, meine Erinnerungen zusammenzusetzen, war es zu spät, überhaupt etwas daraus zu machen.

Ich weiß nur mit Sicherheit, dass mir in meinen Taschen nichts entgangen ist und dass ich tatsächlich nichts bei mir gehabt habe, was mich verraten hätte – zumindest soweit ich das beurteilen konnte.

Das waren, wie gesagt, meine weiteren Überlegungen. Was ich damals tat, war, nicht weiter darüber nachzudenken, sondern aufzuspringen, das Scheunentor zu öffnen und hinaus in die Sonne zu gehen. Es war jetzt ungefähr zehn Uhr an einem makellosen Augustmorgen, und ich werde das Bild des blauen Meeres, das sich sanft bis zum hellen Horizont erhebt, und des Halbkreises aus weißem Sand, der die kleine Bucht säumt, nicht so leicht vergessen Blick auf das grüne und lächelnde Landesinnere und die Gruppe niedriger grauer Bauerngebäude, die gerade außerhalb der Reichweite der Wellen liegen. Welcher Teil der Welt es auch sein mochte, ich war vollkommen zufrieden damit.

Ich stand ein paar Minuten da, blickte geistesabwesend aufs Meer hinaus und überlegte in Gedanken meinen Feldzugsplan. Meine Stimme, meine Manieren und mein Verhalten müssen so sein, dass sie, wenn ich durch einen glücklichen Zufall tatsächlich mit meinem Freund von gestern Abend oder einem seiner Verbündeten in Berührung komme, mich für einen Freund halten und mir zumindest ein Nicken, einen Augenzwinker, ein Passwort usw. geben würden. oder etwas, um mich auf die Probe zu stellen – und ich schwor mir, dass ich dieses Mal nichts Verdächtiges übersehen würde.

Wenn ich jedoch, was leider weitaus wahrscheinlicher war, bloß ehrliche Leute treffen würde, würden sie schnell die Nachricht verbreiten, dass ein verdächtiger Fremder in der Nachbarschaft sei , und die Meldung würde sicherlich mindestens einen aus der Bande erreichen (denn ich ging getrost davon aus, dass ein... Gang), und sie würden es sich zur Aufgabe machen, mich aufzuspüren. Schließlich entschied ich aus mehreren Gründen, dass ich keine Zeit zu verlieren hatte. Durch die gackernden Hühner schlenderte ich hinüber zum Wohnhaus und dort in der Küche fand ich die Mutter, eine der rotwangigen Töchter und den idiotischen Sohn. Sie machten sich daran, mir etwas Frühstück zu besorgen, und ein paar Minuten später kamen der Vater und ein weiterer Sohn herein, ein stämmiger Kerl, der dem Idioten überhaupt nicht ähnelte, und kurz darauf erschien die andere Tochter.

Ich gab ihnen meinen richtigen Namen, Roger Merton, da es genau die Art ultraenglischer Name war, den ein getarnter Hunne annehmen würde, und ich erfuhr, dass sie Scollay lauteten: – Peter Scollay , der Vater, Mrs. Scollay , Peter, der Jüngere , Maggie und Jane; außer Jock, dem Idioten. Ich war übermäßig umgänglich und sie waren nicht offen kühl, aber ich stellte mit Genugtuung fest, dass sie alles andere als demonstrativ waren, mit der deutlichen Ausnahme von Jock, der bei einer äußerst kleinen Provokation in mehrere sehr laute und freundliche Lacher ausbrach. Er war ein schrecklicher Anblick, aber ich konnte nicht anders, als gegenüber dem einzigen Mitglied des Haushalts, das einen Hauch von Herzlichkeit an den Tag legte, ein ziemlich freundliches Gefühl zu empfinden, obwohl ich mein Bestes tat, um sie zu beruhigen.

Was die anderen betrifft, so war Peter Scollay , der Senior, ein großer Kerl mit braunem Bart, unbestreitbar gutaussehend, trotz eines kleinen Makels. Seine Augen waren etwas zu hart und vorsichtig, und in einem von ihnen war ein deutlicher Ausdruck zu erkennen. Seltsamerweise hatte auch seine Frau einen leichten Gips, und so war es nicht verwunderlich , bei Peter junior und seinen rotwangigen Schwestern eine Spur davon zu sehen . Jock schien jedoch mit Dummheit ausgestattet zu sein, statt mit einem Gipsverband. Abgesehen von ihm sahen sie trotz des familiären Defekts alle gut aus; und sie waren heute Morgen alle sehr zurückhaltend. Ich schien tatsächlich die Vorsicht des Vaters sowie den Ausdruck in jedem Augenpaar zu spüren, das mich verstohlen musterte.

„Und Ihre sehr schöne Insel", erkundigte ich mich mit einem gutturalen Akzent, der mich, wenn ich an ihrer Stelle gewesen wäre, sofort zur Polizei geflohen wäre, „so angenehm im Meer gelegen – wie heißt sie?"

Sie sahen ein wenig erstaunt aus, so gut es ging, und dann antwortete der Vater mit trockenem Akzent: „Ransay."

„Ransay?" Ich wiederholte es und dann wurde mir plötzlich klar, wo ich war. Ransay war eine der nördlichen Inseln dieses nicht unbekannten Archipels, dessen Namen wir im Moment lieber unbenannt lassen sollten. Oder vielleicht könnte man es zu Referenzzwecken „The Windy Isles" nennen. Irgendwo im selben Archipel, zwanzig oder dreißig Meilen südlich , befand sich ein besonders wichtiger Marinestützpunkt, und mir wurde langsam klar, worauf ich gestoßen war.

In jenen frühen Tagen des Krieges hörte man sehr viele Geschichten über Spione und Spionage, aber viele davon waren so offensichtlich absurd und es fehlte noch so völlig an Beweisen, die eine davon stützten, dass ich – wie ein guter Viele andere Menschen standen der ganzen Sache skeptisch gegenüber. Der angesehene General im deutschen Sold, das bekannte Mitglied des Kabinetts, das stündlich mit dem Kaiser kommunizierte, die Gruppe deutscher Strategen, die in den Kellern eines Herrenhauses im Londoner West End arbeiteten, und alle anderen frühen Legenden hatten es sogar geschafft mäßig vernünftig, äußerst zurückhaltend, wenn es darum geht, alles zu glauben, was wir gehört haben. Aber ich habe jetzt sehr intensiv und ernsthaft nachgedacht. Ein echter Spion – gesehen und gehört –, der tatsächlich auf der Insel Ransay lebt, sozusagen in den hinteren Räumlichkeiten dieses wichtigen Stützpunkts, mit nur dem Himmel allein bekannten Mitteln, um Informationen über Angelegenheiten im Süden und in der Umgebung zu erhalten sofortiger Kontakt mit Plünderern, die in einer dunklen Nacht sanft an die Hintertür klopfen könnten; Das war etwas, um selbst einen bankrotten Ex-Lichtkomiker nüchtern zu machen.

Während ich über diese Gedanken nachdachte, hielt ich meinen Mund sehr voll und machte gewissenhaft das typisch deutsche Kaugeräusch, und als meine Lippen wieder handlungsbereit waren, umgab sie ein strahlendes Lächeln.

„Haben Sie viele Schiffe, die hier vorbeifahren?" Ich habe nachgefragt.

Die Frage war ein großer Erfolg. Jock lachte mit leerer Freude und der Rest der Familie tauschte Blicke.

„Nein, sehr viele", sagte Mr. Scollay vorsichtig.

Jetzt beschloss ich, ihnen John Bull zu überlassen.

„Keine deutschen Schiffe, da bin ich mir sicher!" Ich weinte durch einen Schluck Haferbrei. „Sie sind Feiglinge! Sie werden sich nicht *hierher wagen* — keine Angst! Sie fürchten unsere tapferen Seeleute zu sehr! Aha! Das wissen wir doch, oder?"

Sie stimmten so kühl zu, wie ich es nur wünschen konnte. Offensichtlich machte ich einen durch und durch schlechten Eindruck. Gleichzeitig flüsterte niemand Deutsch oder machte einen Kommentar, der möglicherweise für ein Passwort gehalten werden könnte. Ich dachte, ich würde versuchen, ihnen selbst eins zu geben.

„Gibt es auf dieser Insel viele Schafe?" Ich fragte.

Jock stieß ein weiteres freundliches Lachen aus und Mr. Scollay antwortete so vorsichtig wie eh und je:

„Ein paar gute."

Aber es gab keine Anzeichen dafür, dass ich meine Worte heimlich verstanden hätte, und widerwillig kam ich zu dem Schluss, dass weder mein Freund von gestern Abend noch einer seiner Verbündeten hier waren. Es ist wahr, dass die Lage des Hauses zu meiner Theorie passte und dass seine einsame Lage am äußersten Rand des Meeres ideal war, und möglicherweise wussten diese Leute mehr, als sie sollten, sie könnten tatsächlich Verräter und Verschwörer sein von Verrätern, aber dass sie nicht die Auftraggeber waren, schien offensichtlich genug.

Dennoch schien es mir auf jeden Fall von größter Bedeutung, einen Bericht über einen verdächtigen Fremden so weit und schnell wie möglich zu verbreiten, und so wählte ich den Moment der Nachforschung mitten in einem weiteren Bissen.

„Diese hübsche Farm, mein Freund, gehört sie dir?"

„Nein", sagte mein Gastgeber, „die Insel gehört Herrn Rendall."

"Also!" sagte ich. „Und dieser Mr. Rendall, wo lebt er – in London?"

"Nicht ihm!" sagte Herr Scollay , „er bleibt in Ransay."

Da wurde ich hellhörig und meine Spionagejagd schien plötzlich ein viel vielversprechenderes Unterfangen zu sein. Einige der Schwierigkeiten, die es mit sich bringt, alleine zu spielen, waren bereits deutlich geworden. Aber mit jemandem , dem ich mich anvertrauen konnte, mit jemandem , der jeden auf der Insel kannte und viel über sie wusste und der mich beraten und unterstützen konnte, schienen die Chancen groß zu sein, dass mein verschwundener Freund mir für längere Zeit ausweichen würde.

„Ich denke, vielleicht sollte ich Mr. Rendall meinen Respekt erweisen", sagte ich zweifelnd und grübelnd, als würde ich darüber nachdenken, ob das ein ganz sicherer Schachzug wäre .

„Sie werden ihn zu Hause finden", war die einzige Bemerkung meines Gastgebers.

Doch nun, da die Gefahr bestand, ihren verdächtigen Besucher zu verlieren, machte sich die Familie sofort daran, Informationen über die Art und Weise seines Eintreffens in ihrer Mitte zu beschaffen.

„Du bist noch nicht lange in Ransay?" begann meine Gastgeberin.

„Oh nein, nur für kurze Zeit", strahlte ich.

„Sie werden nicht mit dem Boot gekommen sein", erklärte mein Gastgeber.

„Nicht *das Boot, aber ich muss sicher mit einem Boot* gekommen sein !" Ich lächelte. „Ich kann von Aberdeen aus nicht schwimmen!"

Ich weiß nicht genau, warum ich Aberdeen erwähnt habe, aber es schien eine deutlich beruhigende Wirkung zu haben.

„Du wirst kein Dealer sein?" fragte mein Gastgeber.

Hier wurde mir eine einfache Lösung in die Hand gedrückt. Einen Moment lang dachte ich daran, zu gestehen, dass ich tatsächlich ein Dealer war und letzte Nacht zu betrunken war, um mich daran zu erinnern, wie ich angekommen war. Aber dann befürchtete ich, die Geschichte könnte zu glaubwürdig klingen und die Berichte über einen verdächtigen Fremden würden bei ihrer Geburt unterdrückt.

„Nun", sagte ich, „ich verhandele tatsächlich mit einigen Dingen."

Ich konnte sehen, dass der Verdacht wieder aufgetaucht war, und ich hielt es für besser, es dabei zu belassen und abzuhauen. Mit einiger Mühe brachte ich meine Gastgeber dazu, die Bezahlung für meine Nachtunterkunft entgegenzunehmen, und fragte dann nach dem Weg zum Herrenhaus des Gutsherrn.

„Sie werden es nicht verpassen", sagte Mr. Scollay .

„Es ist das große Haus. Bleiben Sie einfach die Straße entlang und Sie werden es schon vor sich sehen."

Also machte ich mich auf den Weg zu dieser unbekannten Insel, immer noch ohne Hut und zugeknöpft in meinem Ölzeug, aber ich rauchte eine besonders beruhigende Pfeife und genoss mein Abenteuer in vollen Zügen. Die Aussicht auf einen Verbündeten vor ihnen war herrlich erfreulich.

„Vorausgesetzt, Mr. Rendall ist kein Vollidiot, sollten wir diese Kerle sitzen lassen!" Ich sagte zu mir.

<h1 style="text-align:center">V</h1>

DAS HAUS DES ARZTES

Die holprige Straße vom Ufer aus stieg immer sanft an und ich stand bald hoch genug, um einen sehr guten Überblick über die Insel Ransay zu bekommen. Es war ein grünes, tief liegendes, welliges Fragment der Welt, das an diesem Morgen in einem saphirblauen Meer lag, einerseits bis zum Horizont offen und andererseits mit Schwesterinseln übersät. Das Haus der Scollays stand am nordwestlichen Ende, und dahinter schien es außer Meeresrasen und Felsen kaum etwas zu geben, außer in der Richtung Ich lief eine kleine grüne Farm nach der anderen, schätzungsweise vier oder fünf Meilen, und von einer Seite zur anderen vielleicht ein paar Meilen oder weniger. Es gab nur eine Anhöhe im Land, die man einen Hügel nennen konnte, und das nur aus Höflichkeit; anderswo nichts als grüne Wellen mit ein oder zwei kleinen Schilfseen, die in ihren sanften Falten versteckt sind.

Weit im Süden, auf anderen Inseln, durchbrachen höhere braune und blaue Hügel den Horizont, aber abgesehen von diesen sah man nichts als eine grün-blaue Ebene, die unter einem riesigen weißen und blauen Himmel lag. Mit schwebenden und schreienden Seevögeln und Lerchen, die darüber aufsteigen und singen, und der strahlenden Sonne und einer Nordwestbrise, die nach trockenem Champagner schmeckt, und unzähligen wilden Blumen, gelb, blau, weiß, rot, rosa und lila, unter den Füßen, Ich fühlte mich fast zu unbeschwert. Tatsächlich fing ich tatsächlich an zu singen und hörte erst auf, als mir klar wurde, dass es ein wenig unvereinbar mit dem Charakter eines Mannes war, der aus Angst um sein Leben umherschleicht und nach einem Schurkenkollegen sucht, der sich mit ihm anfreunden könnte.

Aber es war ganz unmöglich, nicht hocherfreut zu sein. Als mir nun die begrenzte Größe des Ortes und seine offene Fläche bewusst wurde , war es offensichtlich, dass sich dort kein Mensch aufhalten konnte, der den Bewohnern unbekannt war. Er muss in einem Haus leben und als einer von ihnen gelten. Damals schien es unmöglich zu glauben (besonders angesichts der Aussicht auf einen Verbündeten), dass ein Spion, den ich tatsächlich gesehen und mit dem ich gesprochen hatte (und von dem ich wusste, dass er außerdem einen ausländischen Akzent hatte), meinen Fängen entkommen konnte. Und abgesehen von patriotischen Motiven, was für eine Aufwertung würde das meinem angeschlagenen Charakter geben!

„Lassen Sie mich den Kerl sorgfältig in Erinnerung rufen", sagte ich zu mir selbst, „und mir sein Gesicht und seine Stimme im Hinblick auf unser nächstes Treffen gut vorstellen."

Ich versuchte, unser erstes Treffen so zu rekonstruieren, wie es stattgefunden hatte, um noch einmal die dunkle Gestalt zu sehen, die sich mir in den Weg stellte, und um in das Gesicht unter dem Südwester zu blicken. Ich will nicht genau sagen, dass dieses Unterfangen mein Selbstvertrauen erschütterte, aber es machte mir auf jeden Fall klar , dass ich mich sehr vorsichtig an die Arbeit machen musste, um den Mann in eine Falle zu locken, denn je mehr ich versuchte, dieses Gesicht deutlich vor meinem geistigen Auge zu sehen, desto weniger deutlich wuchs es. Ich könnte durchaus auf einen Schnurrbart schwören, und ich war mir ziemlich sicher, dass es auch einen Bart gab, aber nicht absolut sicher. Er war mittelgroß, sagen wir zwischen 5 Fuß 6 und 5 Fuß 10; aber das war ein ziemlich großer Spielraum. Tatsächlich konnte ich nur schwören, dass er weder ein offensichtlich großer noch ein offensichtlich kleiner Mann war .

Was seine Statur angeht, wirkte er stammig und kräftig, aber wer hätte das nicht auch in einem Ölmantel? Es bräuchte tatsächlich eine sehr schlanke Figur, um in einem Ölzeug schlank auszusehen. Auch hier kann ich also nur sagen, dass er weder ein besonders beleibter Mann noch ein besonders dünner Mann war. Und das war wirklich alles, was ich in Bezug auf sein äußeres Erscheinungsbild schwören konnte; obwohl ich mir selbstbewusst sagte, dass ich ihn schnell genug erkennen würde , wenn ich mich tatsächlich noch einmal in ihn verlieben würde.

„Er kann seine Stimme sowieso nicht verbergen", sagte ich mir.

Und dann begann ich auch hier, eine kleine Schwierigkeit zu erkennen ; obwohl nichts, kam es mir sehr ernst vor. Nach seiner ersten unfreiwilligen Antwort auf Deutsch hatte der Mann mit leiser, halbgeflüsterter Stimme gesprochen. In gewöhnlichen Gesprächen, besonders wenn er auf der Hut war, würde er ganz anders sprechen. Aber konnte er seinen ausgeprägten ausländischen Akzent beseitigen? NEIN; Ich dachte entschieden, dass das über seine Grenzen hinausginge.

Ich war so in meine Gedanken versunken, dass ich alles außerhalb dieser Gedanken völlig vergessen hatte. Außer der Tatsache, dass ich auf eine harte Schotterstraße gestoßen war und diese hinunterschritt, wurde mir nichts anderes bewusst , bis ich plötzlich aufblickte und ein großes Haus dicht vor mir bemerkte, und da blieb ich stehen und erwachte aus meinen Träumereien.

Dass es Mr. Rendalls Villa war, daran habe ich nie gezweifelt. Ich sah jetzt, dass es kein wirklich großes Haus war, aber im Vergleich zu den kleinen Bauernhäusern war es groß, und seine völlig karge Lage und die Art und Weise, wie es auf einer leichten Erhöhung im Boden lag, ließen es offensichtlich „groß" erscheinen Wählen Sie „Ich habe gesucht. Aber irgendwie wurde meine Stimmung bei diesem Anblick sofort getrübt. Tatsächlich habe ich nie eine kühlere, weniger einladend aussehende Behausung gesehen, oder eine, die das Vertrauen in sie auf subtilere Weise abzustoßen schien.

Die Straße verlief direkt darauf zu und bog dann um die niedrige Mauer herum, die das Anwesen begrenzte. Und diese Domänen bestanden absolut aus nichts anderem als einer rauen Graskoppel mit einer kurzen geraden Auffahrt, die von einem offenen und heruntergekommenen Eisentor in der Mauer genau dort, wo die Kurve begann, führte. Es gab keinen Efeu oder irgendeine Art von Schlingpflanze an den Wänden, sondern stattdessen eine Art graugrünen, feuchten Farbton, der nur durch ein paar offene Fenster unterbrochen wurde. Ich ging durch dieses heruntergekommene Tor, ohne überhaupt die Versuchung zu haben, zu singen.

Die Auffahrt war mit einer berüchtigten Art großer Kieselsteine bedeckt, die so unbequem waren, dass ich mich für das Gras am Straßenrand entschied und diesen Ersatz für Kies erst betrat, als ich ganz in der Nähe des Hauses war; Ich nähere mich der Vorderseite, könnte ich sagen, schräg. Meine Schritte machten ein Geräusch wie ein Wagen und ein Pferd, und augenblicklich fuhr die Jalousie des nächsten Fensters im Erdgeschoss herunter.

Instinktiv blieb ich stehen und betrachtete dieses trostlose Anwesen genau. Aus dem Winkel, aus dem ich mich der Vorderseite genähert hatte, konnte ich die Jalousie ganz deutlich herunterfahren sehen, aber es war unmöglich, auch nur einen Blick in den Raum dahinter zu erhaschen.

"Was zum Teufel!" Ich murmelte.

Und dann sagte ich mir, dass ich wirklich zu misstrauisch wurde. Es muss offensichtlich das Schlafzimmer einer Dame sein. Das Erdgeschoss in der

Nähe der Eingangstür schien für eine solche Wohnung ein seltsamer Ort zu sein. Dennoch weiß man nie, welche Vorlieben eine Dame haben mag. Auf jeden Fall war es nichts zu erreichen, wenn ich dastand und starrte, also setzte ich meinen dröhnenden Weg über die Kieselsteine fort.

Ich war an der Haustür und wollte gerade klingeln, als um die Ecke des Hauses, direkt vor mir, ein Herr erschien und meine Stimmung noch weiter sank. Ich kann nicht genau sagen, dass sein Gesicht mir nicht gefiel, aber ich mochte es definitiv nicht. Er hatte etwas eng beieinander liegende Augen, einen gut gestutzten kurzen schwarzen Bart und einen Gesichtsausdruck, in dem ich Unverschämtheit und sicherlich Misstrauen erkennen konnte. Als er mich sah, blieb er stehen und musterte mich mindestens genauso neugierig von oben bis unten, wie ich ihn musterte. Ich gehe nur davon aus, dass ich meine Inspektion weniger offensichtlich durchgeführt habe.

„Mr. Rendall?" Ich erkundigte mich, und obwohl ich hierhergekommen war, um mich ihm anzuvertrauen, merkte ich, dass ich instinktiv einen Anflug von Akzent einsetzte; nicht mit einem nassen Pinsel, wie ich es zu Gunsten der Scollays tat , sondern ich warf trotzdem ein wenig hinein, und, wie ich schon sagte, ganz ohne Absicht.

Seltsamerweise sah ich sein Gesicht in dem Moment klar, als ich sprach.

„Oh", sagte er erleichtert, „das ist der Arzt, den Sie suchen, nicht wahr? Nun, er ist zu Hause. Kommen Sie herein."

also ein Arzt? Von welcher Art, fragte ich mich; medizinisch, theologisch oder was?

„Ich bin Mr. O'Brien", fügte mein neuer Bekannter hinzu, als er mir die Haustür öffnete. „Bist du ganz sicher, dass du es nicht auf mich abgesehen hast?"

Als er sprach, hatte ich mehr als nur eine Spur von Akzent in seiner eigenen Stimme bemerkt, und jetzt bestand kein Zweifel mehr daran, was es war; ein sehr greifbarer irischer Brogue. Als er diese Frage stellte, blickte er mich mit einer seltsamen Mischung aus Humor und Trotz an. Mir kam es so vor, als wäre der Humor anmaßend und der Trotz echt, aber das lag vielleicht einfach daran, dass der Mann einen ungünstigen Eindruck auf mich machte .

„Nein", antwortete ich mit einer kontinentalen Verbeugung, „ich habe nicht so viel Glück."

Und dann schoss mir plötzlich ein Gedanke durch den Kopf. Hätte ich in einer ganz anderen Tonart antworten sollen? Aber wir waren jetzt im Flur und im nächsten Moment erschien ein anderer Herr.

„Hier ist Dr. Rendall", sagte Mr. O'Brien und ich verneigte mich erneut.

„Mein Name ist Mr. Roger Merton", erklärte ich. „Ich habe mir die Freiheit genommen, Sie anzurufen."

„Kommen Sie in mein Arbeitszimmer, Mr. Merton", sagte Dr. Rendall.

Er sprach mit einer durchaus freundlichen Stimme, aber wenn in seinen Augen nicht auch eine Spur von Misstrauen zu sehen war, irre ich mich gewaltig. Und in beiden Fällen kam es mir eher so vor, als ob es sich um einen mit Besorgnis einhergehenden Verdacht handelte und nicht um den Verdacht, den ich so absichtlich kultivierte. Tatsächlich hatte ich überhaupt nicht vorgehabt, in diesem Haus Misstrauen zu wecken, aber glücklicherweise (glaube ich) habe ich einfach automatisch gehandelt.

Alles in allem war Dr. Rendall ein deutlich ansprechender aussehender Mann als O'Brien. Tatsächlich sah er ziemlich gut aus, mit grauem Haar und Schnurrbart , einem tief bronzerot gefärbten Gesicht und sehr blauen Augen. Er war gut aufgestellt und in grobem Tweed auch ziemlich gut gekleidet, und das Einzige, was gegen ihn war, war der Ausdruck in seinen Augen, als wir unsere ersten Sätze wechselten.

Zu diesem Zeitpunkt war mein Verstand sehr hellwach; Als wir den Flur verließen, hatte ich deutlich ein Bild von der Außenseite des Hauses vor Augen, und als wir das Arbeitszimmer betraten, wusste ich, dass es sich um das Zimmer handelte, in dem die Jalousien geschlossen waren.

„Ist Frau Rendall zu Hause?" Ich habe nachgefragt.

O'Brien lachte.

„In diesem Haus gibt es keine Damen, sondern nur den Arzt und mich!" sagte er.

Daher hatte keine bescheidene Matrone oder Dienstmädchen die Jalousien heruntergelassen. Es war Dr. Rendalls Arbeitszimmerrollo gewesen, der offensichtlich vom Arzt selbst heruntergerissen wurde, sobald er einen seltsamen Schritt hörte, und jetzt wieder hochgehoben wurde. Warum wurde es fallen gelassen? Was hatte es verborgen? Das Aussehen des Raumes selbst ließ nicht darauf schließen, dass es eine Antwort auf die eine oder andere Frage geben würde. Es war nur das Arbeitszimmer eines gewöhnlichen Mannes, eine Mischung aus Raucherzimmer und Bibliothek, ein viel komfortablerer Raum, als die Außenseite des Hauses vermuten ließ. Dennoch lässt man die Jalousien nicht plötzlich und ohne Grund mitten am Vormittag herunter .

Einen Moment lang dachte ich an einen Waffengang mit einem hübschen Hausmädchen als Lösung. Aber es wäre für jede andere Partei offensichtlich viel schneller und einfacher gewesen, den Raum zu verlassen, als zum Fenster zu gehen und die Jalousien herunterzulassen. NEIN; Es musste etwas getan werden, was einige Minuten in Anspruch nahm. Ich dachte sofort an eine Möglichkeit: das Zusammenfalten oder Weglegen von Karten oder Plänen. Zweifellos gab es mehrere andere Möglichkeiten, aber es schien die besten Gründe dafür zu sein, diesen würdigen Herren nicht mein Vertrauen zu schenken. Tatsächlich bot sich eine ganz andere Vorgehensweise an.

Ich starrte den Arzt plötzlich mit einem bedeutungsvollen Blick an und fragte mit eher leiser Stimme: „Gibt es viele Schafe auf dieser Insel?" Ich bin immer noch der Meinung, dass es sich lohnte, diesen Schuss zu riskieren, aber um ganz ehrlich zu sein: Es ist ihm nicht gelungen. Zumindest hat es nicht ganz geklappt. Die beiden Herren sahen sicherlich ein wenig erschrocken aus, aber Dr. Rendall starrte mich nur durchdringend an, während O'Brien ausrief.

„Faith, er ist ein Dealer!"

Aber ich lehnte die angebotene Erklärung erneut ab, obwohl dies offensichtlich die einfachste Art war, über mich selbst Rechenschaft abzulegen.

„Nein", sagte ich, „aber ich interessiere mich sehr für Ihre wunderschöne Insel,
Dr. Rendall. Was für ein praktischer Ort zum Besitzen!"

Ich habe meiner Bemerkung immer noch einen Anflug von Bedeutung beigemessen – vor allem in Bezug auf das Wort „praktisch" –, aber dieses Mal erhielt ich eine völlig unerwartete Antwort.

„Aber es tut mir leid, sagen zu müssen, dass ich es nicht besitze", sagte der Arzt. „Ich fürchte, Sie verwechseln mich mit meinem Cousin Philip Rendall. Er ist der Laird; ich bin nur der Arzt."

„Der verdammte Doktor", fügte Mr. O'Brien grinsend hinzu.

Ich begann mich zu entschuldigen , aber O'Brien, der zu diesem Zeitpunkt in bester Stimmung war, unterbrach mich mit:

„Faith, Sie brauchen sich nicht zu entschuldigen , Mr. Merton. Solange Sie nicht zu meinen verdammten Verwandten gehören, freue ich mich, Sie zu sehen, und der Arzt hier sehnt sich immer nach einem frischen Gesicht. Er hat meines langsam satt !"

In dieser Bemerkung schien ein Hauch von Bosheit zu stecken, und der Arzt runzelte sicherlich die Stirn, aber ich war so bestrebt, diese Gelegenheit zu nutzen, um ein oder zwei Fragen zu stellen, dass ich nicht aufhörte, mich zu fragen, was damit gemeint war; Zumindest nicht bis danach.

„Ich nehme an, dass Sie auf dieser bezaubernden Insel wenig Gesellschaft haben?" Ich empfahl.

O'Brien war auf jeden Fall bereit, mir genau die Informationen zu geben, nach denen ich suchte.

„Wenn man das hier mitzählt, gibt es im ganzen Ort nur vier zivilisierte Häuser", sagte er. „Da ist der des Gutsherrn – und um die Anwesenheit des lieben Arztes zu sparen, muss ich sagen, dass sein Cousin ein verdammt seltsamer Fisch ist, abgesehen davon, dass er ebenso arm wie launisch ist, und da sind die beiden Pfarrer, nur einer ist weg und der andere ist so trocken, wie meine eigene Kehle wird . Was sagen Sie zu einem Drink, Doktor?"

Er grinste Dr. Rendall mit einer boshaften Bedeutung an, die ich nicht verstehen konnte. Ich konnte sehen, dass es den Arzt beunruhigte, der offensichtlich verlegen antwortete:

„Wenn Mr. Merton Lust auf ein Glas Limonade hätte"

Ein lautes Gelächter unterbrach ihn. Es erinnerte mich an Jock, nur dass Mr. O'Briens Lachen einen so bösartigen Beigeschmack hatte. Der Mann mochte das sein, was ich vermutete, vielleicht auch nicht, aber er war zweifellos anstößig.

„Nein, danke", antwortete ich ihm. „Ich wollte Mr. Rendall besuchen, aber die Zeit vergeht."

„Verdammt angenehm in unserer Gesellschaft, was?" warf O'Brien mit dem gleichen sardonischen Lachen ein.

Sie brachten mich beide zur Tür, und wir verabschiedeten uns, ohne Begeisterung auf Seiten des Arztes, mit einem Grinsen auf Seiten von Mr. O'Brien und mit sehr gemischten Gefühlen auf meiner Seite.

VI

Ein Unterrock

Ich war sehr dankbar, aus diesem deprimierenden Haus herauszukommen und Mr. O'Briens Lachen hinter mir zu lassen, und doch war ich kaum wieder auf dem richtigen Weg, als ich mir selbst Vorwürfe machte, weil ich nicht länger dort verweilt hatte, und meine Nachforschungen dort etwas weiter verfolgte.

Die anderen „ zivilisierten " Haushalte auf der Insel zählten offenbar nur drei. Nun, wenn mein Spion allein arbeiten würde, könnte er ein besser ausgebildeter Bauer sein, der im Ausland gelebt und zum Verräter geworden war, aber es schien mir höchst unwahrscheinlich, dass er keine Verbündeten haben würde, und es war kaum möglich, dass zwei oder drei Männer davon dass dieser besondere Typ in einer so kleinen Gemeinschaft versammelt ist.

Köpfchen und Bildung schienen in jedem Schritt des gefährlichen Spiels, das sie spielten, eine Rolle zu spielen. Daher war es nur gesunder Menschenverstand, zumindest eines dieser „ zivilisierten " Häuser zu verdächtigen, es sei denn, sie alle konnten ihren Charakter offensichtlich klären. Jedenfalls wäre es töricht, diese Überlegung zu vernachlässigen.

Und was hatte ich schon entdeckt? Ein paar Männer, die allein in einem kriminell aussehenden Herrenhaus lebten, die hastig die Jalousien herunterzogen, beim Anblick eines Fremden sowohl misstrauisch als auch besorgt wirkten und in ihrer Unterhaltung seltsame Anspielungen und Anspielungen machten. Warum war ich nicht geblieben und habe meine Nachforschungen fortgesetzt? Nun, denn in dem Moment, als ich feststellte, dass ich im falschen Haus war, bestand mein hartnäckiger Gedanke darin, zu Mr. Rendall zu gehen und ihn über die ganze Situation zu befragen. Aber jetzt begann ich, diese Entscheidung sehr ernsthaft zu überdenken.

Zu diesem Zeitpunkt war ich außer Sichtweite und befand mich an einem abgelegenen Teil der Straße, wo sie durch eine Senke im Boden verlief, mit der Spitze eines dieser kleinen Schilfseen nur ein oder zwei Meter entfernt und einem hellen Blick auf das Meer darüber hinaus. Die sumpfigen Ufer waren ein perfektes Leuchten gelber Wildblumen und es sah so fröhlich aus, dass ich mich ans Wasser setzte und anfing, darüber nachzudenken.

Zuerst dachte ich über Mr. O'Brien nach. Mittelgroß, Bart und irischer Brogue. Könnte der deutsche Akzent verwendet worden sein, um den Akzent zu verbergen? Wenn ich mir anschaue, was ich selbst gemacht habe, warum nicht? Dann dachte ich über Dr. Rendall nach. Auch mittelgroß, mit Schnurrbart und ohne besonderen Akzent. Aber andererseits, wenn ich einen Akzent setze, warum nicht er? Dann dachte ich darüber nach, was ich über den Gutsherrn erfahren hatte. Ein Cousin des Arztes, ein „verdammter seltsamer Fisch", fast der einzige Partner dieses Paares und in finanziellen Schwierigkeiten. Sollte ich mich ihm gleich anvertrauen?

„Zumindest nicht von Anfang an!" Sagte ich mir, sprang auf und setzte meinen Spaziergang fort.

Etwa hundert Meter weiter bog ich um eine Ecke und stieß auf eine sehr elende Gestalt. Es war ein ganz alter Mann mit getönter Brille, langem weißem Bart und dem zerlumpten Mantel, den ich je gesehen hatte, und er saß im Gras, die Füße im Graben, und tat offenbar nichts anderes, als einfach still zu sitzen. Als ich näher kam, starrte er mich an, als wäre er mehr als halb blind, und sagte dann mit außergewöhnlich dünner, hoher, pfeifender Stimme:

„Ein schöner Tag, Herr!"

Dieses Mal habe ich den Teutonischen Tyrann gemacht. Es ging furchtbar gegen den Strich, ein solch elendes Objekt zu beschießen, aber da niemand zusah, dachte ich, dass die Art von Hunne, die ich sein sollte, einem Wurm wie diesem wahrscheinlich eine Berührung des Allerhöchsten gönnen würde.

„Sei zerschmettert und verdammt!" Ich knurrte.

Der alte Junge zuckte merklich zusammen und fragte mit ziemlich eifriger Stimme:

„Haben Sie ein Wachsstreichholz, Herr?"

„Wachsstreichholz? Nein, und sei verwirrt!" sagte ich.

Etwa eine Viertelmeile lang schämte ich mich zu sehr und war zu reuig, um darüber nachzudenken, was der alte Mann gesagt hatte, und dann kam mir plötzlich der Gedanke, dass es sich um ein Wachsstreichholz handelte, was eine ziemlich merkwürdige Bitte *war* . Ein Streichholz war ganz natürlich, aber warum sollte es Wachs sein?

Und dann blieb ich stehen, drehte mich um und ging zurück. Ich sagte mir, dass ich absurd wurde und mir Passwörter in den Kopf bekam. Dennoch schien es nicht schaden zu können, noch ein paar Bemerkungen mit dem alten Mann zu wechseln.

Aber als ich die gleiche Stelle auf der Straße erreichte, war er weg. Nicht weit entfernt befanden sich ein oder zwei kleine Häuser, und es war durchaus möglich, dass er sie inzwischen erreicht hatte, besonders wenn er unbedingt seinen Partner haben wollte; obwohl es bedeuten würde, etwas schneller vorzugehen, als ich ihm zugetraut hatte. Oder er lag außer Sichtweite und machte ein Nickerchen, und da der Tag warm war und er anscheinend nichts Besseres zu tun hatte, schien das eine durchaus mögliche Lösung zu sein. Jedenfalls gab es keine Spur von ihm, und wenn es eine gegeben hätte, sagte ich mir, wäre er wahrscheinlich nur der Inselpatriarch mit einer senilen Vorliebe für Wachsvestas gewesen, also setzte ich meine Reise zum „großen Haus" fort.

Als ich eine weitere Anhöhe erklomm , hatte ich die beste Aussicht auf die Insel, die ich je gesehen hatte. Eine Gruppe größerer Gebäude auf einem anderen Hügel, immer noch weit über eine Meile entfernt, war offenbar schließlich das Herrenhaus. Hinter mir sah ich das Haus des Arztes und stellte mit einem Nicken fest, dass es deutlich im Nordwesten der Insel lag. Von dieser trostlosen Behausung bis zu den Scollays am Ufer war es kein langer Weg.

Und nun wandte ich mich einer heiklen Frage zu. Wenn ich zumindest die Rolle des misstrauischen Fremden bei den Rendalls aufrechterhalten wollte, welchen Bericht sollte ich dann über meine Ankunft geben? Es muss eine

Geschichte sein, die plausibel genug ist, um sie im Zweifel zu halten, denn es sei denn, der Laird selbst steckte tatsächlich bis zum Hals im Verrat (und obwohl ich zu diesem Zeitpunkt auf alles vorbereitet war, waren den Annahmen, die ich zu treffen wagte, Grenzen gesetzt), Er würde sicherlich entweder an die Polizei oder die Marinebehörden telegrafieren, und ich würde sofort zum bloßen Zuschauer werden. Tatsächlich dürfte es mir wahrscheinlich nicht einmal erlaubt sein, zuzusehen.

Und das war nicht nur ein selbstsüchtiger Wunsch nach Ruhm und Aufregung. Ich war durchaus in der Lage zu erkennen, dass meine Geschichte ältere und weisere Menschen möglicherweise nicht so gründlich überzeugen würde, wie sie mich selbst überzeugt hatte. Tatsächlich hatte ich eine starke Ahnung, dass man mich lediglich als brillanten Lügner abtun würde und die Spionagejagd ein Ende haben würde – *wenn der Spion immer noch auf der Insel wäre* . Das war der Punkt, an dem ich immer noch glaube, dass ich berechtigt war, die Hand selbst zu spielen.

Aber welche Geschichte könnte ich erzählen? Die Wahrheit – dass ich aus einem Ballon gefallen bin? Wer würde es auch nur einen Augenblick glauben, wenn ich nicht den versteckten Fallschirm hervorholte? Und wenn ich den Fallschirm ausgraben würde, wüsste die ganze Insel in ein paar Stunden Bescheid, und auch die Leute, die ich suchte, wären überzeugt. Und es wäre keine Überzeugung, dass ich ein Hunne-Kollege war.

Und dann drehte ich zufällig den Kopf und hatte eine Inspiration. Ungefähr fünf Meilen draußen auf dem Meer sah ich ein Schiff, deutlich genug, um es als Kreuzer zu erkennen, der ungefähr dem gleichen Typ entsprach wie das Schiff, von dem ich gestern ausgestiegen war. Während ich ging, trug ich die Details der Inspiration ein, und als ich schließlich sah, wie sie sich in die weite Ferne wandte, wurde ihr der letzte Schliff gegeben.

Als ich mich dem Haus näherte, zeigte die Straße die Tendenz, sich zu schlängeln, und da ich ziemlich hungrig wurde und mit dem Mittagessen mit dem Gutsherrn rechnete, sei er Patriot oder Verräter, verließ ich die Autobahn und folgte einem Pfad über ein Kleefeld. Obwohl das Haus und seine Farm so nah waren und ich nicht weit entfernt ein halbes Dutzend anderer Gehöfte sehen konnte, war keine lebende Menschenseele zu sehen, und außer den Kicherern und Möwen war auch kein Geräusch zu hören. Ich weiß nicht, wie ich den Eindruck der Außerweltlichkeit und des Jenseits vermitteln soll , der durch dieses Gefühl von Stille und Weite sowie durch das Aussehen des Hauses und seiner gesamten Umgebung entsteht. Der Weg führte durch eine Graskoppel hinauf, ähnlich wie die Zufahrt zum Haus des Arztes, nur dass das Gras kurz und gepflegt war und vor der Tür ein oder zwei Blumenbeete und an einer der Wände Efeu wuchsen (wo die ... der Wind war am wenigsten zerstörerisch); und obwohl das Herrenhaus verwittert und schlicht und grau war, hatte es nichts von dem trostlosen und kühlen Aussehen des anderen Hauses. Es sah einfach so aus, als hätte es ein langes und stürmisches Leben hinter sich und sei nun eingeschlafen.

An einer Seite erstreckte sich ein von hohen Mauern umgebener Garten, in dem die Wipfel einiger verkümmerter Bäume gerade ihre Köpfe hervorschauten, und ganz hinten im Ort konnte man eine Ansammlung von Wirtschaftsgebäuden sehen, die architektonisch dem Herrenhaus sehr ähnelten, nur grauer und verwitterter . Ein ziemlich steiles Dach, abgestufte Giebel, grob gegossene Wände und eher kleine Fenster schienen für mein ungeübtes Auge die Hauptmerkmale der gesamten Steinansammlung zu sein.

„Hier lebt offensichtlich jemand sehr Primitiver", sagte ich mir, als ich die Klingel betätigte.

Es fiel mir schwer in die Hand, also schob ich es vorsichtig zurück und versuchte es stattdessen mit einem großen Messingklopfer, einem massiven Ding, das aussah, als wäre es einmal Teil eines Schiffbruchs gewesen. Ich klopfte einmal, ich klopfte zweimal, ich klopfte dreimal, und dann öffnete sich die Tür und ich genoss ein frisches Gefühl.

Anstelle des prähistorischen Wesens, das ich erwartet hatte, stand ein Mädchen in der offenen Tür und sah mich aus einem ganz bemerkenswert hellen Augenpaar an – in der Tat beunruhigend hell. Sie trug die eleganteste und modernste Country-Ausrüstung; kurzer Tweedrock in einem angenehmen Grünton, dazu passende Strümpfe, braune Brogue- Schuhe und eine Bluse, die aus Paris stammen könnte. Ihr Haar war genauso modisch gekleidet wie der Rest von ihr, und ihr Gesicht war genau von der Art, die ich am wenigsten erwartet hatte: ziemlich dünn mit sauber gemeißelten Gesichtszügen und zarten Augenbrauen und einem völlig kultivierten Ausdruck. Es bestand kein Zweifel, dass sie ausgesprochen hübsch war und herrlich frisch und gepflegt aussah. Aber ihre Augen waren ihr bestes Merkmal. Als ich einen Moment lang direkt in sie hineinschaute, konnte ich mich kaum dazu durchringen, die Rolle zu spielen, die ich mir vorgenommen hatte. Sie schienen ein wenig schwer zu täuschen zu sein.

Allerdings habe ich, Gott sei Dank, die meisten Tugenden abgelebt, die die Jugend in Verlegenheit bringen. Ich hatte schon einmal gelogen, wurde herausgefunden und habe es überlebt; Also schlug ich die Fersen zusammen, verneigte mich und fragte:

„Ist Meister Rindall da?"

(Mein Akzent war nicht ganz so schlimm, aber ich müsste mir neue Vokale einfallen lassen, um zu veranschaulichen, wie es tatsächlich klang.)

Ich hatte leichte Anzeichen von Besorgnis erwartet, aber sie antwortete mit vollkommener Gelassenheit und mit einer Stimme, die zu ihren Haaren und ihrer Bluse passte:

„Ja, das ist er. Kommst du rein?"

Ich verneigte mich erneut und betrat die Villa von Mr. Rendall.

VII

IM HERRENHAUS

Als ich dem Mädchen durch den Flur folgte, fragte eine Männerstimme:

„Ist das O'Brien?"

„Nein", sagte sie, „ jemand will dich sehen, Vater."

Sie führte mich in ein Zimmer und schloss die Tür, und im Laufe der nächsten paar Minuten kam ich zu ein oder zwei ziemlich offensichtlichen Schlussfolgerungen. Sie war eindeutig Mr. Rendalls Tochter, und es war ebenso offensichtlich, dass sie zu ungewöhnlichen Zeiten Besuch von Mr. O'Brien erhielten; Tatsächlich kamen sie offenbar zu dem Schluss, dass er es war, sonst hätte Miss Rendall mir kaum die Tür geöffnet. Außerdem könnte man ihre Antwort so interpretieren, dass, wenn Mr. O'Brien der Besucher gewesen wäre, es nicht ihr Vater gewesen wäre, den er besuchen wollte. Aber ob dies nun die wahre Interpretation war oder nicht , ich mochte O'Brien so sehr nicht und verdächtigte ihn so sehr, dass jede Andeutung von Intimität genügte, um mich froh zu machen, dass ich in die Defensive gegangen war.

„Ansonsten", sagte ich mir, „was für ein bezauberndes Mädchen, an einem solchen Ort zu finden!"

Ich erinnerte mich jedoch daran, dass ich nicht hergekommen war, um mich verzaubern zu lassen, und machte mich als nächstes daran, eine Bestandsaufnahme des Zimmers zu machen.

Es war nicht groß, aber angenehm proportioniert, hatte eine niedrige Decke und war von einem zarten, aber deutlichen Hauch der Vergangenheit durchdrungen. Ich fragte mich instinktiv, wie man diesen besonderen Geschmack auf der Bühne reproduzieren könnte. Es waren keine Rüstungen , Wandteppiche oder die üblichen antiken Utensilien erlaubt, denn abgesehen von den dicken Wänden und eher kleinen Fenstern war es so schwierig, den Finger auf irgendein bestimmtes Ding zu legen, das spürbar auf das Alter schließen ließ. Schließlich entschied ich, dass es unmöglich war, eine solche Atmosphäre wiederherzustellen. Es war eine Mischung aus innerer Stille und flüchtigen Blicken urzeitlicher Stille draußen, einem Hauch behaglicher

Schäbigkeit, einer Fülle älterer Bücher und einem schwachen Geruch der Feuchtigkeit von Jahrhunderten, vermischt mit dem Duft von Geißblatt. Mein Verdacht wurde plötzlich beruhigt, und mit dieser schnellen Entscheidung, die mich in so viele Löcher geführt und herausgeholt hat, beschloss ich, meinen deutschen Akzent aufzugeben. Dass die charmante Miss Rendall es übersehen und sich fragen könnte, was daraus geworden sei, war (ich muss gestehen) ein Gedanke, der mir erst später in den Sinn kam.

Gerade als ich zu diesem Entschluss gekommen war, kam der Gutsherr herein, und zwei Minuten später war ich zu einem anderen Entschluss gekommen, der darin bestand, mich an den Wahlkampfplan zu halten, den ich mir beim Gehen ausgedacht hatte, soweit ich mein Geschäft aufrechterhielt ich selbst war besorgt. Mein erster Eindruck von Mr. Rendall war von Größe und einer gewissen ruhigen, beeindruckenden Qualität. Er war grauhaarig, hatte einen kurzgeschnittenen, ergrauten Schnurrbart, war locker gekleidet, als wäre er ein wenig geschrumpft, und hatte das unverkennbare Aussehen eines Mannes, der wesentlich mehr von der Welt gesehen hatte als nur die Insel Ransay. Er empfing mich recht höflich und gastfreundlich, aber mit jedem Augenblick, der verstrich, wurde mir deutlicher bewusst, dass hinter seiner Höflichkeit etwas Abschreckendes steckte. Das Gefühl einer starken Persönlichkeit im Hintergrund, noch nicht wirklich feindselig, aber ironisch und kritisch, machte mich instinktiv und sofort auf der Hut. Nicht, dass ich den Mann tatsächlich verdächtigt hätte; aber es war einfach unmöglich, ihn sofort in mein Vertrauen zu ziehen. Ein Mann mit einem anderen Temperament hätte das vielleicht getan – und möglicherweise auch recht gehabt; aber seine Wirkung auf mich war, als würde man auf eine Napfschnecke klopfen.

Ich nannte ihm meinen Namen und sagte dann in ruhiger, vertraulicher Weise:

„Verzeihen Sie diese Störung, Mr. Rendall, aber Tatsache ist, dass mein Schiff offensichtlich abgerufen wurde.“

Ich warf einen Blick zum Fenster, und als er meinem Blick folgte, konnte er den Rauch des Kreuzers gerade noch am Horizont erkennen. Er nickte kurz, sagte aber nichts.

„Ich wurde gestern Abend wegen einer bestimmten Angelegenheit an Land gezogen“, fuhr ich fort, „und es gehört nicht zu dieser Angelegenheit, aufzufallen, und deshalb habe ich mir die Freiheit genommen, zu Ihnen nach Hause zu kommen.“

„Möchten Sie hier warten, bis Ihr Schiff zurückkehrt?“ erkundigte er sich.

„Ich dachte, Sie wüssten vielleicht eine Unterkunft, in der ich ruhig übernachten könnte.“

Er lächelte leicht.

„Du bleibst besser hier. Es gibt keine andere Unterkunft.“

Ich begann ihm zu danken, aber er unterbrach mich.

„Es ist Hobsons Entscheidung“, sagte er, „und mein Haus ist derzeit nicht überfüllt. Haben Sie zu Mittag gegessen?“

„Ich fürchte, das habe ich nicht.“

„Kommen Sie zu uns. Meine Tochter und ich hatten uns gerade hingesetzt.“

Er ging zur Tür.

„Ich habe kein Gepäck“, sagte ich.

„Ich kann dir leihen, was du willst.“

Ich dankte ihm noch einmal und sagte dreist:

„Darf ich um die Leihgabe eines Mantels bitten? Ich möchte meinen Uniformmantel möglichst nicht auf der Insel zur Schau stellen.“

Ich fand, dass er ein wenig überrascht aussah (man muss bedenken, dass ich die ganze Zeit über ein zugeknöpftes Ölzeug trug), aber er nickte nur noch einmal und führte mich nach oben in ein hübsches Schlafzimmer mit niedriger Decke und schweren alten Bettlaken. gestaltete Mahagonimöbel. Dort ließ er mich zurück und kam einen Augenblick später mit Bürste, Kamm und einem Tweedmantel zurück.

Mir war aufgefallen, dass in einer der Schubladen ein Schlüssel lag, und als ich den Mantel entgegennahm, sagte ich:

„Ich hoffe, Sie denken nicht, dass ich übermäßig vorsichtig bin, wenn ich meinen Uniformmantel in einer dieser Schubladen einschließe. In den Taschen befinden sich bestimmte Papiere, vor denen ich unbedingt vorsichtig sein muss.“

Wieder hatte ich das Gefühl, einen kurzen überraschten Blick zu erhaschen, aber er musste sehr kurz gewesen sein, denn sein Gesicht war so unergründlich wie eh und je, als er antwortete:

„Machen Sie genau das, was Sie möchten.“

Ein Dienstmädchen kam mit einem Krug heißem Wasser und dann war ich allein.

„Ich frage mich, ob der Mann mir glaubt?“ sagte ich mir. „Die Dinge laufen etwas zu reibungslos!“

Jetzt blieb uns jedoch nichts anderes übrig, als das Spiel auszuspielen. Ich traf zunächst die Vorsichtsmaßnahme und öffnete plötzlich und leise die Tür. Am Schlüsselloch war niemand, also zog ich mein Ölzeug aus, zog den Tweedmantel an, schloss dann die oberste Schublade ab und steckte den Schlüssel in die Tasche. Es ist kaum nötig zu erwähnen, dass die Schublade genauso leer blieb wie die anderen.

„Ich nenne das entweder einen sehr netten Trick oder einen teuflisch albernen", sagte ich mir. „Und welches es ist, hängt ganz von den Ergebnissen ab."

Während ich mir die Haare bürstete , dankte ich meinen Sternen, dass ich schön war, denn eine Rasur war längst überfällig.

„Was für ein Pirat würde ich aussehen, wenn ich brünett wäre!" Dachte ich, und so beschloss die Erinnerung an die zierliche Miss Rendall in mir, mir sofort ein Rasiermesser zu leihen.

Ich sah voraus, dass das Mittagessen eine Veranstaltung sein würde, die viel Fingerspitzengefühl erfordern würde. Da ich zu Recht oder zu Unrecht (und der Herr wusste was!) beschlossen hatte, diesen Menschen nicht zu vertrauen, mussten sie in einem schönen Gleichgewicht zwischen Zweifel und Zuversicht gehalten werden. Sie zu gründlich davon zu überzeugen, dass sie einen echten britischen Marineoffizier beherbergen würden, wäre fatal, wenn sie verräterisch geneigt wären, und ein schwerer Fehler, wenn sie es nicht wären, denn dann könnten sie den anderen Inselbewohnern und meiner Bande versichern, dass sie zur Erde gehen würden, und nicht zur Erde schnell wieder ausgegraben werden. Andererseits wäre es in Ordnung, sie zu misstrauisch zu machen, wenn sie verräterisch wären, würde aber wahrscheinlich mein Abenteuer beenden, wenn sie ehrlich wären.

Die Linie, die ich gewählt habe, war eine Mischung aus Geheimnissen über mein Geschäft, lockerem Plausch über unverbindliche Themen und einem gelegentlichen seltsamen Verhalten, das beispielsweise durch ein schlechtes Gewissen oder eine harmlose Art von Exzentrizität verursacht worden sein könnte (und das habe ich belassen). ihre Wahl treffen).

Hier sind einige ausgewählte Auszüge aus unserem Gespräch, an die ich mich zufällig mehr oder weniger wörtlich erinnere.

Ich selbst (gesprächig): „Herrliche Luft, die Sie auf Ihrer Insel haben! Wie Champagner – oder vielleicht sollte ich in diesen Gegenden eher wie Whiskey und Limonade sagen."

Mr. Rendall (etwas trocken): „Wir kennen uns zufällig mit Champagner aus."

Miss Rendall (lächelt freundlich, während sie aß): „Wir sehen wahrscheinlich nicht so aus, Vater. Mr. Mertons Metapher war sicherer."

Ich selbst (komme mir eher wie ein Idiot vor, aber äußerlich schwul): „Ich wollte nicht über Ihren Keller nachdenken, Miss Rendall. Ich wollte lediglich Lokalkolorit hervorheben
."

An diesem Punkt verstummte ich plötzlich, das Lachen war sozusagen auf meinen Lippen eingefroren. Ich blickte auf meinen Teller und warf dann einen verstohlenen Blick auf meinen Gastgeber (ich ließ ihm die Wahl). Der nächste Gesprächsausschnitt, an den ich mich erinnere, verlief ungefähr so:

Ich selbst (bewusst auf die Testfrage eingehend): „Es gibt eine Sache, um die ich die Einheimischen dieser glücklichen Insel beneide. Was für eine wunderbare Auswahl wilder Blumen sie haben! Sind sie eine gute Weide?"

Mr. Rendall (wieder trocken): „Wenn jemand zufällig einen Wiederkäuergeschmack hat, glaube ich, dass er essbar ist."

Miss Rendall (fröhlich, aber offensichtlich unfreundlich): „Mr. Merton dachte wahrscheinlich hauptsächlich an die Wiederkäuer-Eingeborenen."

Ich selbst (bleibe streng bei der Sache): „Ich dachte hauptsächlich an Schafe." *(Mit einem direkten und stetigen Blick auf den Laird.)* „Gibt es viele Schafe auf dieser Insel?"

Herr Rendall (ganz ruhig): „Sehr viele. Sind Sie auf Statistiken bedacht?"

Ich selbst (meine Enttäuschung unter einem tapferen Lächeln verbergend): „Oh nein. Bitte verwechseln Sie mich nicht mit einem intelligenten Forscher."

Ich richtete mein tapferes Lächeln auf Miss Rendall. Sie lächelte ganz leicht zurück. In ihrem Gesicht schien ich eine Spur von Skepsis zu lesen ; als wäre sie mit meiner bescheidenen Einschätzung meiner selbst nicht ganz einverstanden, dachte aber gleichzeitig nichts Gutes von mir. Ich hätte viel dafür gegeben, genau zu wissen, was sie dachte. Hatte sie etwas vermutet? Und wenn ja, was?

Ich hatte noch eine Chance. Es war eine Inspiration, die mir am Ende des Mittagessens kam, als mein Gastgeber mir eine Zigarre anbot.

"Streichhölzer?" beobachtete er und schob mir eine Kiste zu.

Wieder sah ich ihn aufmerksam an und fragte:

„Haben Sie so etwas wie ein *Wachsstreichholz* ?"

Seine Augenbrauen hoben sich leicht.

„Wenn Sie lieber eine Zigarre mit einem Wachsstreichholz anzünden möchten, kann ich sagen, dass ich eines finden kann."

„Wenn Mr. Merton nichts dagegen hat, eine halbe Stunde zu warten, entdecke ich vielleicht eine Kiste im Lagerraum", sagte Miss Rendall und fügte bescheiden hinzu: „neben dem Champagner."

Mein einziger Trost war, dass ich mich für eine gute Sache lächerlich machte.

VIII

SONNTAG

Ich sagte am frühen Abend gute Nacht und dachte viel in meinem Schlafzimmer nach. Seit dem Mittagessen wurde nichts gesagt oder getan, was mir jetzt noch der Aufzeichnung wert erscheint. Ich machte nachmittags einen einsamen Spaziergang, sowohl aus geschäftlichen Gründen als auch aus irgendeinem anderen Grund. Es ist wahr, dass ich tatsächlich einige Geschäfte damit gemacht habe, ein paar Einwohner anzusprechen und taktvoll zu versuchen, einen verdächtigen Eindruck zu erwecken. Keiner von ihnen schien jedoch auch nur im Geringsten zu der Bande zu gehören, die ich gesucht hatte, und die Rätsel um Schafe und Wachsstreichhölzer hatten sie kalt gelassen. Das machte mir umso weniger Sorgen, als mir klar geworden war , dass der Tag Samstag war. Morgen wollte ich in der Kirche eine Bestandsaufnahme der Inselbewohner machen – und ihnen Gelegenheit geben, eine Bestandsaufnahme über mich zu machen.

In dieser Nacht waren meine Gedanken hauptsächlich bei meinem Gastgeber und meiner Gastgeberin. Ich hatte noch ein paar weitere Fakten über sie erfahren und diese habe ich nun zusammengestellt, um zu sehen, welches Bild sie vorschlagen. Erstens waren die Rendalls eine alte Familie in dieser Gegend und besaßen ihr Eigentum seit einigen Jahrhunderten. Da alle meine Vorurteile zugunsten alter Familien, alter Portweine und alter Möbel ausfielen , war das bisher beruhigend.

Andererseits hatte Herr Rendall offenbar viel im Ausland gelebt, ließ jedoch keinen Hinweis darauf fallen, ob er sich aus Vergnügen, gesundheitlichen oder geschäftlichen Gründen in fremden Gegenden aufgehalten hatte. Tatsächlich war er bei diesem Thema und tatsächlich bei jedem anderen Thema absolut nah dran . Hinzu kommt, dass ich gehört hatte, dass es ihm schlecht ging, dass er keine Frau hatte, die sich um ihn kümmerte, und dass er das Leben offensichtlich eher ätzend als enthusiastisch betrachtete, und in meinem gegenwärtigen Geisteszustand schien dies auf den ersten Blick der Fall *zu* sein für Verdacht. Auf jeden Fall war er ein Mann, den man im Auge behalten musste.

Was seine Tochter betrifft, so hatte ich erfahren, dass sie Jean hieß, dass sie in einem eher exklusiven Seminar zur Schule gegangen war, von dem ich zufällig gehört hatte, und dass sie ihre Ausbildung vor ein paar Jahren in der Schweiz abgeschlossen hatte.

„Das ist alles nichts sehr Verdächtiges", dachte ich. „Aber was macht diese überraschende Erscheinung auf dieser abgelegenen Insel? ‚Ich kümmere mich um meinen Vater', würde sie sagen. Aber warum sollte man sich hier um ihn kümmern, anstatt an einem amüsanteren Ort? Vielleicht, weil es ihnen schlecht geht. Auf andererseits vielleicht auch nicht."

Dann dachte ich über das Paar nach, so wie man an neue Bekanntschaften denkt, bevor man von einem Krieg träumt, und ich muss sagen, dass sie die Tortur sehr rühmlich überstanden haben. Er war gut geboren, gut erzogen und alles andere als ein Narr. Sie war – nun ja, es macht mir nichts aus, zuzugeben, dass ich sie an diesem Abend charmant fand, obwohl die ziemlich offensichtliche Tatsache war, dass sie überhaupt nicht charmant zu mir war. Oder wenn ja, dann verbarg sie ihre Gefühle bewundernswert. Sie hatte jedenfalls eine gute Ausrede; ob sie ehrlich war und mich für einen Verräter hielt, oder ob sie verräterisch war und mich für ehrlich hielt. Außerdem hatte ich mich noch nicht rasiert.

Also verzieh ich Miss Jean ihre Vorurteile und dachte über ihre Reize nach. Später änderte ich, wie sich zeigen wird, meine Meinung über sie, aber an diesem ersten Abend kam sie mir wie eine äußerst pikante und zierliche junge Dame vor. Schlank, schlank und zurückhaltend, mit Augen wie Sterne (ich leihe mir die Metapher ohne Erröten) und einer angenehmen Würze des Schalk auf ihrer Zunge und einem Hauch des Teufels, der sehr sorgfältig und sorgfältig versteckt wird; Das war mein erster Eindruck von Miss Jean Rendall.

Und dann drehte ich mich um und schlief diese Nacht ohne einen Traum.

Der Sonntag war wieder ein wunderschöner Tag. Die Brise hatte fast ganz nachgelassen, das Meer schimmerte durch einen Hitzedunst und die Farben der Wildblumen waren leuchtender als jede Palette. Ich kam rasiert herunter, fand Miss Rendall aber immer noch cool und ihren Vater so unnahbar wie eh und je.

„Jedenfalls", tröstete ich mich, indem ich nachdachte, „ich habe meine Borsten als Grund für meine Unbeliebtheit beseitigt. Sie haben etwas anderes im Kopf!"

Der Gutsherr lieh mir einen Filzhut und als die Mittagsstunde nahte, machten wir uns auf den Weg zur Pfarrkirche. Es gab eine andere Kirche auf der Insel (wie in jeder schottischen Gemeinde, die etwas auf sich hält, glaube ich), aber glücklicherweise war der rivalisierende Pfarrer nicht da und die Gemeinden versammelten sich. Später kam ich zu dem Schluss, dass dieses erfreuliche Ergebnis zum Teil auf die Hoffnung zurückzuführen war, den geheimnisvollen Gast des Gutsherrn zu sehen, und dass mehrere sehr heikle theologische Skrupel von Tauchern der anderen Gemeinde heruntergeschluckt wurden. Auf jeden Fall war die Kirche überfüllt und ich hatte die Chance, die ich wollte.

Als wir uns der Kirche näherten , dachte ich, ich hätte noch nie ein schlichteres, primitiveres kleines Gebäude gesehen, nicht einmal auf einem schottischen Kirchhof; kein Turm, keine Verzierung, nichts als graue Putzwände (was man in Schottland „harled" nennt) und ein Dach aus kleinen gelblichen Steinplatten, eingebettet in ein Bett aus vermischten Brennnesseln und Grabsteinen. Inmitten der Grabsteine stand die Gemeinde ganz in Schwarz und starrte den geheimnisvollen Fremden unerschütterlich an, während über der Tür eine klagende kleine Glocke knarrte und klingelte.

Wir betraten die kleine Kirche und ich werde meine Überraschung nie vergessen. Es war das Jahr 1914 ohne; es wurde das Jahr 1514 (oder vielleicht noch einige Jahrhunderte früher) darin. Auf einer Seite durchbohrten zwei winzige Fenster eine gut einen Meter dicke Wand. Die andere Wand war nur durch eine große leere Nische unterbrochen, aus der ein einst verehrtes Bild verschwunden war. Zwar gab es jetzt Kirchenbänke, aber sie waren nicht von gestern – quadratische Kisten, in denen Menschen saßen und in vier Richtungen blickten, und der Geruch feuchter Bibeln roch prähistorisch.

Die Glocke hörte auf zu läuten, die Leute strömten herein und füllten die Kisten, und plötzlich erhob sich auf der Kanzel ein grimmiger, ehrwürdiger Mann in Schwarz. Zu diesem Zeitpunkt hatte ich meine besseren Gefühle unter Kontrolle und ich studierte diese Zahl kritisch. Er vertrat eines dieser vier „ zivilisierten " und verdächtigen Häuser. Einer war unbewohnt, zwei hatte ich inzwischen besucht, und den vierten war ich nun fast bereit, ihn ehrenamtlich zu entlassen. Zumindest äußerlich ließ dieser ruhige Geistliche nichts anderes als die strengeren Tugenden vermuten.

Zwei Stunden lang betete der Pfarrer, der Pfarrer las und der Pfarrer predigte zu uns; in Abständen durften wir singen und missbrauchten dieses Privileg auf schockierende Weise; und die ganze Zeit habe ich diese Gemeinde studiert. Ich erkannte die Familie Scollay , Peter den Älteren, Peter den Jüngeren, Mrs. Scollay , die beiden rosigen Töchter und sogar den armen Jock. Die drei oder vier Leute, mit denen ich am Nachmittag gesprochen hatte, waren auch alle da. Tatsächlich sah ich bis auf drei Ausnahmen jeden , den ich zuvor bewusst auf dieser Insel getroffen hatte . Der Arzt und O'Brien waren nicht in der Kirche, und obwohl ich genau hinsah, konnte ich keine Spur von der Antike mit getönten Brillen und einer Vorliebe für Wachsstreichhölzer erkennen.

Mir wurde sehr schnell klar, dass ich keine Angst davor hatte, unbeobachtet zu bleiben. Hin und wieder fielen mir alle Blicke dieser Gemeinde auf mich, und es blieb mir nur noch, den richtigen Eindruck zu erwecken, um sie mitreißen zu können.

Da ich nicht in der Lage war, mich selbst so zu sehen, wie andere mich sahen, kann ich nicht genau sagen, welche Wirkung ich hervorgerufen habe, aber wenn ich die Angewohnheit hatte, plötzlich und schuldbewusst zu Boden zu schauen, wenn ich einen starren Blick erwischte, war es eine auffällige Schwierigkeit, der Reihenfolge zu folgen Der Service und das Wissen, welches Buch ich nehmen sollte und ob ich knien, sitzen oder stehen sollte, und das besonders unangenehme Schütteln, das ich in meine Kopfnote einfügte – wenn all diese Äußerungen nicht den Eindruck erweckten, dass ich in der Tat eine sehr misstrauische Person war, nun ja Ich kann nur sagen, dass sie das hätten tun sollen, und dass es dieser Gemeinde eindeutig an der richtigen Vorstellungskraft mangelte. Natürlich konnte ich kaum damit rechnen, dass in der Kirche tatsächlich ein mitfühlendes Zeichen ertönt, aber ich hoffte, dass mein Auftritt sicher Früchte tragen würde, bevor viele Stunden vergangen waren.

Endlich war der Gottesdienst zu Ende, die Bürger drängten sich, und der Laird und seine Tochter erhoben sich hinter ihnen und begrüßten den Pfarrer auf dem Weg zur Tür. Mir fiel auf, dass sie mich nicht vorstellten und dass Reverend Mr. Mackenzie mich über Miss Rendalls Schulter hinweg mit einem streng misstrauischen Blick ansah. Offensichtlich hatte er bereits Schlechtes von mir gehört, und die Hoffnung brannte noch stärker. Wenn der Minister dunkle Gerüchte gehört hatte , dann sicherlich die Spione! Oder jedenfalls würden sie es tun, wenn die Gemeinde alle ihre Häuser erreicht hätte (wenn sie nicht selbst zur Gemeinde gehörten).

Wir gingen erneut durch viele Augen auf dem Kirchhof, und dann gingen Rev. Mr. Mackenzie und der Laird zusammen ein kurzes Stück, und ich war allein mit Miss Jean.

„Ich habe weder Dr. Rendall noch Mr. O'Brien in der Kirche gesehen", bemerkte ich.

„Sie kommen sehr selten zur Kirche", sagte sie.

„Ich nehme an, dass Mr. O'Brien den Arzt besucht", bemerkte ich.

„Ja", sagte sie in einem Ton, der kaum weitere Informationen versprach.

„Ist er schon lange bei ihm?" Ich habe konserviert.

"Für einige Zeit."

„Alte Freunde, nehme ich an."

Sie schien mich nicht zu hören, und ich gab es auf – inzwischen; aber zu mir selbst sagte ich selbstgefällig:

„Irgendein Geheimnis hier!"

Jetzt bemerkte ich:

„Es gab noch ein anderes Gesicht, das ich nicht sah – den Inselpatriarchen."

Sie sah mich schnell an.

„Der Patriarch – wen meinst du?"

„Ein alter Herr mit weißem Bart, getönter Brille und etwas abgetragenem Mantel. Er hat mich gestern auf der Straße angerufen und um ein Streichholz gebeten. Ich kann mir vorstellen, dass er irgendwo in der Nähe des Hauses des Arztes wohnt."

Sie sah einen Moment lang sehr nachdenklich aus und sagte dann:

„Auf der Insel gibt es niemanden mit einer getönten Brille, und niemand, der auch nur im Geringsten so ist, wohnt irgendwo in der Nähe von Dr. Rendall."

Ich sah sie scharf an.

„Bist du dir ganz sicher?"

Sie schien einen Moment noch einmal nachzudenken und sagte dann:

"Perfekt."

Auf dem Heimweg zum Mittagessen musste ich über etwas nachdenken.

IX

EIN VERBÜNDETER

Nach dem Mittagessen machte ich mich mit ziemlich großen Erwartungen alleine auf den Weg. Es schien mir unvorstellbar, dass Männer (oder auch nur ein einziger Mann, um der Argumentation willen, obwohl ich mir sicher war, dass es mehr sein müssten), die hier in dem Geschäft lauerten, mit dem diese Bande beschäftigt war, tatsächlich keine Schritte in die eine oder andere Richtung unternehmen würden andere, um sich mit einem Fremden auseinanderzusetzen, der von ihrer Existenz wusste und der allem Anschein nach einer ihrer eigenen Nieren war . Zu diesem Zeitpunkt schmeichelte ich mir selbst, dass jeder Bericht, den sie hätten hören können, und jede Beobachtung, die sie möglicherweise gemacht hatten, sie zu der Ansicht verleiten musste, dass es ihre Pflicht sei, sich erneut mit mir in Verbindung zu setzen. Und jetzt schlug ich vor, einen einsamen Spaziergang genau an der Küste zu unternehmen, an der ich auf meinen ölhäutigen Freund gestoßen war, und ihm die Chance zu geben, Kontakt aufzunehmen.

Es war ein Nachmittag mit Sonnenschein und glitzerndem Meer. Zuerst roch die Luft nach Klee und dann – als ich mich dem Ufer näherte – nach Seegeschirr. An diesem Ruhetag war kaum jemand zu sehen, sodass ein ruhiges Treffen am Strand einfach vereinbart werden konnte. Nur ein Treffen bedeutet zwei, und obwohl ich direkt an der Küste entlang ging, bis ich nur noch einen Steinwurf von der Farm der Scollays entfernt war , blieb ich genauso einsam wie zu Beginn.

Ich drehte mich um und ging langsam etwa eine Meile zurück, wobei meine Hoffnungen schwanden und meine Ratlosigkeit zunahm.

„Was hätte ich tun sollen, was ich nicht getan habe?" Ich habe mich selbst gefragt. „Und was habe ich getan, was ich nicht tun sollte?"

Ich hielt inne und setzte mich auf den frischen Meeresrasen mit einer rauen Steinmauer landeinwärts und unter mir auf die steilen Felsen und das glasige Meer, und da kam mir die Idee, dass ich etwas tun könnte, um die Aufmerksamkeit auf mich zu lenken. Eine fürsorgliche Tante hatte mir einen Revolver geschenkt, als ich meinen Auftrag bekam, und da mir alles, was mit dem Schlagen von Gegenständen zu tun hatte, von Cricketbällen bis hin zu Fasanen, immer Spaß gemacht hat, trug ich ihn immer in meiner Gesäßtasche, unabhängig von Spreu (ein glücklicher Zufall). Der inspirierte Witzbold nannte mich „Jolly Roger"). Jetzt holte ich es heraus, ging zum Strand hinunter, stellte einen Stein als Markierung auf und begann, das Geschäftliche mit dem Vergnügen zu verbinden, indem ich ein wenig ausgefallenes Shooting machte. Das Ding machte gerade genug Lärm, um jeden in der Nähe anzulocken, ohne die Bewohner zu verärgern , und da ich zufällig in guter Verfassung war, machte es mir großen Spaß.

Ich hatte gerade eine hübsche Folge von Schnappschüssen gemacht und dachte mit Bedauern darüber, dass ich in einem der glücklichen Länder, die noch immer zum Duell animierten, ein weitaus angeseheneres Mitglied der Gesellschaft sein sollte, als mir plötzlich klar wurde, dass ich einen Zuschauer meiner Fähigkeiten hatte . Er stand auf dem Rasen über mir, etwas undeutlich wegen der Mauer in seinem Rücken, und einen Moment lang machte mein Herz einen Sprung, und ich dachte, ich hätte endlich den Freund getroffen, den ich suchte. Und dann sah ich, dass es nur der arme Jock war.

Ich winkte ihm zu und er kam zum Strand gestolpert, den Mund wie immer weit geöffnet und voller Lächeln. Als er näher kam, kam mir ein wilder Gedanke. Er war bärtig, stämmig und mittelgroß. Wickeln Sie ihn in ein Ölzeug und schon waren Sie da! Ich erwähne alle meine Inspirationen, um zu zeigen, dass ich mich auf dieser gesegneten Insel wirklich ziemlich gründlich erkundet habe. Es ist wahr, dass das Verhalten meines ölhäutigen Bekannten kaum das eines angeborenen Idioten war; Dennoch war ich entschlossen, nichts unversucht zu lassen.

„Schießt, schießt!" er plapperte mit seiner seltsam dicken Stimme. „Jock hat Schüsse gehört!"

Ich sah ihn starr an und antwortete mit ernster Stimme in einem deutschen Akzent, den man mit einem Messer hätte schneiden können:

„Ich möchte etwas über Schafe wissen , Herr Jock, nicht über Sprossen. Wie viele Schafe gibt es auf dieser Insel, nicht wahr ?"

Habe ich für einen Moment einen Funken Intelligenz in Jocks Augen gesehen? Das kann ich ehrlich gesagt nicht sagen. Ich weiß nur, dass er nicht unnatürlich überrascht aussah und dann mit belegter Stimme antwortete, was wie „Hundertsechs" klang. Jedenfalls schien es nichts zu sein, was das Thema besonders hell erhellte.

„Und wie viele Wachsstreichhölzer?" Ich habe nachgefragt.

Jock johlte vor Lachen. Er klang so fröhlich, dass ich zwangsläufig auch lachte, und dann blickte ich ihn düster an .

„Jock", sagte ich, „du bist ein Betrüger und eine Enttäuschung."

Er lachte erneut, und dann kam mir plötzlich eine viel vernünftigere Idee. Er war kein sehr vielversprechender Verbündeter, aber er könnte sich als besser erweisen als gar keiner.

„Jock", sagte ich, „ich bin ein Fremder."

Er nickte und schien zu verstehen.

„Haben Sie auf Ihrer Insel noch andere Fremde gesehen?" Ich fragte.

Er wirkte etwas verwirrt.

„Nein, nein", begann er und änderte es dann in „Ja, ja."

Was meinte er, oder meinte er überhaupt etwas?

„Ein Mann in einem Ölmantel, mit einem Schnurrbart auf der Lippe – hier", fuhr ich fort und berührte meine eigene Lippe. „Wer geht nachts raus und geht am Ufer entlang? Hast du so jemanden gesehen?"

Wieder schien er intelligent zu wirken, aber er schüttelte nur vage den Kopf.

„Nun", sagte ich, „wenn Sie so jemanden sehen, lassen Sie es mich wissen, dann werden Sie noch ein paar Triebe sehen. Außerdem werde ich Ihnen das hier geben."

Halbkrone hoch und er lachte so fröhlich, dass ich eine schwache Hoffnung hatte, dass er vielleicht doch noch von Nutzen sein würde.

Und doch war meine Stimmung nicht sehr gut, als ich ihn verlassen hatte und meinen Weg zurück zum Haus der Rendalls fortsetzte. Als Verbündeter beeindruckte mich Jock nicht gerade mit einem Gefühl großen Selbstvertrauens, während seine Unfähigkeit, meine Beschreibung des ölhäutigen Mannes zu erkennen , mich unangemessen deprimierte. Ich sagte mir, dass die Meinung des Gemeindeidioten zum Thema Fremde von geringem Wert sei. Außerdem wäre der ölhäutige Mann höchstwahrscheinlich kein Unbekannter für die Menschen in der Nachbarschaft . Vielleicht kennen sie ihn als wohlhabenden Bauern oder zähen Fischer – oder als ihren eigenen Arzt oder den Gast ihres Arztes, oder – nein, er konnte nicht ihr Laird sein, denn Mr. Rendall war zu groß. Kurz gesagt, mein Gespräch mit Jock hatte auf die eine oder andere Weise nichts bewiesen.

Und doch hat mich das Scheitern, trotz all meines Einfallsreichtums eine Spur der Bande zu finden, zum Nachdenken gebracht. Konnte es möglicherweise sein, dass mein gesamtes Abenteuer eine Halluzination gewesen war ? Ich gestand mir ganz offen, dass ich eine ziemlich lebhafte Fantasie habe, und ich erinnerte mich lebhaft daran, wie ich auf dem Weg zu den Scollays unter der Belastung einer heftigen Reaktion fast zusammengebrochen wäre, wie mein Gehirn herumgewirbelt war und wie ich die Bauernküche mit Menschen bevölkerte das Dreifache der tatsächlich versammelten Personenzahl. Das alles war mir bewusst gewesen, aber angenommen, mein Gehirn hätte tatsächlich schon eine halbe Stunde früher zu wirbeln begonnen, bevor ich mir dessen bewusst geworden wäre? Hätte ich mir mein ganzes mysteriöses Abenteuer nicht vorstellen können?

Das war ein böser Gedanke, denn in diesem Fall hatte ich mich seitdem für einen überflüssigen Narren gehalten! Aber ich sah mich der Sache mannhaft gegenüber und fragte mich streng, was die Meinung des durchschnittlichen nüchternen, nüchtern denkenden Mannes wäre, wenn man ihm die Fakten vorlegte und ihn aufforderte, sein Urteil darüber zu fällen. Wie würde ich selbst urteilen, wenn man mir so etwas erzählen würde? Würde ich es ohne Bedenken schlucken?

„Wenn ich wollte, würde ich gehängt werden!" Ich sagte offen.

Als ich in das große Haus zurückkam, hatte ich selbst schon fast aufgehört, an die Geschichte zu glauben.

X

DIE KÜSTENPATROUILLE

An diesem Abend saßen wir alle drei in der Bibliothek (dem gleichen altmodischen Raum, in den ich zuerst geführt worden war), als ein Diener eintrat und Mr. Rendall eine Nachricht überbrachte. Er stand auf und ging hinaus und ließ seine Tochter und mich scheinbar beide in ein Buch vertieft zurück. Das war vielleicht wirklich der Fall, aber ich habe meine Titelseiten zu einer Leinwand für innere Debatten gemacht. Hatte ich mich bloss lächerlich gemacht und sollte ich meinen Gastgebern alles zur Schau stellen? Oder sollte ich mit meiner Entscheidung noch etwas warten? Ich dachte weiter nach, nachdem der Laird das Zimmer verlassen hatte und Miss Jean ihren Blick immer noch unbeweglich auf ihren Pagen richtete. Ich muss ehrlich gestehen, dass ich bei keiner Frau so gut gelaunt bin – vor allem nicht bei einer, die mich eindeutig anzog.

Nach ein paar Minuten kam ihr Vater zurück und sagte zu ihr:

„John Howiseon hat heute Abend geweint. Ich muss selbst gehen."

Sie begann mit einem Wort der Ermahnung, aber er lächelte nur auf seine grimmige Art, nickte ihr zu (nicht mir, wie mir auffiel) und verschwand. Mit einem kleinen Seufzer setzte sie sich wieder hin und vertiefte sich in ihr Buch, aber meine Neugier war geweckt und im nächsten Moment fragte ich:

„Geht dein Vater für längere Zeit aus?"

Ihre Besorgnis schien ihre Zurückhaltung gebrochen zu haben

„Die ganze Nacht", sagte sie. „Ich wünschte, er würde es nicht tun!"

"Was ist los?" Ich fragte.

„Die Küstenpatrouille", sagte sie.

„Die Küstenpatrouille ! " rief ich aus. "Was ist das?"

Sie schien mich einen Moment lang etwas zweifelnd anzusehen, bevor sie antwortete:

„Die Admiralität hat alle Friedensrichter gebeten, die Küste patrouillieren zu lassen."

"Von wem?"

„Jeder, den sie kriegen können. Wir haben die ganze Insel in Beats und anders kartiert; die Bauern gehen nachts herum."

Im Moment glaubte ich ihr nur halb. Eine so laienhafte Art, in einem so lebenswichtigen Bereich Wache zu halten und zu schützen, erschien kaum glaubhaft, aber ich erfuhr später, dass dies in jenen frühen Tagen des Krieges eines der Dinge war, die tatsächlich passierten. Auch eine andere Tatsache ließ mich zweifeln. In der Nacht meiner Landung hatte ich keine Beobachter getroffen.

„Wer beobachtet die Küste oben am Nordende – in der Nähe der Farm der Scollays ?“ Ich fragte.

„Oh, Dr. Rendall und Mr. O'Brien kümmern sich um diesen Moment“, sagte sie.

Plötzlich kehrte mein Glaube an mein eigenes Abenteuer zurück. Entweder hat dieses Paar seine Pflicht vernachlässigt – oder ich hatte einen der Beobachter getroffen!

„Gehen der Arzt und Mr. O'Brien jemals selbst aus – wie Ihr Vater heute Abend?“ Ich fragte.

„Mr. O'Brien geht ziemlich oft aus, glaube ich.“

Ich dachte noch einen Moment nach und sprang dann auf.

„Das scheint genau der richtige Job für einen gesunden jungen Mann zu sein“, sagte ich lachend. „Ich gehe raus, um mich den Beobachtern anzuschließen!“

"Du!" rief sie und sprang ebenfalls auf.

Ich sah ihr direkt in die Augen.

"Warum nicht ich?" Ich habe nachgefragt.

Sie sagte einen Moment lang nichts und bemerkte dann mit ganz sachlicher Stimme:

„Sehr gut. Wenn du gehst, komme ich mit.“

Ich konnte nicht widerstehen, sie zu parodieren.

"Du!" rief ich aus.

Aber als Antwort bekam ich kein Lächeln.

„Ich bin in fünf Minuten fertig“, sagte sie, als sie den Raum verließ.

„Was zum Teufel soll das nun bedeuten?“ Ich sagte zu mir.

Fünf Minuten bedeuteten natürlich eine Viertelstunde, und dann machten wir uns auf den Weg in die Nacht, sie in einem langen Tweedmantel und ich in meinem unvermeidlichen Ölzeug.

„Welchen Weg willst du gehen?“ Sie fragte.

„Angenommen, wir arbeiten uns zum nördlichen Ende vor“, schlug ich vor.

Sie sagte nichts mehr und wir gingen über einen Pfad zum Ufer und bogen dann nach links ab. Ich war dabei, meine Pfeife zu stopfen, und als wir die letzte Steinmauer erreichten, blieb ich stehen, bückte mich unter ihrem Schutz und zündete ein Streichholz an. Mein Gesicht war ihr zugewandt, und im Bruchteil einer Sekunde, bevor das erste Streichholz verpuffte, erhaschte ich einen flüchtigen Blick auf etwas, das gerade noch in der Öffnung einer der großen Taschen ihres Tweedmantels zu sehen war. Es war das Ende einer Pistole.

Ich zündete noch drei weitere Streichhölzer an, bevor ich meine Pfeife entzündete, und schaffte es jedes Mal, ihr ins Gesicht zu sehen, aber sie hatte sich umgedreht und hielt mir die andere Seite zugewandt. Als wir unseren Spaziergang fortsetzten , fiel mir auf, dass sie stets zwei bis drei Meter Abstand zu mir hielt.

„Nur Schussdistanz!" Ich sagte zu mir.

„Übrigens, wonach sollen wir suchen?" Ich habe mich sofort erkundigt.

„Hauptsächlich Periskope, glaube ich", sagte sie.

Ich blieb stehen und blickte über das tintenschwarze Meer.

„Zünden sie sie für uns an?" Ich fragte.

Sie lachte wider Willen.

„Das habe ich mich auch gefragt", sagte sie.

Dies war ihr einziger mitfühlender Rückfall, und um die Wahrheit zu sagen, machte ich keine weiteren Bemerkungen, die es wert wären, belächelt zu werden. Diese Pistole hat mich zum Nachdenken gebracht. Dass sie herausgekommen war, um mich zu beobachten und wenn nötig zu erschießen, schien eine ziemlich offensichtliche Schlussfolgerung zu sein, und so sehr ich ihre Nerven bewunderte, machte es eine humorvolle Unterhaltung ein wenig schwierig.

Wir gingen weiter, immer weiter, eine scheinbar endlose Strecke lang. Es war ziemlich mondlos und nur ein paar Sterne funkelten hier und da durch einen Schleier aus hellen Wolken, die mit dem Sonnenuntergang aufgezogen waren. Das Gras unter den Füßen war schwarz, das Meer war fast ebenso dunkel und das Landesinnere unsichtbar. Einmal bemerkte ich:

„Es ist merkwürdig, dass wir keinen unserer Mitbeobachter getroffen haben."

„Die Takte sind sehr lang", sagte sie, „und ich fürchte, die Beobachter bleiben nicht die ganze Zeit auf ihren Posten."

„Was? Ab und zu machen sie ein Nickerchen?"

Es schien, als ob sie zustimmen und dann ihre Meinung ändern würde.

„Oh, wir werden bald jemanden treffen. Ich denke, Vater hält das aus."

Aber wir trafen niemanden, und während wir unseren einsamen Weg fortsetzten , begann ich zu denken, dass dies durchaus ein Grund dafür sein könnte, dass ich vor zwei Nächten nicht auf eine dieser Küstenpatrouillen gestoßen war. Dennoch war es nur ein möglicher Grund; Die andere Alternative blieb bestehen.

Und dann, ich weiß nicht, wie es war, aber ich begann allmählich den merkwürdigen Eindruck zu bekommen, dass *etwas* in der Luft lag, *dass etwas* passieren würde. Es ist leicht zu sagen, dass ich mir jetzt im Nachhinein nur einbilde, dass ich dieses Gefühl hatte. Aber ich habe die Sensation damals deutlich und positiv wahrgenommen. Ich strengte meine Augen an, ich sah hin und her, so stark wurde das Gefühl. Einmal dachte ich einen Moment lang , ich hätte irgendwo im Landesinneren leise Schritte gehört und dann blieb ich stehen und lauschte, aber als ich stehen blieb, hörte ich nichts.

Es kann nur ein paar Minuten danach gewesen sein, dass die Gestalt an meiner Seite (die so still gewesen war, dass ich fast vergessen hatte, dass es ein Mädchen war, und zwar ein hübsches Mädchen), plötzlich stehen blieb und ich neben ihr stehen blieb.

„Hörst du etwas?" „ fragte sie und es schien, als ob ihr der Atem stockte.

Ich hörte zu und schüttelte den Kopf. Ich konnte sehen, dass sie aufmerksam auf den Strand blickte.

"Siehst du etwas?" fragte ich mit instinktiv gedämpfter Stimme.

„Nein", antwortete sie mit demselben leisen Ton, „aber ich dachte, ich hätte etwas gehört."

Wieder spitzte ich meine Ohren, und dieses Mal hörte ich deutlich etwas; Es könnte eine Bewegung zwischen den Felsen unten oder am Ufer vor uns gewesen sein. Sie sagte nichts mehr, schien aber in die Dunkelheit zu blicken, die den Strand verhüllte.

„Ich gehe runter und schaue, was es ist", sagte ich.

Einen Moment lang dachte ich, sie würde Einwände erheben, aber sie sagte nichts, und mit mutiger Miene verließ ich den Rasen und machte mich auf den Weg nach unten, zuerst durch lose Felsbrocken und dann entlang eines Felsvorsprungs weiter unten. Ich muss ehrlich gestehen, dass ich mich etwas weniger mutig fühlte, als ich aussah, vor allem, als mir klar wurde, wie gefährlich das Unterfangen war. Ich erinnere mich, dass der Himmel im Gegensatz dazu heller zu sein schien, die Felsen jedoch völlig chaotische Dunkelheit waren.

Ich muss mich einige Minuten lang an die Sache herangetastet haben, mit wachsendem Gefühl für die Sinnlosigkeit der Aufführung, als ich zum ersten Mal das scharfe Klirren eines losen Steins auf einem Felsen hörte. Ich drehte mich zu dem Geräusch um und hörte es erneut. Drei- oder viermal hatte ich es deutlich gehört, als ich mich wieder in der Nähe des Grases befand, nur befand sich an dieser Stelle zwischen ihm und mir eine steile kleine Klippe, höher als mein Kopf, anstelle eines Felshangs, so dass Jeder am Ufer oben würde direkt auf mich herabblicken. Das alles kann ich schwören.

Und als meine Schulter dann über diese niedrige Felswand rieb, dachte ich – ich bin mir tatsächlich sicher –, dass ich oben etwas bewegen hörte, und sicherlich war ein scharfes, kratzendes Geräusch auf dem Felsen hinter meinem Rücken zu hören; Es schien nur einen Zentimeter von mir entfernt zu sein. Ich schaute mich schnell um, gerade rechtzeitig, um einen Blick auf etwas Dünnes, Gekrümmtes und Unheimliches zu erhaschen, das am Nachthimmel nach oben flog. Ich habe nicht gesehen, wie es wieder herabstieg, aber im nächsten Moment hörte ich das scharfe Knirschen, dieses Mal dicht an meinem Kopf, und wieder tauchte die lange, gebogene Bedrohung auf, schwach sichtbar am Himmel.

Ich wartete nicht darauf, dass es wieder abstieg. Dass jemand von oben auf mich einschlug und ich lieber aus dem Weg gehen sollte, schien so offensichtlich, dass ich keine weitere Zeit damit verschwendete, den Vorgang zu beobachten. Ich startete von der Klippe, mein Fuß stieß auf ein Stück Seetang und mit einem halb erstickten „Verdammt!" Die nächsten paar Meter rutschte ich seewärts auf meiner Seite. Ein besonders harter Felsvorsprung stoppte meine Karriere und einen Moment lang lag ich da und fragte mich, welche Knochen gebrochen waren. Als ich herausgefunden hatte, dass es keine gab, und aufstand, war die Himmelslinie über dem Ufer klar. Wer auch immer mich angegriffen hatte, war verschwunden und es war nicht einmal das leiseste Geräusch zu hören, außer dem Gurgeln des Meeres unten. Und dann suchte ich mir vorsichtig den Weg zurück.

Ich näherte mich der Rasenbank oben und blieb nun erneut stehen. Leise Stimmen drangen deutlich an mein Ohr und plötzlich erspähte ich zwei undeutliche Gestalten, die dicht beieinander standen. Bevor ich mich wieder bewegte, hatte ich etwas aus meiner Gesäßtasche auf meine Ölzeugjacke übertragen und hielt meine Hand auch dort, geschlossen und bereit. Dann bin ich weitergekommen.

„Sind Sie das, Mr. Merton?" sagte eine Stimme, die ich kannte.

„Ja, Mr. Rendall", antwortete ich trocken.

„Hast du jemanden gesehen?"

„Nein", antwortete ich wahrheitsgemäß.

„Wir dachten, wir hätten einen Schrei gehört", sagte Miss Jean.

„Vielleicht habe ich eine Möwe erschreckt", schlug ich vor; und dann fragte ich mit einer Schärfe in meiner Stimme, die ich nicht ganz unterdrücken konnte: „Woher kam Mr. Rendall?"

„Ich habe dir gesagt, dass ich dachte, wir sollten ihn treffen", antwortete sie mit einem kühlen Unterton in ihrer Stimme, der meinen kontrastierte.

„Was für eine seltsame Chance, dass wir uns alle hier treffen sollten!" rief ich aus.

„Es ist genau das, was ich erwartet habe", sagte sie.

„Dachten Sie damals, dass Mr. Rendall unten zwischen den Felsen war?" Ich habe nachgefragt.

„Nein", sagte sie, „und das war es nicht."

„Oh", antwortete ich in einem Ton, der (wenn ich meine Absicht erreicht hätte) alles oder nichts bedeutet hätte.

Ihr Vater hatte während dieses Kampfes völlig stumm dagestanden, eine gewaltige Gestalt, eingehüllt in ein schweres Ulster und einen Schal, den Rand seiner Mütze tief ins Gesicht gesenkt. Jetzt sprach er in seiner trockenen, bissigen Art:

„Haben Sie genug Bewegung gehabt, Mr. Merton?"

„ Ganz recht , danke."

„Dann können wir alle wieder zusammen gehen."

Er drehte sich um und seine Tochter nahm seinen Arm. Ich ging hinter ihnen her – es kam mir insgesamt sicherer vor, und ich behielt die ganze Zeit meine Hand in der Tasche.

Ich hatte zwar niemanden gesehen, das stimmt; Ich hatte kein schwörbares Geräusch gehört, das von einem Menschen stammte. Das Ding, das ich so undeutlich sah, war möglicherweise keine tödliche Waffe (und wenn es eine Waffe war, was zum Teufel könnte es dann sein? Ich fragte mich). ; Möglicherweise handelte es sich in einiger Entfernung um einen großen Vogel, ebenso wie Männer durch eine umgekehrte Illusion beim Auerhuhntreiben auf Hummeln geschossen haben sollen. Es lag auch im Rahmen der Möglichkeit, dass die klingenden Steine nicht von irgendjemandem oben heruntergeworfen worden waren, um mich unter dieses Gesicht zu ziehen. Alles war so vage gewesen, dass alle diese Alternativen denkbar waren. Aber mein eigener Verstand war jetzt ganz und gar entschieden, dass mein Abenteuer mit dem Fremden am Ufer keine Einbildung meiner Fantasie gewesen war, und ich war darüber hinaus sicher, dass *sie* sich über mich entschieden und beschlossen hatten, zu handeln. Wie und warum sie trotz aller Versuche, sie in die Irre zu führen, zu einer so eindeutigen Schlussfolgerung gekommen waren, war mir zunächst völlig unverständlich. Und dann blieb ich stehen und schrie fast „Idiot!"

Ich hatte Miss Rendall an ihrer eigenen Tür mit deutschem Akzent angesprochen. Dann hatte ich es abrupt fallen lassen, und trotz all meiner bewussten Mystifikationen war eine Tatsache klar geworden – dass ich mit dem Akzent eines gewöhnlichen, mehr oder weniger gebildeten Engländers sprach. Die Rendalls hatten eindeutig das Material, um zu einem Schluss zu kommen, und jetzt hatte ich in ihrer Gesellschaft meine Tage auf Erden so gut wie beendet.

Doch irgendwie widerstrebte es mir jetzt, da ich das alles so klar sah, die logische Schlussfolgerung zu akzeptieren, dass dieser Herr von guter Abstammung und Ansehen und dieses attraktive, temperamentvolle Mädchen tatsächlich Verräter der niederträchtigsten Sorte und sogar mörderische Verräter waren .

„Hör auf, ich könnte mich doch irren!" Ich sagte zu mir. „Ich weiß, dass ich jung bin: Man sagt mir, ich sei unbesonnen; ich habe mich regelmäßig lächerlich gemacht, solange ich mich selbst kenne, ich werde ihnen noch etwas länger den Vertrauensvorschuss geben."

An der Tür verließ uns Mr. Rendall, um seine gewissenhafte Streife fortzusetzen. Ich sagte Jean kurz und kühl eine gute Nacht, ging in mein Zimmer und fiel direkt ins Bett.

„Morgen früh werde ich darüber nachdenken", beschloss ich.

XI

Eine nahe Sache

Ein Optimist zu sein hat einen Ausgleich. Tatsächlich hätte es so sein müssen, denn keine Tugend hat jemals jemanden in schlimmere Schwierigkeiten gebracht als mich der Optimismus. Aber bevor der Absturz kommt, hilft es, glücklich zu bleiben.

Am nächsten Morgen, nach dieser schrecklichen Nacht, sang ich in meinem Bad und war voller wilder Hoffnungen; Tatsache war, dass sich schon beim Rasieren eine neue und tröstliche Sicht auf die Dinge eröffnet hatte.

„Sie haben Angst vor mir!" Ich sagte zu mir.

Nach einer Nacht Schlaf waren einige Details des Abenteuers am Ufer vielleicht etwas verschwommen. Ich wünschte, ich könnte dieses gebogene

Ding etwas deutlicher vor meinem geistigen Auge sehen, wie es sich gegen den Nachthimmel erhebt. Damit ich vor Gericht meinen Eid leisten konnte, war es eine Waffe. Dennoch war ich vollkommen davon überzeugt, dass ich angegriffen worden war, und die stichhaltigen Schlussfolgerungen, die ich nun zog, waren erstens, dass „sie" (wer auch immer sie waren; und ich versuchte, in diesem Punkt unvoreingenommen zu bleiben) solche Angst vor mir hatten, dass sie waren bereit, zu nichts zu greifen, um mich bloßzustellen; zweitens, dass sie Angst hatten, mich tagsüber anzugreifen, sondern sich für eine dunkle Nacht und einen einsamen Ort entscheiden mussten; und drittens, dass es bei einer so großartigen Chance wohl die Nervosität gewesen sein muss, die dazu geführt hat, dass sie es vermasselt haben.

„Menschen in diesem Geisteszustand werden irgendetwas tun, um sich selbst zu verraten", dachte ich hoffnungsvoll.

In diesem zuversichtlichen Geisteszustand kam ich zum Frühstück herunter. Ich stellte fest, dass mein Gastgeber nach seiner Nachtwache im Bett blieb und meine Gastgeberin anmutiger und unzugänglicher war als je zuvor. Nach dem Frühstück dachte ich kurz über eine Pfeife nach, dann bat ich sie um etwas Mittagessen für meine Tasche und sagte ihr, dass ich einen langen Spaziergang machen würde. Sie holte das Mittagessen und gab es mir, ohne ein überflüssiges Wort zu verlieren, und ich machte mich auf den Weg.

Es war ein windiger Morgen mit vielen dünnen Wolken am Himmel und einem aufgewühlten Meer; kühl und anregend; am selben Tag für einen Spaziergang. Ich folgte genau der Route, die wir am Abend zuvor genommen hatten, und versuchte, Orientierungspunkte wie Erhebungen und Senken im Boden und scharfe Kurven am Ufer und Bauernhöfe in Küstennähe zu identifizieren, aber ich fand, dass es praktisch unmöglich war; Jedes Merkmal schien bei Tageslicht völlig verändert zu sein. Mein Ziel war es, die Stelle zu finden, an der ich angegriffen worden war, und schließlich musste ich mich mit der Erkenntnis begnügen, dass es eine von drei oder vier Stellen gewesen sein musste, an denen das Merkmal einer niedrigen Klippe direkt unter dem Rasen zu sehen war.

praktisch von Anfang an jedem , der mich verfolgte , Schutz hätte bieten können . An einem anderen Ort bemerkte ich einen Bauernhof in der Nähe, von dem aus ein Angreifer leicht zum Strand hätte schlüpfen und wieder zurücklaufen können. Bei einem dritten war die Konfiguration der Felsen so, dass es für ihn einfach gewesen wäre, unterhalb des Ufers zu warten, bis er uns kommen hörte, ein Geräusch machte, um mich herunterzuwerfen, und dann nach oben zu steigen, ohne sich dem Himmel zu entblößen. Tatsächlich konnte man überhaupt keine eindeutigen Schlussfolgerungen ziehen .

Außerdem gab es die sehr unangenehme Alternative (und je plausibler es schien, desto widerwärtiger wurde es), dass es durchaus zwei Personen darin gegeben haben könnte; einer – der mir hätte folgen können, der Steinwerfer; und der andere – der zum Beispiel aus der entgegengesetzten Richtung am Ufer patrouillierte, der Angreifer.

So misstrauisch ich mich im Moment auch gefühlt hatte, ich schreckte vor dieser Alternative zurück und fragte mich zur Rechtfertigung:

„Warum hat sie nicht ihre Pistole benutzt und ist Schluss damit?“

Aber andererseits war es ein äußerst außergewöhnlicher Zufall, dass ihr Vater diese Stelle sicherlich innerhalb von drei oder vier Minuten zuvor passiert hatte und dass er kein Zeichen meines Feindes gesehen hatte. Soweit ich mich an die Zeit erinnern konnte, die ich damit verbracht hatte, zwischen den Felsen herumzutasten, war es durchaus möglich, dass Mr. Rendall vorbeikam und der andere Mann dann damit begann, mich zu locken, aber es war sicherlich ein unangenehmer Zufall .

Und schließlich gab es noch eine letzte Alternative: dass ich mich möglicherweise geirrt habe, als ich dachte, ich sei tatsächlich angegriffen worden, und stattdessen – Aber welche andere denkbare Erklärung könnte es geben? Ich gab mir große Mühe, aber es fiel mir nichts ein.

Da die Flamme des Optimismus nun etwas erloschen war, folgte ich dem Ufer weiter, bis ich die Schauplätze meiner beiden nächtlichen Abenteuer weit hinter mir gelassen hatte und an der kleinen Sandbucht mit der Ansammlung niedriger grauer Bauerngebäude knapp vor der Flut ankam. Ich fand Peter Senior am Ufer, wie er sein Boot bemalte, und begrüßte ihn fröhlich mit demselben alten gutturalen Akzent.

„Wie ich sehe, streiche ich Ihr Boot“, sagte ich.

Er warf mir einen langen Blick und ein Wort zu.

„Ja“, sagte er und malte weiter.

Es fiel mir sofort auf, dass er noch vorsichtiger und zurückhaltender war als zuvor, aber ich war entschlossen, einige Informationen herauszuholen.

„Ich habe dich vor den Deutschen beschützt! Letzte Nacht habe ich deine Küste patrouilliert!“ Ich informierte ihn mit großer Begeisterung.

Er sah mich ziemlich neugierig an, dachte ich.

„Habt ihr etwas gesehen?“ erkundigte er sich.

„Ich dachte, ich hätte es getan, aber Ach! Wie kann man im Dunkeln sicher sein?“

„Es ist nicht einfach“, stimmte er zu.

„Dann hast du es auch versucht, mein Freund?“

„Ja", gab er zu und spritzte auf die Farbe.

„War jemand aus Ihrer Familie letzte Nacht auf Patrouille?"

„Nein", sagte er knapp.

„Wer hat diesen Teil hier bewacht?" Ich fragte.

„Ich weiß es nicht."

Ich fragte mich, aber ich sah, dass es hier nicht viel mehr zu lernen gab. Er hatte bestritten, dass irgendjemand aus seinem Haus draußen war, was auch immer das wert war, und daraufhin wünschte ich ihm einen guten Morgen und drehte mich um.

Ich fing an, immer langsamer zu gehen, und schließlich blieb ich stehen und beschloss, meine Gedanken mit einem kleinen Mittagessen zu begleiten. Die Grenzmauer verlief an dieser Stelle dicht am Rand der Felsen und war etwas höher als üblich. Ich überlegte einen Moment, ob ich mich im Windschatten niedersetzen und zu Mittag essen sollte, und dann bemerkte ich, dass es sehr locker aus großen Strandblöcken gebaut war und dass die Brise von der Küste durch es wie durch ein Sieb pfiff; Also beschloss ich, zum geschützten Strand abzusteigen und dort zu Mittag zu essen. Diese Entscheidung hat mir das Leben gerettet.

Ich kletterte hinunter, suchte mir einen Stein aus, hinter den ich mich setzen konnte, und steckte gerade die Hand in die Tasche, um mein Päckchen Sandwiches herauszuholen, als „Crack!" – etwas nah an meinem Kopf pfiff und gegen einen Felsvorsprung hinter mir prallte. "Riss!" noch einmal, und dieses Mal hallte der Schlag vom Felsen neben mir wider. Beim dritten „Crack!" Ich lag flach auf dem Gesicht hinter diesem Stein und meine Hand steckte in einer anderen Tasche. Es brachte etwas mehr auf den Punkt als nur Sandwiches.

Zu diesem Zeitpunkt hatte ich eine ziemlich gute Vorstellung davon, woher die Schüsse kamen, und ich riskierte, schnell den Kopf zu heben, um ganz sicherzugehen. Ich hatte gerade noch Zeit, einen Blitz durch eines der Löcher in der Wand zu sehen, und mein Kopf sank erneut zu Boden, als eine Kugel erneut auf dem Sims dahinter einschlug. Ein weiterer Schuss folgte und schien alles zu verfehlen, denn ich hörte kein Geräusch von Blei auf Stein, und dann flogen mein Kopf und meine Hand zusammen nach oben und ich deckte dieses Stück Wand mit meinem eigenen Revolver ab. Ich sah, dass mein Feind kein wirklich toter Schütze war und ich vorhatte, sein Feuer zu riskieren und nach dem Blitz durch die Wand zu schnappen. Ich wusste, dass ich seinem Guckloch ziemlich nahe kommen konnte, um ihn zu erschrecken, und nachdem ich die nähere Umgebung dieser Öffnung fünf oder sechs Sekunden lang besprengt hatte , dachte ich, dass es wahrscheinlich unwahrscheinlich wäre, dass er seinen Kopf ausreichend behalten würde, um viel zielen zu können. Um ganz ehrlich zu sein, muss ich gestehen, dass es ein beruhigendes Gefühl war, das Gefühl zu haben, ich sei der bessere Mann mit einer Waffe, und dass ich gehörig erschrocken gewesen wäre, wenn es andersherum gewesen wäre. Man hört heutzutage viele Diskussionen über die Qualität von Mut, und es gibt auch meinen eigenen kleinen Beitrag.

Die Sekunden vergingen, mein Finger am Abzug und meine Augen auf den größten Spalt gerichtet, den ich in dieser Wand erkennen konnte, aber es gab nie wieder einen Blitz oder einen Riss. Und dann kam mir plötzlich der Gedanke, dass der Mann die Wand hinuntergehen könnte, um aus einem anderen Winkel auf mich zu schießen. Wie immer handelte ich aus einem Impuls heraus, und dieses Mal denke ich richtig. Kaum war mir dieser Gedanke in den Sinn gekommen, als ich schon aufstand und zum Schutz der Grasbank, wo die Felsen begannen, stürmte. Dort kroch ich, ziemlich sicher, aber ziemlich eng, etwa hundert Meter parallel zur Mauer entlang. Und dann sprang ich auf, stürmte gegen die Wand und brachte sie zur Hälfte zum Einsturz, während ich mich hinüberwarf. Als meine Füße den Boden berührten , schaute ich fast gleichzeitig in beide Richtungen und sah – nichts.

Ob ich in diesem ersten Moment eher enttäuscht oder erleichtert war, würde ich kaum sagen können, aber kaum hatte ich ein paar Sekunden Zeit zum Nachdenken, war mein einziges Gefühl der Ekel darüber, dass der Kerl mir entwischt war. Ich machte mich auf den Weg und rannte an der Wand entlang, zuerst in die eine und dann in die andere Richtung, aber von einem Lebewesen war nichts zu sehen. Und das Ekelerregende war, dass er zu diesem Zeitpunkt möglicherweise eines von mehreren Dingen getan hatte: sich mit Höchstgeschwindigkeit vom Ufer zu entfernen, sobald er aufgehört hatte zu schießen, und in diesem Fall wäre er inzwischen weit genug entfernt, oder sich in eines davon zu legen die verschiedenen Maisfelder in der Nähe oder überquerte die Mauer weiter entlang und versteckte sich zwischen den Felsen; und es war völlig unmöglich zu erraten, welches. Ich dachte einen Moment lang über das Problem nach und beschloss dann, dass ich es riskieren und ins Landesinnere eilen würde, da es völlig aussichtslos war, das Maisfeld oder den Strand abzusuchen, weil ich keine Chance hatte, einen Hinweis zu bekommen. Also wählte ich eine Wiese und machte mich auf den Weg im Trab darüber hinweg.

Der Boden stieg etwa fünfzig Meter lang an und fiel dann steil ab, und als ich diese Anhöhe erklomm, stieß ich direkt auf eine vertraute Gestalt. Es war mein Freund Jock und er schien ungewöhnlich aufgeregt zu sein; fast schon intelligent.

"Fremder!" Er stammelte und zeigte in die Richtung, in die ich ging. „Jock hat einen Fremden gesehen!“

Ich folgte seinem schmutzigen Finger und erspähte etwa ein paar hundert Meter vor mir eine Gestalt, die eine Nebenstraße entlangschlenderte, ziemlich protzig, wie es mir vorkam.

„Danke, Jock", sagte ich, „du bist ein guter Mann! Hier ist deine halbe Krone !"

Ich ging jetzt spazieren und als der Fremde und ich uns trafen, sah ich meiner Meinung nach ungefähr genauso cool aus wie er. Es war Mr. O'Brien, wie ich auf den ersten Blick vermutet hatte.

„Waren Sie spazieren?" erkundigte er sich.

„Einen Spaziergang am Ufer entlang machen", sagte ich.

Er zuckte ein wenig zusammen und sah mich eindringlich an.

„Hallo!" sagte er: „Ich hätte schwören können, dass du beim letzten und ersten Mal, als ich die Ehre hatte, dich zu treffen, wie ein Ausländer geredet hast . Waren wir beide nüchtern, meinst du?"

Ich wiederum sah den Mann scharf an. Auch wenn seine Überraschung nicht echt war, so war es doch die beste Schauspielerei, die ich jemals gesehen habe, auf oder neben der Bühne, und es war genau das Entwaffnendste, was er sagen konnte. Es hat tatsächlich den Spieß für mich völlig umgedreht und ich war nun in der Lage, etwas Peinliches wegzuerklären.

„Es muss am Wetter gelegen haben", sagte ich leichthin, „vor dem Mittagessen bin ich nie betrunken."

„Und sei verdammt, wenn ich zu irgendeiner Tageszeit die Gelegenheit dazu bekomme! Du hast von meiner traurigen Beschwerde gehört, oder?"

„Nein", sagte ich, „ich fürchte, das habe ich nicht. Nichts Ansteckendes?"

Er stieß einen seiner unangenehmen Schreie aus.

„Herr, du denkst dann, dass ich ein respektables Mitglied der Gesellschaft bin? Gut für dich, denk weiter – aber du musst dich von meinen Freunden fernhalten!"

„Ich brauche meine ganze Zeit, um mich von meinen eigenen fernzuhalten", sagte ich.

Seine schmalen Augen schienen mich zu billigen.

„Du bist kein Ire?" erkundigte er sich.

„Nein; ohne das habe ich genug zu verantworten."

„Das solltest du sein“, sagte er. „Du hast Witz. Verdammt sind die Engländer und verdammt noch mal die Schotten! Nun , wir gehen offenbar beide in die andere Richtung, also auf Wiedersehen!“

Was sollte ich davon halten? Was war von dem Abenteuer des ganzen Vormittags zu halten? Nur eines war mir völlig klar: dass ich auf dieser Insel einen sehr gefährlichen, sehr entschlossenen und sehr listigen Feind hatte – oder mit ziemlicher Sicherheit mehrere Feinde, und dass ich statt des Jägers zum Gejagten geworden war. Sie fürchteten sich vielleicht vor mir, aber sie fürchteten sich bestimmt nicht davor, mich anzugreifen, egal ob bei Tag oder bei Nacht. Hätte ich mich wie beabsichtigt hinter die gitterartige Wand gesetzt, zitterte ich ein wenig, als ich an mein Schicksal dachte. Ich hätte aus einer Entfernung von zwölf Zoll erschossen werden sollen, und das wäre das Ende meiner Spionagejagd gewesen. Mir wurde langsam klar , dass die Wahrscheinlichkeit, dass ich innerhalb der nächsten achtundvierzig Stunden tot war, viel größer war, als dass ich der Spur dieses ölhäutigen Mannes auf die Spur kam.

Und als ich dann zurückging und diese nicht gerade heiteren Gedanken hatte, setzte irgendetwas den Fallschirm in meinen Kopf. Ich hatte seit der ersten Nacht, als ich es versteckte, nicht mehr daran gedacht. Es dauerte eine Weile, bis ich mich zurechtgefunden hatte, aber schließlich fand ich den Weg zum Kleefeld und machte mich dann auf den Weg zu der niedrigen Mauer mit dem Bett aus dichtem Gras und Ampferblättern darunter . Ich habe die Wand hoch und runter gejagt, aber nie war ein Zeichen des Fallschirms zu sehen.

„So haben sie mich rausgeschmissen!“ Ich sagte zu mir. „Inzwischen haben sie von dem fehlenden Ballon gehört; dann haben sie den Fallschirm gefunden, gesehen, dass die Daten übereinstimmten, und haben mich entdeckt!“

XII

Der Schlüssel drehte sich

Als ich zurückkam, hatte ich kaum Lust auf Gesellschaft. Ich ging so leise wie möglich durch den Flur, ging direkt in mein Zimmer und atmete erleichtert auf, als die Tür sicher hinter mir geschlossen war. Vielleicht folgten meine Abenteuer etwas zu schnell aufeinander; Jedenfalls war es die Ruhe, nach der ich mich in diesem Moment sehnte. Es war ein ruhiger Raum, der nach Geißblatt duftete, und für ein paar Minuten genoss ich ein ungewohntes Gefühl des Friedens; und dann fiel mein Blick zufällig auf die Kommode. Ich starrte einen Moment lang und beugte mich dann über das Schloss der oberen Schublade, jener Schublade, die den mythischen Uniformmantel mit den wichtigen mythischen Papieren in der Tasche verbarg.

Es konnte keinen Zweifel daran geben, was geschehen war. Das Schloss war abgenommen und wieder angebracht worden, seit ich es das letzte Mal gesehen hatte. Und nun wussten meine Gastgeber natürlich genauso gut wie ich, dass noch nie ein Uniformmantel dort gelegen hatte und dass ihr Gast folglich auch nie einen getragen hatte.

Eigentlich hatte ich nachlassen wollen, aber diese Situation erforderte offensichtlich einiges Nachdenken, also zündete ich mir eine Pfeife an, warf mich aufs Bett und begann.

„Wieder rausgebowlt!" Ich dachte. „Bei der Geschwindigkeit, mit der die Wickets sinken, müssen die Innings fast vorbei sein. Sie haben herausgefunden, dass mein deutscher Akzent eine Fälschung war, sie haben den Fallschirm entdeckt und wissen, dass ich weder von einem britischen Kreuzer noch von einem deutschen U-Boot gelandet bin. Und jetzt wissen sie, dass ich wegen des Mantels gelogen habe.

„Und wie hoch ist mein eigener Punktestand? Bei Gad, ich glaube ehrlich gesagt nicht, dass ich einen einzigen Lauf gemacht habe! Ich habe keine Ahnung, ob diese Entdeckungen von Leuten gemacht wurden, die miteinander verbündet sind, die ihr Wissen bündeln, oder ob Meine Feinde wissen nur einen Teil davon und wenn ja, welchen Teil. Das ist jedoch weniger wichtig, da sie genug wissen, um auf Sicht zu schießen.

„Außerdem weiß ich nicht, welche von ihnen meine Feinde sind oder wie viele es sind, oder überhaupt irgendetwas Falsches an ihnen. Deshalb –"

Zu diesem Zeitpunkt schlief ich tief und fest ein. Meine späte Nacht, der lange Morgen in dieser bewegten Luft und die Aufregung über zwei um Haaresbreite verpasste Morde hatten mich wieder hinausgetrieben. Das letzte Wicket war geschlossen und die Innings vorbei, während ich schlief. Das einzige Glück, das ich hatte, war, dass ich das Bett nicht mit meiner Pfeife in Brand gesetzt habe.

Es war ungefähr drei Uhr, als ich in mein Zimmer ging. Es war 6-10, als ich durch ein scharfes Klicken geweckt wurde. Ich öffnete dumm meine Augen und sah mich im Raum um . Da war absolut nichts zu sehen. Dann sprang ich mit einer starken Vorahnung auf und versuchte, die Tür zu öffnen. Es war so, wie ich es vermutet hatte. Ich war eingesperrt.

Ich griff in die Gesäßtasche und fand meinen Revolver. Sie hatten es nicht gewagt, das zu versuchen. Dann begann ich mich zu fragen, warum der Schlüssel nicht früher umgedreht worden war.

„Etwas ist gerade passiert, das sie dazu gebracht hat, die Tür abzuschließen", dachte ich und ging daraufhin zum Fenster und schaute hinaus.

Mein Zimmer blickte direkt auf die Insel, das Nordufer auf der rechten Seite – der Schauplatz all meiner Abenteuer, das geschützte Südufer auf der linken Seite. Als ich meinen Kopf nach links drehte, konnte ich gerade noch ein kleines Schiff vom Typ Trawler oder Drifter erkennen, das dicht an der Küste lag. Sie schien eine weiße Flagge zu hissen – aus der Ferne hätte es die weiße Flagge sein können. Und dann erhaschte ich einen Blick auf drei oder vier Gestalten, die auf das Haus zugingen, und eine davon trug eine weiße Mütze.

„Jetzt wird es nicht mehr lange dauern!" Ich sagte zu mir. „Aber was zum Teufel hat das alles zu bedeuten?"

Ungefähr zehn lange Minuten vergingen, bis ich Stimmen und Schritte auf der Treppe hörte. Das Schloss klickte erneut, die Tür öffnete sich, und da stand ein breitschultriger Mann in Dunkelblau mit drei goldenen Ringen am Ärmel und einem gewohnt festen Mund und einem Paar fester Augen. Einen Moment lang konnte ich meinen eigenen Augen kaum trauen, und dann wusste ich, dass es sich tatsächlich – ausgerechnet – um meine eigene Cousine handelte. Commander John PN Whiteclett , RN, von dem ich zuletzt zwei Jahre vor dem Krieg gehört hatte, als er auf der East Indies Station war. Und hinter ihm erhaschte ich einen Blick auf Jean Rendall. Vielleicht gab es noch andere, aber alles, was ich wahrnahm, war ihr eifriges Gesicht, die Augen strahlender als je zuvor und die Lippen, die vor angespannter Erregung leicht geöffnet waren.

Mein Cousin Jack sprach zuerst.

„Mein Gott, ausgerechnet *du* , *Roger!*"

„Mein lieber Jack!" Ich weinte, und dann überprüfte ich mich und schloss die Tür.

„Nun", sagte mein Cousin mit mehr Offenheit als Höflichkeit, „ich habe immer gedacht, dass du im Gefängnis landen würdest , Roger, und dieses Mal hättest du es fast geschafft, das zu sagen, das kann ich dir sagen. Was für eine neue Form des Wahnsinns hast du?" ausbrechen?" Sein Blick fiel auf meinen Revolver. „Und was machst du mit dem Ding? Wenn es Selbstmord ist, lass mich einen Zeugen holen, bevor du beginnst. Ich hasse es, allein mit einer Leiche gefunden zu werden."

„Ist das Ihr Schiff?" Ich forderte.

„Sie ist eine von ihnen . Ich bin derzeit der Chef von ein paar Dutzend dieser schwimmenden Paläste. Tatsächlich sind wir eine Patrouille und ich habe Sie auf frischer Tat auf frischer Tat ertappt, und was ich wissen möchte, ist Folgendes: Was zum Teufel machst du damit? Ich hoffe, ich versuche nicht, mit diesem kleinen Flaum durchzubrennen, denn ich kann dir versichern, dass sie dich nicht im Geringsten liebt, Roger."

„Du meinst es gut, Alter", sagte ich, „aber du hast wie immer falsch geraten, Jack. Bring mich um Himmels willen zu deinem Schiff, und dort erzähle ich dir alles."

„Diese guten Leute erwarten wahrscheinlich eine kleine Erklärung", schlug er vor.

„Die Rendalls ? Noch nicht! Warten Sie, bis Sie alles selbst gehört haben. Sagen Sie es ihnen dann, wenn Sie möchten – aber ich glaube nicht, dass Sie es tun werden."

Er sah mich neugierig an.

„Na ja", sagte er, „dann lass uns gehen. Willst du dich nicht einmal verabschieden?"

„Ich werde ihnen eine Weihnachtskarte schicken", sagte ich.

„Was, nach all der Mühe, die sie sich gemacht haben, um dich festzunehmen?"

„Willst du etwa sagen, dass sie nach dir geschickt haben?"

„Eher! Dringendes Telegramm."

Die Aussicht, meinem grimmigen Gastgeber und seiner verächtlichen Tochter gegenüberzutreten, erschien mir weniger erfreulich als je zuvor.

"Aufleuchten!" Ich sagte . „Ich werde abhauen!"

Wir gingen die Treppe hinunter und durch die Haustür hinaus wie ein paar Einbrecher.
Der Kommandant schien diese Leistung nicht besonders zu genießen, aber ich ging als Erster und er musste mit mir Schritt halten.

An der Tür fanden wir die für mich bereitgestellte Eskorte und waren sehr überrascht, als sie uns folgten und sahen, wie ihr Kommandant so unerklärlicherweise mit seinem Gefangenen vertraut war; aber zum Glück gab es keine Spur vom Gutsherrn oder seiner Tochter. Ich schaute mich um und war mir sicher, dass ich eine wohlbekannte Gestalt sah, die an der verwitterten Wand des alten Herrenhauses stand und uns nachschaute – mit welchen Empfindungen? Ich habe mich sehr gefragt.

„Wann haben sie für Sie telegrafiert?" Ich fragte.

„Irgendwo gegen Mittag."

"Und was haben Sie gesagt?"

"'Sie'?" wiederholte mein Cousin. „Warum die schöne Miss Rendall mitschleppen? Ihr Vater hat die Verkabelung vorgenommen. Zumindest nehme ich das an."

„Angenommen, er hat es getan, was hat er gesagt?"

„Verdächtiger Fremder kam zu Ransay – gab falsche Angaben über sich selbst – das war der Kern der Sache. Oh, er benutzte das Wort ‚dringend', ich erinnere mich."

„Falsches Konto? Das war wahrscheinlich, nachdem sie das Schloss meiner Schublade geknackt hatten und etwas hatten, an dem sie arbeiten konnten."

Wieder sah mich mein Cousin neugierig an.

„Das hört sich interessant an", sagte er und beschleunigte seine Schritte.

Wir erreichten einen kleinen, wenig besuchten Pier und sprangen in das Boot des Drifters. Als ich im Heck saß, blickte ich mit sehr gemischten Gefühlen über die Schulter auf die zurückweichende Küste der Insel Ransay. Es hatte mich verblüfft, mich zum Narren gehalten und mich fast ermordet; Aber schließlich hatte es mir das Leben gerettet, als die Chancen eins zu eins gegen mich standen, und es hatte die vier aufregendsten Tage und Nächte, die ich je verbracht hatte, in dieses Leben gedrängt.

XIII

AUF DEM DRIFTER

Mein Cousin führte mich in das kleine Deckshaus, das ihm als Kabine diente, als er an Bord war. Durch die Fenster konnten wir sehen, wie der Nachmittag allmählich in den Abend überging und wie sich der westliche Himmel purpurrot färbte, während wir uns durch die gewundenen Geräusche zwischen den tiefliegenden Inseln hinaufarbeiteten.

Er holte eine Flasche und ein paar Flaschen Sodawasser hervor, zündete sich seine Pfeife an, sah, dass Tür und Fenster sicher geschlossen waren, und beugte sich über den Tisch.

„Nun", sagte er, „wie zum Teufel sind Sie an diesen Ort gekommen? Das ist die erste Frage. Sie erzählten mir etwas über einen Fallschirm, bei dem es sich meiner Meinung nach in Wirklichkeit um ein Haarnetz oder einen Hummertopf handelte –"

„Das war es nicht", unterbrach ich sie, „es war ein Fallschirm und ich bin darin gelandet. Wollen Sie damit sagen, dass Sie nichts von meinem Verschwinden in einem außer Kontrolle geratenen Ballon gehört haben?"

"Was!" er rief aus. „Sind Sie derselbe Merton? Der Name ist mir natürlich aufgefallen, aber wollen Sie mir damit sagen, dass sie RNVR-Provisionen so promiskuitiv vergeben?"

„Sie überlassen sie der Wahl der jungen englischen Männlichkeit", versicherte ich ihm. „Die Idee besteht darin, die Marine zu einer wirklich lebendigen Streitmacht zu machen, die zu Originalität und Unternehmungsgeist fähig ist."

Er grinste.

„Sie haben die Originalität ganz gut getroffen", gab er zu, „aber, Herr, die Zeit wird verschwendet, euch vor ein Kriegsgericht zu stellen ! Aber lasst uns die ganze Geschichte von Anfang an hören."

Ich begann mit dem Knacken des Kabels und erzählte ihm treu meine Abenteuer bis zu dem Moment, als er meine Schlafzimmertür aufschloss. Er unterbrach mich nur ein- oder zweimal, um den einen oder anderen Punkt klarzustellen, und als ich fertig war, lehnte er sich zurück und sah mich über den Tisch hinweg eindringlich an.

„Roger", sagte er, „ich kenne dich lange genug und gut genug, um zu wissen, dass du kein absichtlicher Lügner bist, aber ich hoffe, du verzeihst mir, wenn ich sage, dass das eine verdammt schwierige Angelegenheit ist."

„Das hört sich nach einer großen Herausforderung an", gab ich zu, „aber es ist wahr."

Nachdenklich füllte er seine Pfeife.

„Ich kann Ihnen genauso gut sagen " , sagte er kurz darauf, „dass ich derzeit kein sehr leichtgläubiger Mensch bin. Von dem Moment an, als dieser gesegnete Krieg begann und ich diesen Job bekam, habe ich kaum etwas anderes getan, als Spionagelegenden zu untersuchen." und ich bin bewusst zu dem Schluss gekommen, dass es entweder viel mehr Fantasie auf der Welt gibt, als irgendjemand jemals geträumt hat, oder dass die Menschheit chronische und eingefleischte Lügner ist. Ich hatte noch nicht das Glück, eine einzige wahre Rechnung zu finden in jeder Geschichte, die ich untersucht habe.

„Dein Glück hat sich jetzt gewendet, Jack."

„Möglicherweise", sagte er langsam, „und wohlgemerkt, Roger, es besteht überhaupt kein Zweifel daran, dass ein teuflisches Geheimdienstsystem existiert oder dass es mit allen Mitteln gegen uns eingesetzt wird. Geheime Tankstellen für ihre U-Boote, geheime Signalanlagen. " vom Ufer aus Minenlegen durch sogenannte neutrale Schiffe; All diese Dinge passieren vor unserer Nase. Ich habe mehrere sehr kluge Vermutungen und hoffe, nicht tausend Meilen von diesem Ort entfernt die eine oder andere kleine Entdeckung machen zu können. Tatsächlich hätte ich, wenn Sie für den Schauplatz Ihrer Geschichte auf einer von drei oder vier anderen Inseln gepitcht hätten oder wenn das, was Sie gesehen hätten, nur ein wenig anders gewesen wäre , kein Wort Ihrer Geschichte in Frage gestellt. Aber Ransay gehört nicht zu den verdächtigen Inseln, und Ihr Freund im Ölzeug passt in nichts, was ich zufällig aus anderen Quellen gehört habe.

„Sehen Sie", sagte ich, „was nützt es, Cousins zu sein, wenn wir nicht aufrichtig sind? Glaubst du mir oder glaubst du nicht?"

John Whiteclett sah mich sehr fest an und sprach mit seinem bewusstesten Akzent.

„Ich glaube, dass du jedes Wort davon glaubst. Aber ich weiß, dass du ein fantasievoller Kerl bist und ich kann schon selbst sehen, dass sich mindestens drei Viertel deiner Geschichte sehr leicht erklären lassen."

"Erkläre es."

„Nun, mein Lieber, betrachten Sie die Dinge einen Moment lang aus der Sicht eines völlig unschuldigen und loyalen Bewohners von Ransay – der Rendalls zum Beispiel. Sie erscheinen auf absolut mysteriöse Weise mitten in der Nacht an ihren Küsten, das geben Sie selbst zu Du gibst dir die Absicht, dich wie ein kaum verkleideter Hunne zu benehmen – d – – d – d – d – d – d – d dürr, offenbar auch! Du bläst aus dem Nichts den Arzt an und sprichst mit deutschem Akzent. Du bläst den Laird an, fängst an, mit Akzent zu reden, und dann Lass es fallen. Du wirfst ihm eine Lüge vor, dass du von einem Streifenwagen gelandet bist und deinen Uniformmantel verstecken willst und so weiter. Du benimmst dich wie ein Verbrecher in der Kirche und wanderst nachts hinaus. Natürlich sind die Rendalls – und alle anderen – Beobachte dich seltsam ins Gesicht und versuche hinter deinem Rücken etwas mehr herauszufinden. Verstehst du?"

„Da ist auf jeden Fall etwas dran", musste ich zugeben.

„Dann finden sie deinen Fallschirm –"

„Wer hat es gefunden?"

„Das habe ich noch nicht gefragt, aber ich werde es natürlich tun. Jedenfalls wurde es gefunden, und offensichtlich hatten Sie es versteckt . Sie öffnen deine Schublade und stellen fest, dass du nie einen einheitlichen Mantel getragen hast. Am klügsten telegrafieren sie mir dann und sperren dich in deinem Zimmer ein, um dich am Weggehen zu hindern."

„Verdammt", sagte ich, „es scheint mir zumindest gelungen zu sein, ihnen eine teuflisch gute Entschuldigung für alles zu liefern, was sie getan haben!"

„Ich glaube ehrlich gesagt nicht, dass Sie irgendeinen Grund haben, die Rendalls irgendetwas zu verdächtigen.“

„Andererseits wäre es eine ausgezeichnete Möglichkeit, mich loszuwerden, wenn man nach Ihnen schickt und mich verhaften lässt, wenn sie sicher sind, wer ich bin – oder besser gesagt: wer ich nicht bin.“

„Und von wem haben sie offenbar sichergestellt, dass Sie es nicht waren? Ein britischer Offizier! Das war die natürliche Schlussfolgerung, als sie diese Schublade öffneten. Nein, nein, die Rendalls kommen gut da raus. Dann lass uns den Arzt nehmen. Er sieht dich an misstrauisch – und das könnte er auch tun.

„Bevor ich sprach!“ Ich warf ein.

„Und schmeicheln Sie sich selbst, dass Ihr Auftritt, an einem schönen Tag ohne Mütze und im zugeknöpften Ölzeug, beruhigend war?“

„Aber die Blinden?“

„Haben Sie noch nie erlebt, dass eine Jalousie aus Versehen heruntergekommen ist? In meinem Raucherzimmer zu Hause gibt es eine Jalousie, die so herunterfällt, wann immer Sie sie berühren. Gegen den Arzt ist auch nichts einzuwenden – bis jetzt zumindest.“

„Und sein Freund O’Brien?“

„Ah, das ist eine andere Geschichte. Wohlgemerkt, Sie haben mir nicht die Spur eines Beweises gegen den Kerl gezeigt. Aber was macht er da? Das werde ich in den nächsten vierundzwanzig Stunden herausfinden. Aber Sie können nicht beweisen, dass er etwas *getan hat* , und Sie können einen Mann nicht des Verrats verdächtigen, nur weil Ihnen sein Aussehen nicht gefällt. Es gibt möglicherweise voreingenommene Menschen, denen unseres nicht gefällt.

„Warte, bis du ihn siehst.“

„Das werde ich“, sagte mein Cousin mit einer Betonung, die kaum das zu bedeuten schien, was ich meinte. „Was die Familie Scollay betrifft – nichts gegen sie, außer dass sie an einem einsamen Ort am Ufer leben, was meiner Meinung nach eher ihr Unglück als ihre Schuld war.“

„Und der alte Junge auf der Straße, der, wie Miss Rendall erklärte, nicht existiert?“

„Wie lange hast du ihr gegeben, um alle Bewohner der Insel zu durchsuchen? Hat sie eine Liste von ihnen nachgeschlagen, oder eine Mietliste oder so etwas?“

„Nein", gab ich zu. „Trotzdem schien sie sehr positiv zu sein, und sie lebt in der Gegend und muss jeden kennen. Wenn sie gefälscht hat, ist das auf jeden Fall verdächtig. Wenn sie Recht hatte, dann habe ich jemanden in Verkleidung getroffen . "

„Nun", sagte er mit einem nachsichtigen und äußerst irritierenden Lächeln, „ich werde mich auch nach diesem alten Herrn erkundigen. Aber ehrlich gesagt habe ich keinen Zweifel daran, dass Miss Rendall ihn einfach vergessen hat, als Sie sie gefragt haben."

„Alle Charaktere außer meinem scheinen klar zu sein", bemerkte ich.

„Warte noch ein bisschen, alter Junge. Jetzt kommen wir zu den wirklich verdächtigen Dingen, die du tatsächlich gesehen hast. Zuerst der Mann am Ufer."

„Kann man ihn nicht wegerklären?"

„Möglicherweise", sagte Jack unbeirrt, „aber er braucht noch viel mehr Erklärungen. Sie müssen zugeben, dass Sie bald darauf etwas benommen wurden."

„Ich habe selbst über diese Erklärung nachgedacht, aber sie wird nicht verschwinden, wenn er oder einer seiner Freunde mich am Ufer holen."

„Bist du absolut sicher, dass irgendjemand versucht hat, es auf dich abgesehen zu haben? Du gibst zu, dass du niemanden gesehen hast."

„Ich habe dieses gebogene Ding gesehen – wie ein Krummsäbel."

„Aber wer um alles in der Welt würde auf diesen Inseln einen Krummsäbel benutzen? Und was für eine sinnlose Art, ihn zu benutzen – von oben auf einen zu stechen!"

„Die Spitze traf den Felsen hart genug."

„Du hattest nur den Ton, um zu gehen."

„Das ist alles", gab ich zu.

„Und das hast du im Dunkeln gehört." Er schüttelte den Kopf. „Mein lieber Freund! Ich weiß, dass du mir ehrlich sagst, was deiner *Meinung nach* passiert ist, aber um ganz ehrlich zu sein –"

Er brach ab und schüttelte erneut den Kopf.

„Na ja", sagte ich, „das wird sehr freudig erklärt. Was ich gesehen habe, war nur etwas anderes und was ich gehört habe, war auch etwas anderes. Du hast die Alternativen so klar dargelegt, Jack, dass man nicht anders kann, als überzeugt zu sein. Und was." über die Schießerei-Affäre? Ich habe nur ein bisschen gehört und etwas, wie man es nennen mag, gesehen, nehme ich an?"

„Mein lieber Roger, ich möchte nur die Alternativen testen und sehen, was sich *nicht* wegerklären lässt. Warst du schon einmal unter Beschuss?"

„Nein, aber ich habe Bilder davon in den illustrierten Zeitungen gesehen."

„Verdammt, sei ernst!" sagte er. „Sie haben überhaupt keinen Zweifel daran, dass jemand hinter dieser Mauer auf Sie oder etwas anderes losgegangen ist?"

„Oder bei etwas anderem? Was meinst du?"

„Da war keine Ente oder irgendetwas in der Art? Ich habe erlebt, wie ein wilder Schuss beide Läufe innerhalb von sechs Zoll an meinem eigenen Kopf in Flammen setzte, und erkläre, dass er mich nie bemerkt hatte."

„Als er anfing, war ich zu beschäftigt, um zu bemerken, ob da Enten waren ", sagte ich, „aber wenn es sich nicht um taube Enten handelte, waren nach der ersten Kugel sicherlich keine mehr übrig Normalerweise schieße ich nicht mit Kugeln auf Enten.

„Man könnte es mit einem Turmgewehr machen."

„Ich gebe zu, dass das möglich ist; auch , dass eine sehr aufgeregte Person weiterschießen könnte, nachdem die Ente verschwunden ist. Aber willst du mir wirklich sagen, Jack, dass diese Erklärung dich befriedigt?"

„Ich behaupte nicht, dass dies absolut der Fall ist, und ich gebe durchaus zu, dass die Schwäche meiner Erklärungen darin besteht, dass Ihre Geschichte drei davon erfordert, von denen keine vollkommen zufriedenstellend ist. Es kommt jedoch darauf an, dass wir das Feld eingegrenzt haben Drei Vorfälle, die einer Erklärung bedürfen. Alles andere weist in die eine oder andere Richtung."

"Welche Richtung?"

„Dass du selbst für einen Spion gehalten wirst."

Ein schrecklicher Gedanke kam mir. Es war so schrecklich, dass man ein wenig Mut brauchte, um es herauszuholen.

„Angenommen, in diesem Fall hätte ein patriotischer Mensch im Interesse seines Landes zuerst versucht, mich zu erstechen und dann zu erschießen?"

"Von Jove!" rief mein Cousin und blickte eine Weile nachdenklich ins Leere. Dann sagte er: „Das ist möglich, aber es ist auch eine große Aufgabe; und der Mann am Ufer bleibt außen vor."

Ein weiterer schrecklicher Gedanke kam mir in den Sinn.

„Er könnte auf Spionagejagd gewesen sein!"

„Nun, in diesem Fall können wir ihm leicht auf die Spur kommen. Es hat keinen Sinn, es zu leugnen. Aber würde das Gespräch zu dieser Theorie passen?“

Ich dachte einen Moment nach und sagte dann mit tiefster Erleichterung:

„Nein, das ist unmöglich.“

Mein Cousin verstummte und starrte in die immer dichter werdende Dämmerung. Dann schaute er sich erschrocken um und sagte:

„Wir sind fast da.“

Wir gingen beide an Deck und sahen am Ende der Bucht vor uns Häuser und Lichter am Ufer und einen Kirchturm vor dem Abendhimmel.

„Nun, Roger“, sagte er, „ich werde mich sehr sorgfältig mit dieser Angelegenheit befassen und eine möglichst gründliche Untersuchung durchführen. Glauben Sie nicht, dass ich nicht daran interessiert bin, der Sache auf den Grund zu gehen. Sie müssen aussteigen.“ Natürlich sofort und zurück zu deinem Schiff?“

Ich sagte, ich muss.

„Ich sage dir, was ich tun werde“, fuhr er fort; „Natürlich müssen wir uns in solchen Dingen sehr zurückhalten, aber ich glaube, ich schulde Ihnen einen Bericht darüber, was passiert. Ich werde Ihnen schreiben und Ihnen Bescheid geben, sobald ich meine Ermittlungen abgeschlossen habe.“

John Whiteclett war der beste Kerl, klug und besonnen und ein erstklassiger Offizier, aber irgendwie hatte ich wenig Vertrauen darin, dass er den gerissenen Feind auf Ransay besiegen würde. Allerdings war das alles, was jetzt getan werden konnte. Mein eigener Teil war erledigt und ich musste gestehen, dass ich schändlich gescheitert war.

XIV

Der Brief meiner Cousine

Drei Wochen später erhielt ich diesen Brief von meiner Cousine:

„Mein lieber Roger,

„Wie versprochen, schicke ich Ihnen einen Zettel, um Ihnen das Ergebnis unserer Untersuchung des Ransay-Rätsels mitzuteilen. Natürlich werden Sie verstehen, dass dies ausschließlich für Ihre eigenen Augen geschieht und nicht darüber gesprochen werden darf.“

„Nun, ich wollte nichts unversucht lassen, um der Angelegenheit auf den Grund zu gehen, also haben wir einen Pukka-Detektiv aus London engagiert, einen Mann namens Bolton, von dem es heißt, er sei ein erstklassiger Kerl in seinem Job. Er verbrachte eine solide Woche in der Insel und scheint seine Nase in fast jedes Haus gesteckt zu haben und mit fast jedem Bewohner gesprochen zu haben, vom Gutsherrn abwärts. Einem Tipp aus Ihrer Geschichte folgend, gab er sich als Viehhändler aus (genau wie er aussieht) und natürlich Er hat nie zugegeben, dass er von deiner Existenz wusste — oder auch von meiner.

„Das Ergebnis seiner Nachforschungen ist erstens, dass niemandem etwas vorgeworfen wurde und es keinerlei Hinweise darauf gab, dass an diesem Ort irgendetwas Verdächtiges vor sich ging. Dieser letzte Punkt bestätigt meine eigene Erfahrung, denn wie ich Ihnen bereits sagte, war ich noch nicht in der Lage, eine Verbindung herzustellen diese besondere Insel mit irgendwelchen verdächtigen Vorgängen, die zweifellos passieren.

„Zweitens entpuppt sich Ihr Freund O'Brien als ein Gentleman mit einer Schwäche für Alkohol, der vor etwa sechs Monaten von seinen Verwandten nach Irland geschickt wurde, um dort unter Dr. Rendalls Obhut zu leben, da es in Ransay keine Pubs gibt — und viele in die Insel, von der er kam. Ich finde, dass es keineswegs ungewöhnlich ist, durstige Seelen auf entlegene Inseln zu schicken, und abgesehen von der Tatsache, dass O'Brien für diesen Krieg sehr „ bequem “ war und in dieser Angelegenheit ziemlich frei mit seiner Zunge ist Angesichts der Sünden und Unzulänglichkeiten Englands gibt es wirklich nichts Positives gegen den Mann. Wir gehen jedoch kein Risiko ein, und da wir auf diesen Inseln Gott und Schicksal in einem sind, haben wir Mr. O'Brien zu diesem Zeitpunkt seinen Marschbefehl gegeben Vermutlich hat er sich entweder endlich etwas zu trinken besorgt oder seine Freunde haben ihn in einem Abstinenzparadies etwas weiter vom Kriegsschauplatz entfernt eingesperrt.

„Boltons Meinung ist, dass O'Brien ohne Zweifel der Mann war, der auf Sie geschossen hat, wenn man bedenkt, was für ein Gentleman er ist, und weil Sie ihn unmittelbar danach getroffen haben, und vor allem, weil er tatsächlich einen alten Turm besitzt Gewehr. Er denkt, dass er es vielleicht aus reiner irischer Teufelei getan hat, weil Sie ein so bequemes Ziel darstellen, so wie man in seinem eigenen glücklichen Land Grundbesitzer niederschlägt. Ein Mann kann kaum so viel getrunken haben, wie er es getan haben muss, ohne sein Gehirn zu verwirren ein bisschen, und diese Theorie erscheint mir überhaupt nicht unwahrscheinlich.

„Bolton hält es für kaum vorstellbar, dass O'B. eine absichtliche Absicht gehabt haben könnte, Sie loszuwerden, da es sicher ist, dass er nicht der Mann im Ölzeug war, den Sie in der Nacht Ihrer Landung kennengelernt —

oder besser gesagt – abgesetzt haben. Das kann er Das liegt nicht *daran, dass er kein Wort Deutsch kann* . Wir hätten uns diesen Hinweis selbst ausdenken sollen. Bolton hatte es sofort verstanden und weist darauf hin, dass dadurch alle Bewohner der Insel außer Miss Rendall außergerichtlich sind die über ziemlich gute Deutschkenntnisse wie ein Schulmädchen verfügt, und ihr Vater, der viel im Ausland war und die Sprache ein wenig beherrscht. Und abgesehen von allen anderen Überlegungen kann der Mann im Ölzeug keiner von beiden gewesen sein ihre Größe. Frau R. ist zu klein und Herr R. zu groß.

„Vorausgesetzt also, dass Sie nicht ein bisschen benommen waren oder etwas in der Art (was, wie ich sagen muss, Bolton für eine ziemlich wahrscheinliche Erklärung hält), muss der Mann, den Sie getroffen haben, von einem U-Boot aus gelandet sein und wieder *verschwunden* sein Bolton ist in diesem Punkt zuversichtlich, und ich muss sagen, ich stimme ihm zu.

„Die einzige verbleibende Schwierigkeit ist der Angriff am Ufer. Hier vertritt Bolton genau die gleiche Linie wie ich, als ich Sie befragte. Er denkt, dass Sie eigentlich niemanden gesehen haben und dass das, was Sie zu sehen und gehört zu haben glauben, so ist vage und unbestimmt und so schwer in eine bekannte Mordmethode einzuordnen, dass man keine wirklichen Schlussfolgerungen ziehen kann, und er zitiert verschiedene ihm bekannte Fälle von Menschen, die sich einbildeten, sie seien im Dunkeln geschlagen, festgenommen oder beschossen worden, obwohl dies tatsächlich der Fall war es gab eine andere Erklärung.

„Übrigens, was den alten Herrn mit getönter Brille betrifft, der um ein Streichholz bat, erkundigte sich Bolton bei einer Reihe von Leuten nach den alten Männern auf der Insel, und er nahm sich sogar die Mühe, sie alle zu befragen. Keiner hatte eine getönte Brille und alle leugnen, mit Ihnen gesprochen zu haben. Ich fürchte, dass ihn diese Entdeckung ein wenig skeptisch gegenüber einigen der anderen Vorfälle gemacht hat. Er ging jedoch sehr sorgfältig auf die ganze Sache ein, und ich denke, wir können alle mit dem Weggang von Herrn zufrieden sein . O'Brien, die Möglichkeit von Unruhen auf der Insel ist ausgeschlossen. Natürlich weiß der Herr nur, wer bei Nacht nicht an diesem Ort landen darf, und möglicherweise haben sie einen oder zwei der Eingeborenen aufgestellt, um ein Licht zu zeigen, oder die Augen zu halten oder ihnen auf die eine oder andere Weise zu helfen. Aber das ist eine ganz andere Geschichte.

„Es tut mir leid, dass ich nichts Besseres habe, um Ihre dramatische Seele zu befriedigen, aber seien Sie dran, ein Kerl, der mit einem Ballon aus der Mitte der Nordsee fliegt und dann durch einen Nebel fällt und auf eine Insel von ein paar Meilen im Quadrat trifft, und danach landet für einen Spion gehalten, angeschossen und schließlich verhaftet wurde, sollte sich nicht beschweren!

„Viel Glück für Sie. Halten Sie sich von Luftballons fern und geben Sie diesen Revolver nicht weg."

„Dein immer,

„JPN WHITECLETT."

Und damit endet die Geschichte vorerst – und vielleicht für immer . Ich setzte mich sofort hin und begann, diesen vollständigen, wahren und besonderen Bericht über das ganze Abenteuer aufzuschreiben, teils, um meine Erinnerung an alles frisch zu halten, und teils, weil es mir an sich gar nicht so schlecht vorkommt. Jetzt, wo ich mit der Arbeit fertig bin , muss ich sagen, dass es mir, ob es nun irgendjemanden überzeugen wird oder nicht , mehr denn je das Gefühl gibt, dass auf dieser Insel mehr passiert ist, als Mr. Boltons Augen auf den ersten Blick sahen.

Professionelle Detektive sind bei ihren gewohnten Aufgaben und im Vergleich zum gewöhnlichen Kriminellen zweifellos sehr nützliche Männer. Aber diese Kriegsprobleme sind ganz neu und völlig anders als die Machenschaften der deutschen Geheimdienste in Friedenszeiten. Und die Männer, gegen die sie sich stellen, sind in der Tat ganz außergewöhnliche Kriminelle; Sie sind eine hochqualifizierte, wissenschaftliche Truppe und ebenso ein Flügel der deutschen Streitkräfte wie ihre Luftwaffe oder ihre U-Boote.

Welche Chance hat ein Mann, der wie ein Viehhändler aussieht, gegen diese Experten, besonders wenn er nur eine Woche im Einsatz ist und davon ausgeht, dass die wenigen unschätzbaren Fakten, die ihm gegeben werden, größtenteils Werke der Fantasie sind? Möglicherweise hat er das Heilmittel zufällig gefunden, indem er O'Brien entfernte, und wenn die Insel Ransay für den Rest dieses Krieges keine Probleme mehr bereitet, wird es sicherlich so aussehen, als ob er es getan hätte. Aber in diesem Fall wird er ungewöhnlich viel Glück gehabt haben, denn er scheint mir praktisch alles Wichtige übersehen oder vernachlässigt zu haben.

Nehmen Sie zum Beispiel die tatsächlichen Worte meines ölhäutigen Freundes. Sie deuteten deutlich darauf hin, dass er an Land lebte. Nehmen wir den Vorfall mit dem Blinden, der vielleicht, wie John Whiteclett sagt, ein alltäglicher Unfall war, der sich aber sicherlich in dem Haus ereignete, in dem der einzige Mann lebte, den sie verdächtigten, und wenn es so wäre, würde er mit Sicherheit den Arzt involvieren kein bloßer Zufall. Schauen Sie sich meine Sicherheit an, während ich sie durch mein verdächtiges Verhalten demütigte, und dann die skrupellosen und schnell wiederholten Versuche, mich loszuwerden, nachdem zwei Dinge passiert waren – mein Akzentverlust bei den Rendalls und die Entdeckung des Fallschirms. Nehmen wir die Nacht am Ufer, als Miss Rendall mich mit einer Pistole bewaffnet begleitete und ihr Vater genau an dem Ort und zu der Zeit zu ihr kam, als der Angriff auf mich verübt wurde. Meine letzten Zweifel daran, dass es sich um einen eingebildeten Angriff handelte, zerstreuten sich, als ich am nächsten Tag gefeuert wurde.

Was dann die Vorstellung angeht, dass Mr. O'Brien versucht, eine Ente zu erschießen, oder dass er plötzlich von einer übermütigen Mordwut beseelt wird, lehne ich es einfach ab, solche absurden Interpretationen zu akzeptieren. Ich bin mir überhaupt nicht sicher, ob er es war. Ich bin davon überzeugt, dass mehr als ein Mann darin verwickelt ist und welcher Verschwörer welche Rolle gespielt hat. Wer kann das anhand der wenigen Beweise, die man hat, sagen?

Nehmen Sie noch einmal die brillante Idee von Herrn Bolton, nachzufragen, wer Deutsch sprechen kann. Wie hat er nachgefragt? Habe sie wahrscheinlich gefragt! Ist er selbst ein deutscher Gelehrter? Die Chancen dagegen stehen tausend zu eins. Oder nehmen Sie den geheimnisvollen alten Mann mit der getönten Brille. Sein Erscheinen an diesem Straßenrand und sein anschließendes Verschwinden im Weltraum ist eines der seltsamsten Merkmale des Falles. Ich habe jetzt überhaupt keinen Zweifel mehr daran, dass die Ermittlungen zum Wachsspiel der Beginn einer Reihe von Fragen und Antworten waren, die mich als Mitverschwörer bewiesen hätten, wenn ich sie nur gekannt hätte. Wahrscheinlich wurden sie von diesem Moment an doppelt misstrauisch mir gegenüber und warteten nur, um ganz sicherzugehen, bevor sie alles daran setzten, mich zu töten. Und doch hat Bolton, indem er kühl annahm, ich sei ein Lügner oder Träumer, die ganze Bedeutung des Vorfalls übersehen.

Aber wenn es darum geht, mich ehrlich zu fragen, welche Personen ich genau verdächtige und wie ich die Vorfälle, die (wie ich freimütig zugebe) völlig im Einklang mit der Theorie stehen, dass ich selbst tatsächlich verdächtigt wurde, von den Vorfällen trennen möchte, die sich aus diesen nicht erklären lassen Ich muss gestehen, dass ich ziemlich geschlagen bin, wenn ich meine Gründe rechtfertige und ein stichhaltiges Verfahren gegen irgendjemanden ausarbeite. Ich weiß, dass ich dieses Mädchen nicht verdächtigen möchte, obwohl sie mich wie einen Angehörigen einer niedrigeren Rasse behandelte und mir am Ende schlecht abgeschnitten hat; und ich möchte O'Brien verdächtigen. War er übrigens ein echter Trinker? Ich fange eher an, mich zu wundern.

Und das ist das bislang sehr unbefriedigende Ende der Sache.

TEIL II

ICH

EINE IDEE

Ich wünschte, ich hätte gesagt, dass ich sicher war, dass der Brief meines Cousins nicht das letzte Problem mit Ransay war. Man möchte der einzig richtige Prophet sein, den dieser Krieg hervorgebracht hat. Es war keineswegs das Ende, wie ich zwei Tage nach Abschluss des letzten Kapitels erfuhr. Ich habe es und die zwei oder drei davor im Genesungskrankenhaus in Winterdean Hall geschrieben und es, wie ich mich erinnere, an einem Mittwoch fertiggestellt; und ich nahm den Duft am darauffolgenden Freitag wieder auf.

Ich war in einem unbedeutenden Nordsee-Schlafzimmer aufgebahrt worden, aber obwohl das Bruchstück klein war, waren die Wunden unangenehm und ich war immer noch ziemlich froh, entspannt in einem beweglichen Sommerhaus auf der Terrasse zu liegen. Ich war auf dem Weg der Besserung, aber an diesem Morgen war ich etwas zu weit gelaufen, und da lag ich ausgestreckt halb schlafend in einem Liegestuhl, geschützt vor dem Wind und sonnte mich in der Sonne. Es war das Ende der ersten Februarwoche, aber der Tag war mild wie Milch und in meinem Mantel war mir richtig heiß. Saatkrähen krächzten über den Winterwäldern unterhalb der Terrasse, weit dahinter erhob sich eine schwache, erholsame blaue Hügelkette, und ein prächtiger Pfau schlenderte gemächlich über den Rasen. Ich war völlig zufrieden damit, da zu liegen und zu dösen, als ich eine vertraute Stimme hörte.

„Richtig! Ich sehe, wo er ist, danke", hieß es.

„Jack Whiteclett !" Ich sagte zu mir.

Es war immer angenehm, Jack zu sehen, aber in diesem Moment war es langweilig, gestört zu werden. Ich hatte keine Ahnung, wie gründlich und endgültig diese Störung sein würde.

Er erschien in der offenen Tür meines Tierheims, mit scharfen Augen, blauem Serge, drei Ringen und alles war vollständig. Ich erwartete eine Verspottung meines Bartes, aber offensichtlich kam ich ihm zu traurig vor, als dass ich ihn belustigt hätte.

„Nun, alter Junge", sagte er, „du hast dir eine Pause verdient und ich bin froh, dass du sie dir gönnst."

Das von Jack war auf subtile Weise schmeichelhaft und ich tat mein Bestes, um wie ein verwundeter Held auszusehen.

„Wo haben sie dich hingebracht?" er hat gefragt.

„In meinem Bart", sagte ich, „linke Seite des Kiefers. Auch der rechte Knöchel und ein Andenken unter den Rippen."

"Lahm?"

„Immer noch ein wenig, aber es verbessert sich."

„Der Bart sieht ganz schick aus", bemerkte er.

„Dann schau es dir gut an, solange du die Chance hast, denn sie sagen, dass ich es in einer Woche rasieren darf."

„Du bist also auf dem Weg der Besserung?"

„Danke dem Herrn."

„Dann brauche ich dir kein weiteres Mitleid auszudrücken. Herzlichen Glückwunsch."

„Willst du ein bisschen Blighty bekommen?"

„Ich besorge mir ein Stück Band."

Ich öffnete meine Augen, denn das war das erste Mal, dass ich davon hörte.

„Es ist noch nicht raus", sagte er, „aber ich glaube, es wird dein Untergang sein. Vermutlich hat jemand jemanden bei der Admiralität bestochen. Onkel Francis zwinkerte mir zu. Da hast du offenbar deinen Frieden gefunden, Roger." , also nochmals herzlichen Glückwunsch."

Dieser Hinweis auf eine Verzierung war erfreulich genug, und als ich darüber hinaus seine Versicherung hörte, dass mein lieber alter Onkel sein Herz wirklich wieder geöffnet habe, hätte ich mich fast schändlich erschüttert. Offensichtlich war ich immer noch etwas schwächer, als ich dachte . Jack war jedoch sehr taktvoll und das Gespräch wandte sich den alltäglichen Dingen zu.

Whiteclett außerordentlich freundlich vorkam, so weit aus dem Weg zu gehen um mich aufzusuchen. Seine eigene Frau war das letzte Mal, als ich von ihr hörte, in Portsmouth, alle anderen Interessen galten London, und dennoch suchte er hier nach einer Cousine in einem Krankenhaus, ein paar hundert Meilen von beiden Orten entfernt.

„Übrigens, wie viel Zeit hast du?" Ich fragte.

"Eine Woche."

Ich setzte mich in meinem Liegestuhl auf.

„Nur eine Woche! Ich sage, es ist außerordentlich nett von dir, hierher zu kommen und mich zu sehen."

„Oh, ich wollte sehen, wie Helden ihre Wunden ertragen", lächelte er, aber ich war mir sicher, dass noch etwas unausgesprochen blieb.

„Jack, alter Junge, was ist los? Ich sehe in deinen Augen, dass da noch etwas anderes ist."

Er zögerte einen Moment und sagte dann:

„Ja, aber ich werde dich jetzt nicht damit belästigen. Ich wusste nicht, wie fit du sein könntest."

Natürlich ließ ich ihn weitermachen.

„Würde es Sie beunruhigen, wenn ich ein wenig über Ihr Abenteuer in Ransay erzählen würde?" er hat gefragt.

„Machen Sie sich Sorgen! Ich habe an kaum etwas anderes gedacht, seit ich an diesen erholsamen Ort gekommen bin. Tatsächlich habe ich einen vollständigen, wahren und besonderen Bericht über das Abenteuer fertiggestellt. Gibt es weitere Neuigkeiten?"

Sein Mund wurde schmaler und ein Stirnrunzeln legte sich über seine Augen.

„Nichts Bestimmtes, außer dass mir die höllische Insel in letzter Zeit große Sorgen bereitet hat. Du hattest vollkommen recht, Roger, und ich ziehe meinen letzten Zweifel mit vielen Entschuldigungen zurück. Irgendetwas stimmt an diesem Ort ganz und gar nicht. Bei einigen von ihnen wurden U-Boote gesehen oder dreimal, und Signale an Land, und der Teufel weiß alles was. Aber wir können keinen Hinweis oder eine Spur von irgendetwas finden, das wir in die Finger bekommen könnten!"

„Und das alles, seit O'Brien gegangen ist?"

Er nickte.

„Ja. Wenn er dabei war, hatten Sie völlig Recht, als Sie eine Bande vermuteten. Wenn nicht, dann sind der oder die Kerle immer noch da. Ich bin mir jetzt ganz sicher, Roger, dass Sie völlig Recht hatten. Irgendjemand lebt tatsächlich auf dieser vergleichsweise kleinen Insel und treibt viel Unheil, und wir haben nicht die leiseste Ahnung, wen wir verdächtigen sollen."

„Haben Sie sich bei Mr. Bolton beworben?" Ich fragte etwas böswillig.

„Verdammter Mr. Bolton! Der Kerl hat die ganze Sache verpfuscht. Er hat den Geruch verloren, als es noch warm war, und jetzt ist es so kalt wie Hammelfleisch und man muss noch einmal von vorne anfangen! Ich wollte unbedingt mit Ihnen darüber reden.", Roger. Du hast vielleicht ein paar Ideen. Bolton hatte keine und ich habe keine."

„Dürfen Sie mir genau sagen, was gesehen wurde?"

„Ich darf nicht, aber ich kann es dir sagen, wenn du nichts wiederholst."

Deshalb gehe ich in dieser Erzählung möglicherweise nicht auf Einzelheiten ein. Das macht jedoch keinen Unterschied, denn abgesehen davon, dass das nordwestliche Ende, draußen bei der Farm der Scollays , und die karge, unbewohnte Spitze der Insel dahinter die Gefahrenzone waren, gaben diese Angaben keinen Hinweis und ließen keine neue Idee vermuten. Natürlich deuteten sie darauf hin, dass Menschen in dieser Umgebung lebten, und doch war dies keineswegs unvermeidlich, da diese Küste für die Zwecke des Feindes am besten geeignet war und sein Freund oder seine Freunde an Land möglicherweise eine beträchtliche Entfernung zurücklegten, um mit ihm in Kontakt zu treten. Tatsächlich wäre es eine ziemlich offensichtliche Vorsichtsmaßnahme, so weit wie möglich vom tatsächlichen Einsatzort entfernt zu wohnen; obwohl es ebenso offensichtlich eine weniger bequeme Lösung wäre.

Zu den Vorsichtsmaßnahmen, die Whiteclett treffen konnte, kann ich nur sagen, dass anstelle der Amateur-Küstenpatrouillen, die damals in Mode waren, als ich dort war, ein paar Männer einer bestimmten Einheit mit der Aufgabe betraut wurden stattdessen. Aber mein Cousin hatte keine Kontrolle darüber, und er allein erkannte die besondere Gefahr, die auf dieser besonderen Insel herrschte . Die Anzahl der Männer, die für Ransay verschont blieben, war sehr gering (man konnte sie an einer Hand abzählen, wenn etwas darüber hinausging), und sie waren noch dazu normale, ehrliche Mitglieder dieser Einheit – keine Experten auf diesem Gebiet. Daher hatte er ein wenig Zweifel, ob der Schutz besser war als zuvor.

Nun, wir haben die ganze Sache immer und immer wieder besprochen, und ich konnte ehrlich gesagt nichts hinzufügen, was ich zu dem, was ich ihm zuvor gesagt hatte, hinzufügen könnte. Und dann fragte ich ihn:

„Haben Sie selbst überhaupt keinen Grund gesehen, irgendjemanden zu verdächtigen? Es ist nichts passiert – nicht einmal eine ganz kleine Sache?"

Er begann den Kopf zu schütteln und sagte dann:

„Nun, es gab nur eine Sache, die mich für einen Moment misstrauisch machte, aber dann kam ich zu dem Schluss, dass mein Misstrauen nicht standhalten würde. Vor kurzer Zeit kam Dr. Rendall zu mir und bat um Erlaubnis, mich behalten zu dürfen ein anderer Betrunkener – er nannte es einen alkoholkranken Patienten. Er sagte, er hätte von einem Mann gehört, dessen Freunde ihn zu ihm schicken wollten, und boten mir an, mir alle möglichen Garantien für seine Ehrlichkeit zu geben, und so weiter, und so weiter. Das habe ich verstanden Der Arzt muss ziemlich angeschlagen sein und dieser Patient würde für ihn den entscheidenden Unterschied machen. Tatsächlich hat er es mir praktisch gesagt."

„ Natürlich hast du nein gesagt?"

, dass er vielleicht ein Unrecht hatte und durch eine kleine Zurschaustellung von Arglosigkeit die bessere Wahl wäre Natürlich habe ich ihn später wissen lassen, dass er den Kerl nicht haben konnte. Aber ehrlich gesagt, Roger, ich glaube nicht, dass an seiner Bitte irgendetwas Verdächtiges war. Erstens geht der Ärger weiter, ohne dass er betrunken ist. Zweitens , die Bitte wäre zu unverblümt, wenn er Unfug gemeint hätte.

„Trotzdem", sagte ich, „zeigt es, dass es dem Mann schlecht geht. Angenommen, er ist in Versuchung geraten?"

„In diesem Fall müssen wir auch annehmen, dass er gestürzt ist und ein Bestechungsgeld eingesteckt hat; dann wäre er nicht mehr in der Not."

„Man kennt seine Schwierigkeiten nicht. Er braucht vielleicht viel, um sie zu bewältigen, und braucht jetzt einen neuen Scheck. Und es gibt eine Sache, Jack, die mich manchmal wundert: Er ist dem gewöhnlichen Einheimischen um Längen überlegen Arzt an einem solchen Ort. Was macht er dort?"

„Nun", sagte mein Cousin nach kurzem Nachdenken, „das Problem in meinem Kopf besteht immer darin, dass wir wahrscheinlich nie viel Geld bekommen werden, bis wir einen eigenen Spion vor Ort stationieren können, um zu beobachten, was vor sich geht." . Und wie kann man das schaffen, ohne zu verraten, wer der Beobachter ist? Wenn sie wissen, wer er ist, wird er nichts erfahren und ihm wahrscheinlich die Kehle durchschneiden. Das ist die Schwierigkeit."

Ich sagte einen Moment lang nichts. Eine brillante Idee begann in meinem Kopf zu dämmern.

„Nichts zu empfehlen?" er hat gefragt.

„Ich nehme an", sagte ich und dachte angestrengt nach, „wenn Sie gewollt hätten, hätten Sie Dr. Rendall diesen Mann überlassen können?"

Mein Cousin starrte mich an.

„Ich sollte die Verantwortung nicht selbst übernehmen, aber ich glaube, wenn ich verrückt genug wäre, ihn zu unterstützen, würden die Mächtigen vielleicht zustimmen."

"Jack!" Ich rief aus: „Ich werde der alkoholkranke Patient sein!"

Für einen Moment dachte ich, die Augen meines Cousins würden aus seinem Kopf verschwinden. Dann ließen sie nach und stattdessen begann sich ein Grinsen über sein Gesicht zu schleichen.

„Bei Gott!" er murmelte.

„Ich bin der richtige Mann für diesen Job! Ich habe tatsächlich mit mindestens einem aus der Bande auf dieser Insel gesprochen, abgesehen von dem alten Kerl mit der Brille. Ich kenne die Grundlagen, soweit sie überhaupt bekannt sind. Tatsächlich ich „Ich habe eine Art Vorschriftsrecht auf den Job."

Er nickte.

„Ich gebe durchaus zu, dass du das getan hast; auch , dass ich dich lieber dabei haben würde als irgendjemand sonst. Rückblickend denke ich, dass du letztes Mal einen äußerst sportlichen Versuch gemacht hast, und ich muss sagen, es kommt mir nur wie ein teuflisches bisschen Schlechtes vor." Das Glück hat dich daran gehindert, es zu schaffen. Obwohl es mir oft ein Rätsel war, was das bisschen Pech eigentlich war. Aber andererseits", fügte er hinzu, „sind Sie nicht der Kerl, den er will."

„Ein Betrunkener ist so gut wie der andere, solange er die Gebühr bezahlt."

„Aber angenommen, der Argumentation halber, er hätte einen Grund, diesen anderen Mann zu wollen. Würde er Sie in diesem Fall nehmen?"

„Er muss, sonst würde er sich verraten!"

„Das stimmt, Roger. Aber wie sollen wir Verhandlungen eröffnen, ohne Verdacht zu erregen? Man könnte sich genauso gut allen Schwierigkeiten stellen."

„Oh, das können wir leicht in Ordnung bringen", sagte ich. „Meine Vormunde werden schreiben und sagen, dass sie von seinem hervorragenden System usw. gehört haben und hoffen, mit den Marinebehörden Vereinbarungen zu treffen, und so weiter. Das wird es geben." Was diesen Teil betrifft, überhaupt keine Schwierigkeit."

„Aber, mein Lieber, wenn du dort angekommen wärst , würden sie dich entdecken."

„Mit diesem Bart – schwarz gefärbt?" Ich weinte, als Inspiration auf Inspiration folgte. „Und eine Brille mit Goldrand und dieses Hinken – das sogar meinen Gang verbirgt, und einen kompletten Wechsel der Kleidung; wer wird mich erkennen? Denken Sie daran, dass ich vor sechs Monaten nur ein paar Tage dort war."

"Ihre Stimme?"

„Ich habe mit meiner natürlichen Stimme nur mit den beiden Rendalls gesprochen , nie mit dem Arzt; tatsächlich habe ich ihn nur einmal getroffen.“

„Aber seine Cousins haben dich oft gesehen.“

„Ich stehe nicht umsonst auf der Bühne“, versicherte ich ihm. „Ich werde meine Stimme nur sehr wenig ändern, nicht genug, um es schwierig zu machen, mitzuhalten – lispeln oder so etwas in der Art. Du kannst mir vertrauen, dass ich das gründlich mache, Jack.“

Mein Cousin sah mich aufmerksam an.

sie verwirren könntest ; und mit deinem schwarz gefärbten Bart – vergiss übrigens nicht, auch deine Haare zu färben, alter Junge! – und Brille usw , beim Jungo, ich glaube schon, dass du bestehen wirst!“

„Jetzt geht es darum, wie man die Erlaubnis bekommt: erstens für mich abreisen und zweitens abreisen, um einen Alkoholiker auf der Insel zu landen. Was ist mit Onkel Francis – könnte er irgendwelche Fäden für uns ziehen? Und wird er, wenn er kann?“

„Der Mann selbst!“ sagte Jack, „wenn er die Sache wirklich aufgreift. Er ist mit der besten Art von großer Perücke für unsere Zwecke dabei. Und ich denke eher, dass die Idee seinen Sinn für Humor ansprechen könnte. Wie auch immer, ich werde dafür sorgen, dass er es tut . “ -Nacht, wenn ich zurück in die Stadt komme, und wenn er es nicht schafft, versuche ich es mit einem anderen.

Und das war das abrupte Ende dieser erholsamen Tage, als ich im Liegestuhl döste und dem Krächzen der Krähen im Winterdean Hall Convalescent Hospital lauschte.

II

EIN KLEINES ABENDESSEN

Am Dienstagabend, nur vier Tage später, humpelte ich die Stufen des Clubs meines Onkels hinauf und stellte dieselbe Frage, die ich schon so oft zuvor dem gleichen eleganten, gütigen Portier gestellt hatte.

„Sir Francis Merton?“

Er war so gütig wie immer, aber er übergab mich einem attraktiven Kriegsarbeiter mit einer distanzierten Miene, die zeigte, dass er sich überhaupt nicht bewusst war, mich jemals zuvor gesehen zu haben. Für einen Moment war ich fröstelnd, dann wurde mir klar, wie glücklich das Omen war.

Wenn mich allein mein Bart so verändert hätte, gäbe es keine Angst vor Anerkennung, wenn die Kunst die Natur gestärkt hätte.

Der einzige andere Gast war bereits eingetroffen: Commander John Whiteclett . Mein Onkel unterhielt sich vertraulich mit ihm vor dem Feuer, und beim Anblick dieser vertrauten, aufrechten Gestalt mit der dominanten Nase über dem entschlossenen Mund und dem frischen Teint, den schneeweißen Haaren und den freundlichen Augen fühlte ich mich ganz wie immer ein plötzliches Gefühl des Vertrauens in den Ausgang meines Abenteuers. Mit einem solchen Verbündeten im Rücken schien die Wahrscheinlichkeit eines Scheiterns nahezu vernachlässigbar.

„Nun, Roger", rief er mit seiner schroffen, starken Stimme (obwohl ich bemerkte, dass sie diskret gesenkt wurde, während sich jemand in Hörweite befand), „ich habe gehört, dass du so sehr Alkohol konsumiert hast, dass deine Freunde dich davon abhalten müssen." Gesellschaft! Wir haben immer geglaubt, dass es zu so etwas kommen würde; was, Jack?"

„Er war schon immer ein schlechtes Gewissen, Sir", sagte mein Cousin. „Es macht mir nichts aus, zu wetten, dass er seinen Bart nicht gebürstet hat."

„Und dieses Hinken!" fügte Sir Francis hinzu. „Mein Gott, ich glaube, er wurde von einem empörten Ehemann nach unten geworfen!"

Allerdings drückte er beim Lachen meinen Arm, und es war kein kritischer Druck.

„Ich kann mich wegen meiner zitternden Hand nicht rasieren", erklärte ich, „und das Hinken ist im großen Zeh."

"Hafen?" rief mein Onkel. „Nein, nein, mein Lieber, es ist eine Whiskyvergiftung, an der du leidest. Du hast in deinem sechzehnten Lebensjahr heimlich angefangen und hast deinen Freunden seit deinem einundzwanzigsten Lebensjahr Ärger bereitet. Ich habe jedoch alle Einzelheiten aufgeschrieben für dich, und pass auf, dass du sie dir in den Kopf setzt und widersprich weder dir selbst noch mir, wenn du mit diesem Arzt zusammenlebst.

Jack zwinkerte mir aus dem Schutz des Rückens unseres geschätzten Onkels zu und ich verbarg ein entgegenkommendes Lächeln. Trotz all seiner Tugenden hatte Sir Francis Merton nie gern die zweite Geige gespielt, und diese meisterhafte Übernahme unseres Plans und das Diktat aller Details war äußerst charakteristisch. Gleichzeitig war er ebenso schlau wie gebieterisch und ich war überzeugt, dass seine Angaben korrekt sein würden .

„Es ist in Ordnung, solange er nicht darauf besteht, sich auch zu verkleiden und mit mir zu kommen", flüsterte ich Jack zu, als wir zum Abendessen gingen.

an deiner *Stelle* geht !" sagte Jack. „Ich habe ihn noch nie so begeistert von einer Idee erlebt."

Wir aßen an einem Ecktisch, von dem aus wir sofort sehen konnten, ob jemand zu nahe kam, und ich glaube, mein Onkel musste dafür gesorgt haben, dass er keinen der nächsten Tische besetzte; So konnte er sich an die Arbeit mit der Suppe machen.

„Ich habe alles arrangiert, Roger", sagte er, „du bist auf Urlaub, solange dieser Job dauert. Es werden keine Fragen gestellt und du hast freie Hand. Nur wird Jack dich natürlich immer im Auge behalten." , und ich werde Sie beide den Umständen entsprechend beraten können."

Jack zwinkerte noch einmal hastig und sagte mit so viel Respekt, als würde er mit einem Admiral sprechen:

„Das ist sehr nett von Ihnen, Sir. Ich werde Sie über die Situation auf dem Laufenden halten, denn ich gehe davon aus, dass es für Roger sicherer ist, nicht mehr Briefe als nötig zu schreiben."

Ich blickte ihm meinen Dank an, und unser Onkel stimmte, nachdem er einen Moment lang zweifelnd die Stirn gerunzelt hatte, zu, dass er befürchtete, er müsse sich damit zufrieden geben, nur vom Kommandanten zu hören.

„Aber es wird nicht schaden, wenn ich dir hin und wieder schreibe, Roger", fügte er hinzu.

„Kein Schaden", stimmte ich zu.

„Na dann", fuhr unser Gastgeber fort, „kommen wir zu den konkreten Vereinbarungen. Nur zwei Personen bei der Admiralität wissen von diesem Plan, aber sie sind durchaus mächtig genug, um Sie auf Ihre Insel zu bringen. Natürlich passieren Leute Davon zu hören, öffnet ihnen vielleicht ein wenig die Augen und spricht über die Nachlässigkeit unserer Marinebehörden, und es wird nicht schaden, Jack, wenn du sie selbst ein bisschen verdammst – im Vertrauen, weißt du, für den Fall, dass dich jemand fragt, wie das geht Zum Teufel, dieser betrunkene Kerl hier ist hier eingedrungen.

ihnen einfach meine ehrliche Meinung über den Charakter des betrunkenen Kerls sage", sagte Jack, „wird niemand auch nur eine Sekunde davon träumen, dass wir Freunde sein sollen."

„Sie vermuten vielleicht, dass wir nahe Verwandte sind, alter Freund", schlug ich vor.

Sir Francis lachte.

„Ich frage mich, ob Roger nach ein paar Wochen Abstinenzdiät genauso witzig sein wird?“ er gluckste. „Wohlgemerkt, Roger, du musst das Spiel richtig spielen. Du darfst keine Flasche im Gepäck mitnehmen oder irgendeinen Blödsinn dieser Art!“

„Glauben Sie nicht, dass ein gelegentlicher Rückfall einen Hauch von Realismus verleihen würde?“ Ich empfahl.

„Oh, wenn Sie dort Alkohol finden, machen Sie auf jeden Fall einen Rückfall, solange Sie sich nicht in Ihren Tassen verraten. Aber Sie müssen ohne Flasche, Flasche oder Becher in Ihrem Besitz ankommen.“

„Es wäre vielleicht ziemlich erfreulich, Sir, wenn ich herumgehen würde, um Getränke zu trinken.“

Der Ernst meines Onkels war entzückend. Auf diesen Vorschlag hin setzte er seine Brille auf und zog ein Papier aus der Tasche.

„Lass mich sehen“, sagte er. „Hier sind ein paar Anweisungen, die mir mein eigener Arzt, Sir James Macpherson, gegeben hat. Ich musste ihm eine Ahnung davon geben, was ich wollte, aber er ist zur Verschwiegenheit verpflichtet. Hm – Nein, Roger, Sie versuchen religiös, sich selbst zu heilen , und nur sehr gelegentlich muss das Verlangen Sie so weit überkommen, dass Sie tatsächlich versuchen, sich eine alkoholische Erfrischung zu sichern, wie Sir James es nennt. Kein promiskuitives Schwämmen, mein Junge, aber ab und zu ein Schwamm in beträchtlichen Abständen könnte ratsam sein.

Es gab eine Pause allgemeiner Unterhaltung, während ein Kurs dem anderen folgte, und dann nahm Sir Francis seine Anweisungen wieder auf.

„Mit Hilfe einiger Tipps von Sir James und meinen Freunden bei der Admiralität habe ich den Plan sehr sorgfältig ausgearbeitet, und ich muss Sie bitten, sich jedes Detail so genau wie möglich zu vergegenwärtigen, Roger. Wohlgemerkt, diese giftigen Kerle Ich werde nicht zögern, dir ein Messer oder eine Kugel in den Leib zu stechen, wenn sie auch nur den geringsten Verdacht hegen. Das weißt du genauso gut wie ich, und ich möchte nicht, dass du gehst und dein Leben wegwirfst, mein Junge. "

Ich verspürte halb den Drang zu lächeln und halb etwas Sentimentaleres zu tun.
Er war so ein diktatorischer Chef und doch so ein lieber alter Kerl.

„Ich versichere Ihnen, ich lege mehr Wert auf mein Leben als meine Freunde“, sagte ich.

„Dann lernen Sie diese Anweisungen auswendig – und vergessen Sie eine davon nicht! Ich gebe Ihnen das Papier, das Sie heute Abend mitnehmen können, aber in der Zwischenzeit sind hier die wichtigsten Punkte. An erster Stelle Ihr Name ist Hobhouse – Thomas Sylvester Hobhouse."

Ich sah, dass er mit dieser Auswahl sehr zufrieden war und fragte taktvoll:

„Wie hast du es geschafft, so hervorragende Namen auszuwählen, Onkel Francis?"

„Ich habe einen Namen aus dem Roten Buch, einen anderen aus dem Peerage und einen anderen aus dem Klerikerverzeichnis gewählt, damit man auf diese Weise – ähm – eine natürlichere und lebensechtere Kombination erhält und dennoch einen echten Namen vermeidet. Ich glaube, Thomas kam aus dem Klerikerverzeichnis – oder war es das Peerage-Verzeichnis? Na ja, egal, das ist Ihr Name."

„Und mein Beruf?"

„Keine: Das erspart Ausflüchte und Verwirrung. Du warst schon immer ein fauler Hund, Roger, also denke ich, dass ‚ein Gentleman ohne Beruf' eine hinreichend korrekte Beschreibung sein wird. Du hast übrigens sehr gute Beziehungen."

„Ich bin mir dessen bewusst", sagte ich mit einer höflichen Verbeugung vor meinem Onkel und meinem Cousin.

Aber mein Onkel war zu ernst geworden, um solch eine kleine Abwechslung im Gespräch zu schätzen.

„Ihre Verwandten", fuhr er fort, „sind in einer so hohen Stellung, dass sie berechtigt sind, Dr. Rendall zu bitten, bei seinem Patienten keine indiskreten Nachforschungen über seine Familie anzustellen, und sich auch mit Erfolg an einen bestimmten einflussreichen Herrn in der Regierung zu wenden." um die Erlaubnis, Sie auf diesen verbotenen Inseln abzuladen. Sie wissen natürlich nichts von diesen Schritten. Sie haben sich gerade von einem schweren Anfall von *Delirium tremens erholt –*"

„Mein lieber Onkel!" Ich schnappte nach Luft. „Ist das Sir James' Idee?"

„Damit wird klar und deutlich formuliert, was er offensichtlich vorgeschlagen hat. Unter diesen Umständen wissen Sie natürlich nichts davon, was Ihre Freunde in Ihrem Namen getan haben. Da Dr. Rendall über all diese Tatsachen informiert ist, wird er es natürlich unterlassen, unangenehme Fragen und Antworten zu stellen." die du vielleicht vergessen würdest, selbst wenn ich sie für dich komponiert hätte.

„Und wie haben meine Verwandten von Dr. Rendall und der Insel Ransay erfahren?"
Ich habe nachgefragt.

„Ich habe über diesen Punkt sehr sorgfältig nachgedacht, Roger, und ich denke, der beste Plan wird sein, Sir James etwas mehr in mein Vertrauen zu ziehen und ihn dazu zu bringen, einen persönlichen Brief an Dr. Rendall zu schreiben. Er wird es tun, wenn ich es versichere." Ihm ist es zum Wohle seines Landes, und sein Name wird jeden Verdacht einlullen."

Mein Cousin und ich stimmten diesem letzten Vorschlag voll und ganz zu. Tatsächlich fanden wir an keinem Teil des uns diktierten Programms etwas auszusetzen, mit Ausnahme des *Delirium tremens* . Sogar Jack, obwohl es ihn juckte, mich mit dieser Bezeichnung zu sehen, stimmte mir zu, dass eine weniger eindeutige Form der Trunkenheit sicherer wäre, und schließlich beschloss Sir Francis, als Ersatz „einen Alkoholzusammenbruch" zu verwenden.

Was den Rest meiner Anweisungen angeht, habe ich im Geiste ein oder zwei Vorbehalte gemacht. Wenn zum Beispiel Dr. Rendall selbst in die Angelegenheit verwickelt wäre, würde er kaum davon absehen, Fragen zu stellen, um alles über seinen Gast herauszufinden; aber ich hatte das Gefühl, ich brauche meinen würdigen Onkel kaum zu belästigen, um die Antworten vorher zu verfassen .

Ich erinnere mich noch genau an dieses kleine Abendessen. Zufälligerweise war es mein einziger Blick auf das alte Leben in der Stadt und im Clubland und auf alles, was zur Abendgarderobe gehört, nur für diesen kurzen Abend zwischen Monaten des Minenausweichens und Schneesturms in der Nordsee, gefolgt von einem Krankenhausbett, und die einsame, stürmische Insel Ransay. Die weißen Bettbezüge, der Glanz der Gläser, die schattigen elektrischen Lampen, das lodernde Feuer und der hohe, mit weichen Teppichen ausgelegte Raum hinterließen einen Eindruck, der noch viele Monate lang bei mir blieb. Und als ich nach dem Abendessen in einem Sessel saß, die spezielle Zigarre rauchte, die mein Onkel gewissenhaft empfohlen hatte, und den alten Cognac schlürfte, den er mir empfohlen hatte, hätte ich ihm durchaus zugehört, wenn er vorgeschlagen hätte, mich in eine weiche Unterkunft zu stecken und jemand anderen arm zu lassen Lassen Sie sich stattdessen einen Bart wachsen und jagen Sie in nördlichen Stürmen nach Spionen.

Aber so ein Onkel war er nicht.

„Das ist die Chance deines Lebens, Roger", sagte er. „Bei Gott, ich wünschte, ich wäre jung genug, um den Job selbst zu übernehmen. Aber Sie werden der Familie sicher alle Ehre machen – wenn Sie nur bedenken, dass dieses Geschäft Diskretion und Vorsicht genauso erfordert wie Wagemut und Einfallsreichtum!"

"Hört hört!" sagte Jack. „Steck das in deine Pfeife und rauche es gründlich, Roger."

„Was auch immer Sie tun, vertrauen Sie keinem lebenden Menschen an diesem Ort! Die unwahrscheinlichste Person könnte sich als bis zum Hals in der Branche erweisen."

„Oder nur bis zu den Knöcheln, aber sie könnten dich trotzdem an jemand anderen verraten ", fügte mein Cousin hinzu.

„Und *was die Knöchel betrifft* ", sagte mein Onkel, der ein überzeugter Junggeselle war, „Hüten Sie sich vor allem vor Frauen! Vertraue einer Frau niemals ein Geheimnis, Roger – niemals!"

„Es gibt niemanden, dem man sich anvertrauen kann", versicherte ich ihm, „außer Miss Rendall – und sie ist eine der Verdächtigen; was auch immer Jacks Galanterie sagen mag."

„Meine Tapferkeit gehört der Vergangenheit an", sagte Jack, „ich verdächtige jeden an diesem verdammten Ort. Und ich würde Ihnen raten, dasselbe zu tun."

"Alle!" wiederholte Sir Francis. „Und vertraue dich niemandem."

Der Abend ging endlich zu Ende und mit einem Seufzer verließ ich das gemütliche Raucherzimmer. Als ich jedoch ohnmächtig in den Flur hinausging, nahm mein Onkel meinen Arm und flüsterte mir eine kurze, aber tröstende Rede ins Ohr.

„Mach dir wegen Geldangelegenheiten keine Sorgen, Roger, alter Kerl. Natürlich zahle ich das Arzthonorar, und wenn du jemals mehr brauchst, lass es mich einfach wissen. Wenn du das schaffst –"

Er beendete seinen Satz nicht, sondern drückte meinen Arm und nickte mir zu und lächelte.

III

DER ALKOHOLISCHE PATIENT

An einem rauen, grauen Februarmorgen verabschiedete sich Herr Thomas Sylvester Hobhouse höflich von den Ärzten, die ihn bis hierher begleitet hatten, und bestieg den kleinen Dampfer, der von einem bestimmten kleinen, alten Hafen zu den nördlichen Inseln dieses Archipels fuhr. Diese medizinische Begleitung war ein typisches Beispiel für die unermüdliche Gründlichkeit meines Onkels. Er war nicht im Geheimnis, und so musste ich den ganzen Weg von Euston bis zu diesen abgelegenen Inseln die Tortur ertragen, unter den Augen eines gewissenhaften Herrn mittleren Alters mit starkem Yorkshire-Akzent und nur einer Idee im Kopf zu sitzen : um mich an jeder Station bereitzuhalten, für den Fall, dass ich aus dem Waggon sprang und mich auf den Weg zu den Erfrischungsräumen machte. Ich glaube, wir trennten uns mit der gleichen Erleichterung auf beiden Seiten.

Unter einem schweren Himmel und einem kühlen Wind dampften wir durch verschiedene Wasserstraßen, berührten verschiedene Inseln und verschifften und entschifften viel Vieh. Endlich, als es Nachmittag geworden war und der Wind sich sowohl nass als auch kühl anfühlte, ging Thomas Sylvester auf dem bescheidenen Pier in Ransay an Land. Vom Deck aus hatte er seinen künftigen Gastgeber bereits bemerkt, mit der Pfeife im Mund und den Händen in den Knickerbocker-Taschen inmitten einer kleinen Gruppe von Bewohnern, aber zu seiner Erleichterung gab es keine anderen bekannten Gesichter.

„Lassen Sie mich fest als Mr. Hobhouse, der neue zahlende Gast des Arztes, etabliert werden, bevor sie mich zu genau ansehen!" er sagte zu sich selbst.

In den blauen Augen des Arztes war kein Zeichen von Erkennen oder Misstrauen zu erkennen. Ich bemerkte wieder seine Angewohnheit, einen von ihnen schief anzusehen, was bei unserem letzten Treffen bei mir schon Verdacht geweckt hatte, aber ansonsten war seine Begrüßung recht herzlich und freundlich.

„Ich habe nur eine offene Falle, Mr. Hobhouse", sagte er, „und es ist eine drei Meilen lange Fahrt. Ich hoffe, Sie haben einen warmen Mantel."

Ich möchte erwähnen, dass Mr. Hobhouse ein Gentleman mit einem äußerst höflichen, nervös überschwänglichen Auftreten war, der immer mit allen einer Meinung war und ein wenig blinzelte, während er sie mit entschuldigender Freundlichkeit durch seine goldgerändete Brille ansah. Diejenigen, die die spritzige Komödie „Heels Up" gesehen haben, erinnern sich vielleicht an die nicht erfolglose Figur des Sir Douglas Jenkinson Bart (gespielt von Mr. Roger Merton). Mr. Thomas Sylvester Hobhouse hätte sie eindringlich an Sir Douglas erinnert.

„Oh ja, Doktor, ein wunderschön warmer Mantel. Sie brauchen sich um mich überhaupt keine Sorgen zu machen. Ich werde mich sehr wohl fühlen – wirklich sehr bequem, danke", versicherte ihm Mr. Hobhouse.

Dr. Rendall musterte seinen Patienten noch einmal, und in seinem Blick schien ein Schimmer der Zufriedenheit zu liegen, als wäre dies die Art höflicher, nachgiebiger Herr, die er mochte.

Es dauerte mühsam, mein Gepäck aus dem Frachtraum zu holen, und der Februarnachmittag war grauer geworden, als wir uns in die Ponyfalle des

Arztes begaben. Da die Straße voller Schlamm und stellenweise mit losen Metallstücken bedeckt war, erwiesen sich diese drei Meilen als die längsten, die ich je gefahren bin. Zu diesem Zeitpunkt fegte der Wind feine Regenwolken in unsere Gesichter, und durch diesen treibenden Dampf wirkte die Insel wie ein anderer Ort als das Ransay der Sommerzeit. Die Blumen waren verschwunden, ebenso der Mais und sogar das Grün des Grases, das jetzt einen blassen gelblich-olivfarbenen Farbton hatte; und ich dachte, dass ein Mensch sicherlich noch nie einen nackteren , unwirtlicher aussehenden Ort besucht hatte.

Unter solchen Umständen redeten wir wenig; Der Arzt machte nur hin und wieder eine pflichtbewusste Bemerkung, und Mr. Hobhouse stimmte ihm überschwänglich zu. Dieser Herr begnügte sich damit, seine Nachforschungen aufzuschieben, bis es etwas wärmer und trockener geworden war, und manchmal verspürte er sogar große Angst, dass das trostlose Haus, das vor ihm aufragte und weit über dem baumlosen Land sichtbar war, sich tatsächlich von ihnen entfernen würde. Sie schienen sich der Sache so langsam zu nähern.

Der Abend war nah, als Mr. Hobhouse seinen Abstinenz-Zufluchtsort betrat, und seine Überschwänglichkeit war ganz aufrichtig, als er sich über einem lodernden Feuer im Raucherzimmer des Arztes die Hände rieb, und noch aufrichtiger, als ihm ein ausgezeichneter Nachmittagstee bevorstand.

Das Gespräch drehte sich natürlich um den Krieg, und Thomas Sylvester zeigte sich bestrebt, die Meinung seines Gastgebers zu erfahren, und stimmte jeder einzelnen davon begeistert zu, was dem Arzt offenbar zu gefallen schien. Er wurde immer gesprächiger und freundlicher, aber obwohl sein Gast seine Worte beim Aussprechen im Geiste mit einem Zahnkamm durchging, musste er am Ende einer gesprächigen Stunde gestehen, dass der Arzt keine besonderen Kenntnisse in militärischer und militärischer Hinsicht an den Tag legte Marineangelegenheiten, noch mangelnder Eifer für die Sache seines Landes.

„Bisher kein Verrat!“ sagte Thomas zu sich selbst.

Dann brachte Mr. Hobhouse das Gespräch mit dem, was er sich selbst schmeichelte, der Kunst, die Kunst verbirgt, auf das Thema des Arztes selbst und seines Haushalts. Enthusiastisch versicherte er seinem Gastgeber, dass jedes Arrangement, das er erwähnte, das Beste sei, was man sich vorstellen kann – vom Junggesellenstatus des Arztes bis hin zu der Tatsache, dass es im Badezimmer kein heißes Wasser gab, sondern bei Bedarf große Kanister mitgebracht wurden. Und plötzlich blinzelte er freundlicher als je zuvor und fragte:

„Und haben Sie oft – ähm – Gäste, Doktor; Gäste wie mich?“

Die Freundlichkeit des Arztes schien plötzlich ein wenig nachzulassen.

„Gelegentlich", sagte er kurz.

„Ganz richtig", stimmte Mr. Hobhouse zu. „Zu oft wäre ein großes Ärgernis. Gelegentlich – ja, das muss viel angenehmer sein. Nur wenn Sie Lust dazu haben; ich verstehe. Und ich hoffe, dass Sie in der Regel anständige Leute bekommen, Doktor. Sonst wäre es sehr unangenehm." "

„Das ist es", sagte Dr. Rendall mit deutlichem Nachdruck.

„Ich vertraue darauf , dass *ich* kein Ärgernis sein werde", sagte Mr. Hobhouse besorgt.

„Oh nein, nein", sagte der Arzt hastig, „ich dachte an –"

Er brach ab und sein freundlicher Gast wechselte taktvoll das Thema. Wenig später kam er mit, wie er hoffte, gleichem Taktgefühl noch einmal darauf zurück. Er versicherte dem Arzt, dass er darauf bedacht sei, keine Schwierigkeiten zu machen, und sagte:

„Ich werde es genauso machen wie der letzte. Sie versetzen mich einfach in seine Lage, Doktor, und dann wissen Sie immer, wo Sie sind."

Es bestand kein Zweifel an der Seltsamkeit des Blicks, den Dr. Rendall dieses Mal seinem Gast zuwarf. Seine Antwort war ein Murmeln, das alles hätte bedeuten können. Mr. Hobhouse redete unschuldig weiter.

„Ich gehe davon aus, dass er gut zu Ihnen passte, und das werde ich auch tun, wenn Sie mir zuerst sagen, was – äh – Sie haben seinen Namen erwähnt – oder nicht?"

„O'Brien", sagte der Arzt.

„O'Brien?" wiederholte Mr. Hobhouse mit deutlicher Abneigung gegen einen so milden Herrn.

Der Arzt sah ihn schnell an.

"Kennst du ihn?" fragte er scharf.

„Oh, nein, nein! Oh mein Gott, nein! Es ist nur so, dass ich ein sehr dummes und sehr dummes Vorurteil gegen Iren habe – und ich vermute, dass er es war."

Mr. Hobhouse lachte freundlich, und innerlich lachte er noch freundlicher, denn sein Schuss löste sich.

„Das habe ich auch", stimmte der Arzt zu, und es bestand kein Zweifel daran, dass er es ernst meinte.

Mr. Hobhouse kam zu dem Schluss, dass er die Angelegenheit vorerst ausreichend untersucht hatte, und wechselte mit seinem gewohnten Taktgefühl das Thema.

Nacht trennten, konnte er trotz der Ratschläge von Sir Francis einem Hauch von Kunst nicht widerstehen.

„Bevor wir zu Bett gehen, Doktor", sagte er mit seinem überaus einschmeichelnden Lächeln, „glauben Sie, ein kleiner Tropfen würde uns schaden?

Aber der Arzt schüttelte freundlich, aber bestimmt den Kopf.

„Na ja, besser nicht; ich stimme Ihnen voll und ganz zu, Doktor", schwärmte sein Gast. „Gute Nacht, Doktor. Gute Nacht!"

„Ich frage mich, ob der Arzt jemals zuvor so einen blinzelnden Arsch in seinem Haus hatte!" sagte der liebenswürdige Herr zu sich selbst, als er seine Schlafzimmertür hinter sich schloss.

Als ich mich mit einer Art verhaltener Selbstgefälligkeit im Glas betrachtete, kam ich zu dem Schluss, dass der Mann, der in Mr. Hobhouse irgendeine Erinnerung an den geheimnisvollen jungen Fremden von vor sechs Monaten wahrnehmen konnte, einen einzigartig durchdringenden Blick haben würde. Gleichzeitig war es eine ernüchternde Erfahrung, diesen schwarzbärtigen Herrn mit seinem in der Mitte gescheitelten, tief in die Stirn gekämmten Haar und seinem albern aussehenden Zwicker zu betrachten und darüber nachzudenken, dass es keinen künstlichen Unterschied zwischen ihnen gab Er und der verschwundene Roger Merton sparen sich die Brille und ein wenig Haarfärbemittel. Das war mein eigenes Gesicht und meine eigenen Haare und, wie ich vermutete, meine eigene natürliche latente Idiotie, die hinter dieser Brille blinzelte. Mit gemischten Gefühlen wandte ich mich vom Spiegel ab.

Da es noch nicht spät war (das frühe Zubettgehen gehört zur Kur), zog ich meinen Morgenmantel an, setzte mich zum Rauchen und kaute den Keim meines abendlichen Gesprächs mit Dr. Rendall weiter. Je öfter ich ihn sah, desto positiver wirkte der Mann insgesamt auf mich. Er war ein Gentleman und schien ein guter Kerl zu sein. Da er ein Junggeselle mit Outdoor-Vorlieben und einem lockeren Gemüt war, war es durchaus verständlich, dass er sich für das Anwesen seiner Familie entschieden hatte, auf dem er sich niederlassen wollte, so isoliert es auch war. Sicherlich konnte man es ihm nicht ernsthaft als verdächtigen Umstand zur Last legen.

Die mit Abstand interessanteste Entdeckung war seine offensichtliche Abneigung gegen Mr. O'Brien. Nicht nur einmal, sondern mehrmals hatte er es im Laufe unseres Gesprächs gezeigt. Darüber hinaus vermittelte er den

Eindruck, dass der Mann ihn in irgendeiner Weise unterdrückt habe und dass es eine Erleichterung sei, ihn losgeworden zu sein. Angesichts der Tatsache, dass es ihm so sehr darum gegangen war, einen weiteren stationären Patienten zu gewinnen, kam mir das ein wenig seltsam vor, und in meinem Kopf begann eine Theorie Gestalt anzunehmen. Angenommen, O'Brien hätte den Arzt auf irgendeine Weise unfreiwillig dazu verleitet, einen verräterischen Plan zu unterstützen, dann würde das seine Gefühle sehr gut erklären, insbesondere wenn man O'Briens unangenehme Persönlichkeit bedenkt. Aber andererseits hatten die Ereignisse deutlich gemacht, dass ohne O'Brien Verrat im Gange war. Wie hätte der Arzt also davonkommen können? Und wenn er noch darin steckte, war diese Theorie seiner Beziehungen zu seinem verstorbenen Patienten offensichtlich schwach.

„Ins Bett!" sagte Thomas Sylvester nach einer Stunde dieser Überlegungen zu sich selbst. „Du theoretisierst zu früh."

Am Morgen war er schon gut zehn Minuten auf und ab, bevor er wusste, dass der Arzt kommen würde. Er ging in das Raucherzimmer, schloss die Tür vorsichtig hinter sich und ging zum Fenster. Eine graue und windige Aussicht begegnete seinen Augen, aber sie warfen kaum einen Blick darauf. Mr. Hobhouse hatte etwas anderes im Kopf. Zwei- oder dreimal zog er die Jalousie hoch und runter und untersuchte genau die Schnur und die kleine Messingrolle.

„Diese Jalousie lässt sich sicherlich nicht auf Knopfdruck herunterklappen", sagte er sich, „und es gibt keine Anzeichen dafür, dass sie in den letzten Jahren repariert wurde. Daher ist sie vor sechs Monaten nicht versehentlich heruntergefallen . "

IV

DER TEST

An diesem Nachmittag, als sich das Wetter etwas geklärt hatte, schlug Dr. Rendall vor, zum Haus seines Cousins zu gehen und Herrn Hobhouse dem Gutsherrn und seiner Tochter vorzustellen. Diese Tortur musste früher oder später durchgemacht werden, also beschloss ich, seinem Vorschlag besser nachzukommen und es sofort hinter mich zu bringen. Außerdem war es ein offensichtlicher Teil meines Programms , viel Bewegung im Freien zu einem Hauptmerkmal von Mr. Hobhouses Kur zu machen, und ich fühlte mich verpflichtet, jedem Vorschlag, einen Spaziergang zu machen, sofort zuzustimmen. Wir hatten übrigens die Vorsichtsmaßnahme getroffen, den Arzt vorher über mein Hinken zu informieren (verursacht durch einen Autounfall, bei dem ich in einem Zustand am Steuer saß, in dem ich nicht hätte sein dürfen) und ihm versichert, dass der Chirurg dazu ermutigt habe, die Übungen zu absolvieren Die Heilung. Also machten wir uns auf den Weg zum „großen Haus".

Unterwegs gab der Arzt seinem Gast eine Reihe allgemeiner Informationen über die Menschen, die er treffen würde, aber da Mr. Hobhouse sie zufällig bereits wusste, brauchten sie hier nicht aufgezeichnet zu werden.

Als sich das Paar dem verwitterten alten Herrenhaus näherte, das nun in seiner wahren Umgebung vor dem winterlichen Himmel stand, wurde Thomas Sylvester die Rückkehr eines vertrauten Gefühls deutlich bewusst. Tatsächlich war es genau das Gefühl, das Roger Merton genossen hatte, als er am ersten Abend eines neuen Dramas darauf wartete, dass sein Stichwort aus dem düsteren Dunkel ins Rampenlicht trat. Würden seine alten Bekannten Mr. Hobhouse ohne Frage als völlig Fremden akzeptieren? Wenn er auch nur einen einzigen misstrauischen, fragenden Blick erblickte, geriet sein gesamter Plan in die Luft.

Wir wurden in den Salon geführt, und zu meiner großen Erleichterung erschien Mr. Rendall als erster, denn ich hatte das Gefühl, dass ich den prüfenden Blick von Jeans leuchtenden Augen viel leichter ertragen würde, wenn ich einmal in Schwung gekommen wäre, mit ihr zu reden Vater. In seinen Augen gab es sicherlich keine Spur von Frage. Mit seiner trockenen und beeindruckenden Höflichkeit begrüßte er Mr. Hobhouse, und nach ein oder zwei Minuten unterhielten sie sich auf jene freundliche Art und Weise, von der Mr. Hobhouse zu seiner Freude bemerkte, dass die Leute ihm sehr gern sympathisierten. Kein Wunder, denn das Geschöpf war so unglaublich umgänglich und (wenn ich es selbst sagen würde) so höllisch glaubwürdig.

Sein großes Hobby, so schien es, war die antiquarische Forschung, und obwohl er ein paar Bemerkungen fallen ließ, die zeigten, dass er sich in seinem Fach gut auskannte, war seine Rolle wie üblich die eines schmeichelhaft eifrigen Forschers. Es erübrigt sich zu erwähnen, dass sein Wissen durch sorgfältige Anwendung innerhalb der letzten Woche erworben worden war und dass dahinter ein ganz bestimmtes Ziel steckte. Der Laird wusste nur ein paar Brocken des Themas, aber da er ein intelligenter, belesener Mann war, war er durchaus in der Lage, Mr. Hobhouses Lieblingsbeschäftigung zu besprechen, so dass sie sich, als seine Tochter das Zimmer betrat , in einer Atmosphäre befand, an die sie kaum erinnerte der geheimnisvolle Fremde, wie er damals erschaffen werden konnte.

Dennoch war es ein beunruhigender Moment, als Jeans Blick zum ersten Mal auf ihn fiel, und er atmete tief auf, als er in ihnen nicht den Funken des Erkennens sah. Thomas Sylvester seinerseits achtete peinlich genau darauf, auch im kleinsten Punkt die geringste Ähnlichkeit mit dem Verhalten des geheimnisvollen Merton zu vermeiden. Es gab keine Zusicherung, keine Anerkennung der Aufmerksamkeit und des Bewusstseins ihrer Anwesenheit, wie es ein so charmantes Mädchen wie Miss Rendall von jedem Mann mit einem Auge im Kopf erwarten darf; und ich muss gestehen, dass der mysteriöse Fremde sie trotz all ihrer Abneigung gegen ihn bezahlte. Mr. Hobhouse war natürlich furchtbar höflich, schien aber beim Sex ein wenig schüchtern zu sein, und nach ein paar Gemeinplätzen auf beiden Seiten wandte sie sich an ihren Cousin und dieser an seinen Gastgeber.

Tee wurde hereingebracht und die Gruppe unterhielt sich so freundschaftlich wie jede vierköpfige Gruppe im Königreich. Zu diesem Zeitpunkt hatte Thomas seine Teeparty-Fähigkeiten gefunden und genoss die Situation sehr. Mr. Rendall beeindruckte ihn viel positiver als Roger Merton. Die Grimmigkeit schien von dem Mann abzufallen, als man ihn zum Reden brachte, und stattdessen breitete sich eine Ader der Freundlichkeit aus.

„Ich bin entsetzt, wenn dieses Mal irgendetwas Verdächtiges an irgendjemandem zu finden ist!" sagte Mr. Hobhouse ziemlich untröstlich zu sich selbst.

Er hatte diese Überlegung kaum gemacht, als er zufällig einen Blick auf Jean warf. Tatsächlich war dies bereits mehrfach vorgekommen. Zum einen sah sie wie ein Bild aus, und zum anderen versicherte sich der alkoholkranke Besucher immer wieder, dass sie immer noch keinen Verdacht erregte. Und jedes Mal hatte er sich vollkommen beruhigt gefühlt.

Aber dieses Mal war er sich plötzlich der Gewissheit bewusst, dass Miss Rendall ihn heimlich beobachtet hatte und dass sie nun (obwohl sie den Blick sofort abwandte) neue Denkanstöße hatte. Sofort bat er um eine weitere Tasse Tee und blinzelte sie gütig an, als sich ihre Blicke trafen. Hatte er in ihr tatsächlich die Bestätigung seines ersten instinktiven Gefühls gelesen, oder war es nur eine zu schnelle Einbildung? fragte sich Mr. Hobhouse sehr ernst.

Als er danach eine kurze Zeit lang mit ihrem Vater sprach, war ihm deutlich bewusst, dass sowohl sie als auch der Arzt sehr still waren, und wenn er sie ab und zu ansah, schien sie eher nachzudenken als zuzuhören. Und dann, gerade als er anfing, ein wenig unruhig zu werden, schien diese Phase zu vergehen und als er sie das nächste Mal ansah, begegnete sie seinem Blick mit einem schwachen Lächeln. Tatsächlich hatte sie mehrmals gelächelt, bevor der Arzt und sein Patient sich verabschiedeten, und als sie sich am Ende die Hände schüttelten, war sich Thomas Sylvester wohltuend des freundlichsten Blicks bewusst, mit dem sie ihn jemals beschenkt hatte . Und als ihr Vater schließlich hoffte, dass sie ihre neue Bekanntschaft bald wiedersehen würden, schloss sie sich seiner Hoffnung an, sowohl mit ihren Worten als auch (wie es ihm schien) mit ihren Augen.

Während des ersten Teils ihres Heimwegs war Herr Hobhouse sehr still. Als er ihren Anruf noch einmal durchging, musste er zugeben, dass seine

Vorurteile gegenüber Mr. Rendall völlig verschwinden würden, wenn er bereit wäre, sie zuzulassen, obwohl alles noch frisch in seiner Erinnerung war. Tatsächlich war der grimmig-ironische Mr. Rendall, der sich mit dem misstrauischen Fremden unterhielt , eine völlig andere Person als der freundliche Mr. Rendall, der sich mit dem unschuldig aussehenden Thomas Sylvester Hobhouse unterhielt. Auf den ersten Blick war dies offensichtlich durch sein Misstrauen gegenüber dem Fremden zu erklären. Aber was verdächtigte er ihn? Ein deutscher Spion zu sein, wie er behauptete? Oder daran, das zu sein, was er war? Das war der springende Punkt, und es schien mir, dass seine Verhaftung und Abschiebung mit beiden Alternativen gleichermaßen vereinbar war.

Aber was ist mit seiner Tochter, diesem schlanken, gefährlich zierlichen Stück Geheimnis? Waren ihre beiden Haltungsänderungen im Laufe dieses Nachmittags bloße Fata Morgana, gesehen von einem misstrauischen Auge? Sie mochten es sein, aber Mr. Hobhouse war bereit, sein Bestes zu geben , dass sie echt waren. Und was bedeuteten sie dann? Sicherlich nicht, dass sie die Wahrheit vermutet hätte. Er konnte sie nicht hineininterpretieren. Dass sie einfach eine Kokette war und in Ermangelung eines amüsanteren Spiels (wie zum Beispiel Mr. O'Brien) bereit war, einen kleinen Flirt mit seinem Nachfolger zu machen? Das war irgendwie keine sehr angenehme Lösung, aber ich begann zu vermuten, dass es die richtige sein könnte. Auf jeden Fall war sie ein rätselhafter Faktor, und die beste Vorgehensweise schien mir darin zu bestehen, ihre Gesellschaft in der Zwischenzeit zu meiden und die Augen offen zu halten für mögliche Probleme. Ich dachte kaum, dass es Ärger geben würde, aber es wäre gut, auf der Hut zu sein.

Nachdem dies entschieden war, begann der liebenswürdige Mr. Hobhouse ein Gespräch mit dem Arzt und führte das Gespräch nach und nach mit sanften und umständlichen Methoden über den Krieg im Allgemeinen auf die Rolle, die diese Inseln im Krieg spielten, und auf mögliche interessante Ereignisse sind in ihnen passiert. Er machte sich auf seine verschlagene Art auf den Weg zum Besuch des verdächtigen Fremden, doch zu diesem Zeitpunkt brachte ihn der Arzt aus eigenem Antrieb herein.

„Uns ist an diesem Ort etwas ganz Außergewöhnliches passiert", sagte er. „Niemand ist der Sache bisher auf den Grund gegangen."

"Wirklich!" rief Herr Hobhouse. „Wie sehr interessant! Was war das?"

„Nun", sagte der Arzt, „eines Morgens, als ich diesen O'Brien-Kollegen bei mir hatte, kam ein junger Mann in mein Haus und hatte – so sagte er – den Eindruck, es gehöre meinem Cousin. Ob er die Wahrheit sagte oder …" Das habe ich mich seitdem nicht oft gefragt. Er hatte keine Mütze, trug einen zugeknöpften Ölmantel (obwohl ich sagen darf, dass es ein schöner Morgen war) und sprach mit einem deutlich ausländischen Akzent. Ich hätte schwören können, dass es Deutsch war, aber O'Brien , der allem widersprach, blieb dabei, es sei Russisch. Er wusste viel über Russisch! Er war nur etwa fünf Minuten im Haus, denn als er seinen Fehler entdeckte – oder was er für seinen Fehler hielt – ging er weg. Und das ist alles, was ich persönlich von ihm gesehen habe.

„Aber ist er damals zu Mr. Rendall gegangen?“

Der Arzt nickte.

„Er tauchte dort auf und verbrachte zwei oder drei Nächte im Haus. Der Kerl hatte die Unverschämtheit des Teufels. Er sagte, er sei von einem unserer eigenen Kreuzer gelandet worden und wollte nicht als Offizier anerkannt werden, das würde er auch tun . “ Sie seien so freundlich, ihm einen Mantel zu leihen und ihm zu erlauben, seinen Uniformmantel in einer Schublade einzuschließen! Er war die ganze Zeit in seinem Ölzeug, das müssen Sie sich merken. Ein oder zwei Tage später wurden meine Cousins misstrauisch und öffneten die Schublade. Was tun? Glaubst du, sie haben es gefunden?“

„Karten!“ vermutete Mr. Hobhouse.

„Überhaupt nichts! Er hatte noch nie einen Uniformmantel getragen. Sie schickten sofort ein Telegramm an die Marinebehörden, sperrten ihn inzwischen in seinem Zimmer ein, und als Commander Whiteclett erschien, verhaftete er ihn und brachte ihn weg.“

„Und wer war er?“

Der Arzt wandte sich mit einem Gesichtsausdruck erheblicher Empörung an seinen Gast.

„Die verdammte Geheimhaltung dieser Marineleute ist unvorstellbar! Wussten Sie, dass nicht einmal meinen Cousins, die den Mann für sie gefangen haben, jemals ein einziges Wort über ihn erzählt wurde! Whiteclett nahm ihn direkt mit zu seinem Drifter, ohne auch nur ein gutes Wort zu sagen–“ Auf Wiedersehen – geschweige denn Danke – an meinen Cousin Philip, und das war das letzte Mal!“

„Dann haben Sie nie erfahren, wer der Kerl war?“

„Er gab seinen Namen als Merton an – George oder war es Roger? – Merton. Aber davon können Sie so viel glauben, wie Sie wollen.“

„Und ist er von einem Kreuzer aus gelandet?“

„Wahrscheinlich nicht! Aber niemandem wurde jemals gesagt, wie er gelandet ist. Sie fanden heraus, dass es sich bei dem, was sie sagten, um einen Fallschirm handelte, aber ich glaube, dass es sich entweder um eine Jalousie oder in Wirklichkeit um eine Art zusammenklappbares Boot handelte. Ich selbst habe das Ding nie gesehen, und O'Brien, der es gesehen hatte, schwor natürlich, nachdem er jemanden sagen hörte, es sei ein Fallschirm, dass das nicht der Fall sei.

„Und hat der Mann nichts getan, während er auf der Insel war?“

„Gott weiß, was er vielleicht nicht getan hat! Natürlich hat er niemandem erzählt, was er vorhatte, und niemand hat ihn tatsächlich etwas tun sehen, aber es gibt viele Geschichten.“

„Was für Geschichten?“

„Oh, die übliche Art, dass er am Ufer mit blinkenden Lichtern und Benzinkanistern gesehen wurde. Aber davon kann man so viel glauben, wie man will.“

„Und haben Ihre Cousins keine Theorie? Sie haben ihn offenbar oft gesehen.“

„Mein Cousin Philip sagt ehrlich gesagt, er sei von der ganzen Aufführung völlig überwältigt. Jean – nun ja, Mädchen sind Rumdinger.“

„Was sind dann Miss Rendalls Ansichten?“ Ich habe nachgefragt.

„Im Allgemeinen ist sie recht schnell im Raten und klatschen genauso gern wie die meisten ihres Geschlechts, aber aus irgendeinem Grund schweigt sie darüber sehr. Ich bin überzeugt, dass sie etwas weiß. Tatsächlich wäre ich nicht überrascht, wenn Whiteclett es erzählt hätte . “ „Ich habe sie ein wenig angesprochen und sie zur Verschwiegenheit verpflichtet. Männer erzählen Frauen manchmal Dinge, wie Sie sicher selbst bemerkt haben, Mr. Hobhouse.“

„Was für eine sehr seltsame Geschichte!“ murmelte Herr Hobhouse.

also die Geschichte meiner Eskapade, wie sie in Ransay erzählt wurde. Die Art und Weise, wie der Arzt es erzählte, war die beste Garantie für seinen guten Willen, die ich mir wünschen konnte, und ich war jetzt bereit, den blinden Vorfall als irreführende Kleinigkeit abzutun. Aber O'Brien schien sich alle Mühe gegeben zu haben, jeden angesprochenen Punkt in Zweifel zu ziehen – und seltsamerweise immer eine falsche Lösung angeboten zu haben. Es mag völlig widersprüchlich sein, aber es kam mir seltsam vor. Was hatte das Schweigen von Miss Jean zu bedeuten? Ich beschloss, meine Augen wirklich sehr weit offen zu halten.

V

WARTEN

Durch einen glücklichen Zufall war Dr. Rendall kein Experte in antiquarischen Angelegenheiten und hatte dennoch genügend Respekt vor denen, die ihnen jede Ermutigung geben und alle dadurch verursachten Unregelmäßigkeiten in ihren Stunden berücksichtigen sollten. Herr Hobhouse besaß mehrere sehr gelehrt aussehende Bände, wie „The Early Christian Monuments of Scotland", „The Windy Isles in Early Celtic Times", „Ecclesiological Notes on Some of the Islands of Scotland" und andere Wälzer dieser Art. und daraus konnte er ganze Absätze zitieren, ohne auch nur eine Atempause einzulegen (tatsächlich wagte er es nicht, eine Pause einzulegen, damit er es nicht vergaß). Herr Hobhouse sprach außerdem in seiner geschwätzigen Art davon, seinen eigenen bescheidenen Beitrag zu dieser Literatur in Form einer Monographie über die Altertümer von Ransay hinzuzufügen.

Mit diesem Ziel vor Augen war es daher ganz natürlich, dass er einen Großteil seiner Zeit damit verbrachte, über die Insel zu streifen, insbesondere entlang der Küsten, wo, wie er erklärte, die frühen Denkmäler, an denen er besonders interessiert war, größtenteils zu finden waren und dies zeitweise sogar tun sollten Lassen Sie sich von seiner Begeisterung festhalten, bis die Dunkelheit hereingebrochen ist. Es war auch ganz natürlich, dass er den Wunsch hatte, alle ältesten Einwohner zu befragen und infolgedessen jeden Eingeborenen über sechzig Jahre aufzusuchen und zu befragen. Kurz gesagt , dieses Hobby gab diesem begeisterten Herrn nicht nur einen guten Vorwand, um zu den unwahrscheinlichsten Stunden an den entlegensten Orten zu sein, sondern auch, um jeden weißbärtigen Patriarchen, der es vielleicht getan hatte oder nicht, genau mit eigenen Augen zu inspizieren habe vor sechs Monaten eine getönte Brille getragen; was – um in der literarischen Skala etwas nach unten zu gehen – für die Milch in der Kokosnuss verantwortlich ist.

All dies wurde von seinem betreuenden Arzt natürlich nicht nur wahrgenommen, sondern auch mit seiner starken Zustimmung gesegnet, denn nichts wirkt der Vorliebe für Alkohol so wirksam entgegen wie ein anderes Hobby. Aber was Thomas Sylvester inständig betete, der Arzt würde nicht sehen, dass sein Patient in den frühen Morgenstunden aus seinem Fenster und vom Dach eines Nebengebäudes direkt darunter schlüpfte und durch ein Nachtglas das Ufer untersuchte. Im Februar- und Märzwetter war dies viel zu unangenehm, um lange anzuhalten oder sich jede Nacht zu wiederholen, und das Ufer war zu weit entfernt, um es sehr wirksam zu machen. Dennoch glaubte er ein- oder zweimal einen Schimmer bemerkt zu haben, und jedes Mal beinhaltete seine antiquarische Expedition am nächsten Tag bestimmte unnütze Nachforschungen, die vielleicht etwas Licht in die Sache gebracht hätten, wenn die Antworten zufriedenstellend gewesen wären. Tatsächlich war dies jedoch nie der Fall, und der außerordentliche Anschein von Interesse, mit dem der überschwängliche Herr nutzlosen

Informationen zuhörte, spiegelte mehr Vertrauen in seine Entschlossenheit wider, als irgendjemand jemals erkennen würde .

Ich möchte hinzufügen, dass die professionellen Beobachter auf der Insel natürlich nicht im Geheimnis der Identität von Herrn Hobhouse waren und ihm daher nichts direkt melden konnten, was sie sehen oder vermuten könnten. Wenn sie jedoch etwas sahen oder vermuteten, wurde er sehr schnell über eine andere Quelle informiert. Allerdings machte sich Commander Whiteclett keine großen Hoffnungen auf die Möglichkeit, unseren schlauen Feind durch einen gut sichtbaren Mann in Uniform zu überführen, und Mr. H. war angewiesen worden, sich genau so zu verhalten, als wäre er allein bei der Arbeit.

Eine seiner frühesten Expeditionen führte ihn zum Standort eines prähistorischen Gebäudes in der Nähe der Scollays -Farm. Zumindest war eine grasbewachsene Anhöhe zu sehen, die Mr Es.

Mit dieser Absicht umrundete er den Hügel und stellte fest, dass er nicht mehr allein meditierte. Eine vertraute Gestalt stand ihm gegenüber, mit dunklen, starrenden Augen, aufgerissenem Mund und stumpfem Bart; mein alter Freund Jock. Für einen Moment kehrte das Gefühl von Lampenfieber zurück. Neben den Rendalls hatten die Familie Scollay und insbesondere Jock den mysteriösen Merton am häufigsten gesehen und sich am häufigsten mit ihm unterhalten. Jock war nur ein Idiot, aber wo es der Vernunft mangelt, kann der Instinkt stark sein, und der Instinkt könnte trotz all meiner Verkleidung einen alten Bekannten erkennen. Wie auch immer, zu Recht oder zu Unrecht hatte ich das Gefühl, dass dies ein weiterer heikler Moment war.

„Guten Tag, mein Guter. Guten Tag!" sagte der freundliche Mr. Hobhouse. „Heute ist das Wetter etwas besser!"

Die Überraschung des umgänglichen Herrn, als er nur ein Grunzen als Antwort erhielt, seine Miene des allmählichen Verstehens und dann des freundlichen Mitgefühls waren alles, was sie wert waren. Und zu meiner großen Erleichterung zeigte Jock nicht den Anschein, dass er den jungen Mann mit dem Revolver erkannte.

„Wissen Sie, wer auf dieser Farm lebt?" fragte Mr. Hobhouse sehr deutlich. „Tolly, sagst du? Oh, lustig? Ja, sehr lustig! Ha, ha! Auf Wiedersehen, mein Junge, auf Wiedersehen!"

Jocks schallendes Gelächter wurde von Mr. Hobhouses Kichern beantwortet, und sie machten sich auf den Weg zur Farm, wobei der Altertumsforscher vorne etwas deutlicher hinkte als sonst und der Idiot hinterher redete.

Der Besuch bei den Scollays war ein voller Erfolg, soweit es um die Feststellung der Persönlichkeit von Herrn Thomas Sylvester Hobhouse ging. Zuerst sahen sie ihn mit offensichtlichem Misstrauen an und antworteten auf seine Fragen mit einer Zurückhaltung, die ihm einige unruhige Momente bereitete. Aber innerhalb von zehn Minuten hatte seine unermüdliche Freundlichkeit den Haushalt erobert und er wusste, dass er diesen Hügel jederzeit besuchen konnte, wann immer ihm danach war. Peter Senior erzählte ihm eine lange Geschichte über die Feen, die man zu Lebzeiten seines Vaters rund um den Hügel tanzen sah, und obwohl seine Familie offenbar ein wenig beunruhigt über seinen Hinweis auf etwas so Unmodernes war und Jock mehrmals johlte, zeigte sich ihr Besucher am lebhaftesten interessierte sich für ihn und schrieb die Geschichte gewissenhaft in sein Notizbuch.

Das war im Moment alles, was getan werden konnte; die Etablierung eines völlig harmlosen Rufs und eines natürlichen Grundes, diesen bestimmten Ort zu ungewöhnlichen Zeiten zu besuchen. Herr Hobhouse erhielt die Erlaubnis, dort ein wenig zu graben, wenn er es wünschte, und trennte sich im besten Einvernehmen von der Familie.

„Langsame Arbeit!" sagte er zu sich selbst, als er sich auf den Heimweg machte und sein Hinken schnell nachließ. „Aber was zum Teufel kann man sonst noch tun? Was gibt es da unbedingt zu ergreifen?"

Das war das Verblüffende an diesem Geschäft. Wie mein Cousin sagte, war der Duft, den es gab, inzwischen erkaltet, und man musste wieder von vorne beginnen. Und bisher schien es keinen Anfang zu geben. Die Ermittler der Belletristik hätten vielleicht einen Hinweis gefunden, um eine Reihe logischer und unvermeidlicher Überlegungen in Gang zu setzen, die direkt zum Verbrecher führten, aber der Ermittler der Tatsachen hatte völlig versagt, und der brillante junge Amateur der Tatsachen war ebenfalls völlig auf See.

Was hatte zum Beispiel mein Besuch bei den Scollays gebracht? Ich habe mich selbst gefragt. Wenn sie unschuldig wären , hätte ich meine Zeit verschwendet. Wenn sie schuldig waren, was hatte ich herausgefunden, um es ihnen klarzumachen? Absolut gar nichts! Und das Gleiche galt für jeden Bewohner dieser Insel, den ich gesehen hatte. Sicherlich war eine listige und mächtige Organisation am Werk, die meinem Land schadete, aber der einzige Punkt, den ich gegen sie hatte, war, dass ich an den Ort gelangt war, ohne dass sie mich erkannten . Zumindest vermutete ich, dass ich es getan hatte, sonst würde ich kaum noch am Leben sein, um die Geschichte zu erzählen – es sei denn, sie wären seit meinem letzten Besuch entweder barmherziger oder schüchterner geworden. Und ihre anhaltende Immunität dürfte kaum einen dieser Effekte hervorrufen.

Das einzig Konkrete, wonach ich suchen konnte, war der alte Mann mit der getönten Brille. Bisher war ich auf dem besten Weg, eines über ihn zu beweisen, und das war das am wenigsten zufriedenstellende, was ich beweisen konnte . Anscheinend hatte Bolton Recht und es gab keine solche Person. Deshalb war ich weit davon entfernt, ihn zu fangen, und hatte lediglich die zusätzliche Gewissheit, dass meine Feinde äußerst einfallsreich waren und keine Mühe scheuten, um im Zweifelsfall für Klarheit zu sorgen. Allerdings wollte ich weiter suchen, bis ich alle alten Männer im Ort erschöpft hatte. Soweit ich es berechnen konnte, hatte ich zu diesem Zeitpunkt etwa die Hälfte durch.

So vergingen die Wintertage, sie wurden länger, aber nicht wärmer und nicht schöner. Zu dieser Zeit hätte man im Süden bereits frühe Frühlingsgefühle verspürt, aber hier herrschte noch unverfälschter Winter. Die Heftigkeit und Häufigkeit der Winde war erstaunlich. Tatsächlich erinnere ich mich selten daran, dass es weniger als eine steife Brise gab, und hin und wieder fegte ein heftiger, heulender Sturm über die kahle, tief liegende Insel, bis es schien, als könnten nicht einmal die Häuser ihm mehr lange standhalten, während das Meer es tun würde sei ein verwirrendes Chaos brechender und sinkender Bergkämme, die sich weiß von den bleiernen Furchen abheben und weiter anschwellen, bis sie entlang unserer eisernen Küste zu einer kontinuierlichen Schaumlinie zerschmettert werden.

Wie heulte und pfiff der Wind um das melancholische Haus des Arztes ! Ich vergesse, wer es gebaut hat oder warum; Ich glaube, irgendein Grundstücksmakler oder Faktor, der einst auf dem Anwesen gelebt hatte, aber ich weiß, dass ich ihn oft verflucht habe. Es war gerade hoch genug, um die volle Wucht jedes Windstoßes abzufangen, aber nicht hoch genug, um eine wirklich gute Sicht zu haben. Der Vordergrund war zu düster, so dass die Seite meines Erachtens überhaupt keinen Nutzen hatte. Und, Herr, es war zugig!

Meine einzige Gesellschaft war der Arzt, und er war den größten Teil des Tages unterwegs. Sogar nachts empfand ich ihn als merkwürdig launischen Begleiter. Es gab Momente, in denen mein Verdacht wieder auflebte; Er warf mir einen verstohlenen Blick zu, verließ auf geheimnisvolle Weise jeweils eine halbe Stunde lang den Raum und grunzte kaum, wenn man ihn ansprach. Und dann war er am nächsten Tag ein so angenehmer, vernünftiger und ausgesprochen freundlicher Mensch, dass ich mich nur noch daran erinnern konnte, wie er die Geschichte meines eigenen Besuchs einfach erzählt hatte, und ihn aus meinen Berechnungen ausschließen konnte.

Und so ging das Leben für einen verzweifelten und getarnten Abenteurer etwa drei Wochen lang ereignislos weiter. Ich erhielt mehrere Briefe von meinem Onkel und war dankbar, dass vereinbart worden war, dass ich sie nicht beantworten sollte. Der liebe Mann hatte offensichtlich eine so dürftige Vorstellung von dem gefährlichen Leben, das ich führte, dass eine wahrheitsgetreue Schilderung meiner Abenteuer ihn persönlich zu Fall gebracht hätte, um für Aufsehen zu sorgen. Aber es gab nichts zu rühren; Ich konnte nur warten.

VI

DER BRILLENMANN

Ich erinnere mich, dass es an einem seltenen Tag mit strahlendem, stillem und frostigem Wetter war, als Mr. Hobhouse etwas zu spät zum Mittagsessen des Arztes zurückkam. Das geschwätzige Geschöpf wirkte nachdenklich und sozusagen unterwürfig; Zweifellos wollte er einen Schluck trinken, dachte jeder, der ihn in diesem ungewöhnlichen Zustand erspähte. Aber als er die Haustür öffnete, wurde er augenblicklich zu seinem dummen Selbst. Der Klang einer fremden Stimme hatte ihn deutlich erreicht.

Whiteclett vorstellen – Mr. Hobhouse", sagte der Arzt.

Er und der Fremde hatten bereits mit dem Abendessen begonnen, und Commander Whiteclett stand auf und verbeugte sich höflich. Mr. Hobhouse verneigte sich noch höflicher, und da er im Moment den Vorteil hatte, im Rücken des Arztes zu sein, konnte er seine tiefe Ehrerbietung durch mehrere seltsame Gesichtsausdrücke ausschmücken. Der Kommandant wurde im selben Moment von einem heftigen Hustenanfall angegriffen, aber als er sich bald erholte, verlief das Essen sehr angenehm.

Offenbar besuchte Commander Whiteclett die Insel im Rahmen einer Inspektionstour und war zum Mittagessen vorbeigekommen, weil er den Arzt kennengelernt hatte. Er schien erfreut, Mr. Hobhouse kennenzulernen, und war so umgänglich, wie Marineoffiziere es immer sind, obwohl einem sehr genauen Beobachter hin und wieder aufgefallen sein dürfte, dass er, nachdem er dem Herrn in die Augen begegnet war, die Tendenz zeigte, plötzlich aus dem Fenster zu starren Fenster für einige Momente. Mr. Hobhouse seinerseits war von überschäumender Laune und plauderte tatsächlich fast ununterbrochen während des Essens.

Als sie vor dem Arzt aus dem Speisesaal gingen, tauschten die beiden Gäste ein Flüstern aus, und etwa eine Viertelstunde später erklärte Mr. Hobhouse, dass er seine antiquarischen Nachforschungen fortsetzen und fortsetzen müsse, und verabschiedete sich überschwänglich vom Commander . Daraufhin sagte der Kommandant, er müsse auch weg und fragte sich, in welche Richtung sein Mitgast ginge. Es war der Zufall, dass sie beide den gleichen Weg einschlugen und so machten sie sich gemeinsam auf den Weg.

„Nun, du lächerlich aussehender Dipsomane, wie magst du Wasser zum Abendessen?" fragte der Kommandant, als sie sicher außer Hörweite waren.

„Es liegt kalt auf dem Bauch", sagte ich, „und wenn du eine Flasche mitgebracht hast, Jack –"

„Das habe ich", sagte mein Cousin, „aber warte noch ein bisschen, bis es keine Zeugen mehr gibt. Und übrigens, alter Junge, ich muss dir sagen, dass du ein sehr guter Schauspieler bist."

„Mein Foto ist im *Tatler erschienen* ", gestand ich.

„Und welche Neuigkeiten?" er hat gefragt.

„Bis heute Morgen hätte ich ‚keine' sagen sollen." Mein lieber Jack, es war die hoffnungsloseste, verwirrendste Angelegenheit, die man sich vorstellen kann. Ich glaube, dass ich als Alkoholiker ziemlich erfolgreich bin und mittlerweile auch als der typische harmlose Antiquar akzeptiert werde. So kann ich überall herumwandern Platz und rede mit allen, aber es gibt nichts, woran ich mich festhalten könnte! Ich habe keine Anzeichen dafür gesehen, dass irgendetwas passiert wäre –" Ich fing seinen Blick auf und fragte schnell: „Ist etwas passiert?"

Er nickte.

„ Signalisierung vorgestern Abend und ein U-Boot, das gestern gesehen wurde und von dem wir vermuten, dass es hier war."

„Vor meiner Nase!" Ich stöhnte. „Eine Menge Gutes bin ich!"

„Mein lieber Freund, du kannst unmöglich die ganze Küste die ganze Nacht und jede Nacht beobachten. Diesmal wurden die Signale tatsächlich vom Meer aus gesehen. Aber du kannst die Nacht und auch die Stunde notieren, die 2 war :45 Uhr, GMT, soweit ich dem Bericht entnehmen kann. Übrigens sollten Sie Ihre Uhr jetzt besser auf meine stellen, solange wir uns daran erinnern. Möglicherweise können Sie herausfinden, wer vorgestern um diese Stunde draußen war ."

„Das mag sein, aber es steht tausend zu eins dagegen. Gib mir tausend solcher Chancen, und ich kriege ihn! So ungefähr scheint es bisher zu klappen."

„Haben Sie keine neuen Ideen?"

„Welche neuen Ideen kann man ohne neue Beweise bekommen? Und ich habe mein erstes Beweisstück erst heute Morgen erhalten. Tatsächlich hatte ich noch keine Zeit, darüber nachzudenken."

„Lass es uns hören", sagte mein Cousin scharfsinnig.

„Ich bin diesem alten Jungen mit der Brille auf der Spur gewesen, da er bisher das Einzige war, wonach ich wirklich suchen musste. Ich habe getan, was Bolton getan hat – ich habe jeden alten Mann im Ort aufgesucht, und heute Morgen habe ich den letzten abgeputzt." von ihnen und kam zu dem gleichen Schluss wie er. Es gibt keinen solchen alten Herrn auf der Insel. Aber eines Morgens *gab* es einen für kurze Zeit; und er war eine Fälschung wie Thomas Sylvester Hobhouse; und heute Morgen habe ich Ich habe von jemand anderem gehört, der ihn gesehen hat!"

„Bei Gott!" rief mein Cousin aus. „Das klingt nach dem Beginn eines Geschäfts."

„Nur der Anfang, fürchte ich. Heute Morgen interviewe ich meinen letzten alten Mann – und stelle natürlich fest, dass er nicht der Typ war, den ich gesucht habe. Ich habe ihn zum üblichen Thema interviewt – alte Traditionen der Insel und darüber hinaus." Wir gingen zur neuesten Überlieferung über, der Legende vom geheimnisvollen Besucher im vergangenen August. Er erzählte mir alles mit vielen Ausschmückungen, war jedoch schlau genug, nicht alles zu glauben, was er hörte, und mir zu zeigen, um welche absurden Geschichten es sich handelt , teilte er mir mit, dass seine eigene kleine Enkelin, sechs Jahre alt, erklärt hatte, sie habe den mysteriösen Besucher gesehen, nur beschrieb sie ihn als einen weißen Bart und eine komische Brille. Ich fragte ihn, wo genau dieses Phänomen beobachtet worden sei und von Jingo, Jack, es war genau an der Stelle, an der ich ihn traf; erst als sie ihn sah, hatte er die Straße verlassen und eilte zum Meer hinunter. Sie beschrieb ihn als rennend, was ihren Ruf der Wahrhaftigkeit endgültig zerstörte, denn als sie Großvater bemerkte, Männer in seinem Alter rennen nicht. Aber das hatte mein Freund recht!"

„Auf dem Weg zum Meer?"

„Für den Strand nehme ich es. Sie sehen, man kann fast überall an der Küste über die Kante springen und im Handumdrehen zwischen den Felsen außer Sichtweite geraten. Ich nehme an, er hockte sich dort hin, steckte seine Brille und seinen Bart ein und machte sich auf den Weg Er zog seinen verrufenen Mantel an und versteckte ihn entweder oder steckte die Röcke hoch und zog ihn unter seinem anderen Mantel an und ging weg und sah aus wie – na ja, das ist das Problem, wie sah er damals aus? Und da scheine ich kein Vorreiter zu sein ."

„Trotzdem ist das etwas."

„Ja, und ich denke, wir sollten aus der Episode noch etwas mehr ableiten. Ich bin bereits zu dem Schluss gekommen, dass sich hinter der hohen, pfeifenden Stimme, die er benutzte, durchaus ein Akzent verbergen könnte, und ich bin auch aufgrund dessen, was ich über den Einheimischen gehört habe, zu dieser Entscheidung gekommen Sprache, da ihm die einheimische Intonation fehlte.

„Und er machte sich auf den Weg zum Strand", fügte mein Cousin hinzu. „Deshalb stammte er sicherlich nicht aus einem Haus in der näheren Umgebung ."

„Damit ist das Haus des Arztes außergerichtlich, wenn Sie Recht haben. Aber vielleicht hat er es für besser gehalten, sich nicht zu Hause zu verkleiden."

„Wie ich sehe, hast du immer noch dein Messer in O'Brien gesteckt!" lachte mein   Cousin.   „Aber ich denke, meine Annahme ist die wahrscheinlichste –"

Er brach abrupt ab und wir gingen instinktiv einen Schritt weiter auseinander. An einer Straßenbiegung direkt vor uns war eine Gestalt aufgetaucht, eine schlanke, zierliche Gestalt, an einem solchen Ort entzückend anzusehen, aber ein wenig beunruhigend, sie so plötzlich und so nah an uns zu sehen. Es war Jean Rendall, die von ihrer besten Seite aussah, aber, wie mir schien, nicht ganz am richtigen Platz war.

Hatte sie etwas bemerkt? In ihrer Begrüßung war davon nichts zu spüren. Sie schenkte uns beiden ein kurzes Lächeln, und als Jack anhielt, um mit ihr zu sprechen, hielt sie ebenfalls inne, und als ich mit ihm sprach, bemerkte ich erneut, wie ausdrucksstark diese sauber gemeißelten, eher zierlichen Gesichtszüge wurden, wenn sie sprach : und was für eine charmante Art, die Welt zu kennen, die sie hatte. Obwohl sie jung war, konnte ich in ihr sehr deutlich erkennen, dass sie eine wertvolle Freundin oder eine gefährliche Feindin war – und was für ein Mädchen, in das man sich leicht verlieben konnte, wenn die Umstände ganz anders gewesen wären!

Jack erklärte in einer sehr natürlichen, spontanen Art und Weise, wie er in Mr. Hobhouses Gesellschaft kam, und Mr. Hobhouse bestätigte seine Aussage auf seine eigene überschwängliche Art und Weise. Und als wir uns dann trennten, warf sie diesem Herrn ihr volles Lächeln zu und fragte:

„Warum waren Sie nicht wieder bei uns, Mr. Hobhouse? Kommen Sie doch eines Tages zum Tee!"

Mr. Hobhouse gab eine höfliche, aber leicht ausweichende Antwort, und wir gingen weiter.

„Willst du damit sagen", wollte meine Cousine wissen, „dass du diese köstliche Dame nur einmal gesehen hast?"

„Das ist alles", gab ich zu.

„Was ist der Grund? Es entspricht nicht sehr unseren Methoden, Roger."

„Ist es nicht“, gab ich noch einmal zu. „Aber dann sehen Sie, dass meine verfügbare Zeit angesichts des pestilenten Wetters und all dieser Besuche bei Antiquitätenhändlern ziemlich gut ausgelastet ist.“

„Aber dieses Haus sollte man besonders im Auge behalten.“

„Dieses Haus hat ein Paar besonders leuchtender Augen. Bei meinem einzigen Besuch dort hatte ich ein bisschen zu sehr das Gefühl, am Rande eines Abgrunds zu laufen, als dass ich mir gewünscht hätte, diese Erfahrung oft zu wiederholen. Wenn das Mädchen mich verdächtigt, Jack, und *wenn* Sie ist nicht die Richtige, wir sind am Ende.“

„Oh, verdammt noch mal. Ich kann nicht glauben, dass sie in dieses Geschäft verwickelt ist!“ er definierte. „ Natürlich darf man niemandem trauen, das hindert dich aber nicht daran, mit ihr zum Tee zu gehen. Eigentlich solltest du mit ihr schlafen – solange du einen kühlen Kopf behältst.“

„Ich bin behindert“, betonte ich, „durch Trunkenheitsgewohnheiten, einen Bart und Mutter Beagles wunderschöne schwarze Farbe. Nein, Jack, ich sehe auf dieser Reise keine Orangenblüten.“

„Abgesehen von diesen romantischen Träumen“, beharrte meine Cousine, „ist sie wahrscheinlich viel eher neugierig auf dich, wenn du nie in die Nähe des Hauses gehst. Tatsächlich konnte ich es heute in ihren Augen sehen.“

„Nun“, sagte ich, „ich werde morgen anrufen und ihr Interesse an mir zerstreuen.“

Seit meinem Gespräch mit dem Arzt war mir gelegentlich seine Theorie über Jean Rendall in den Sinn gekommen, und so unwahrscheinlich sie auch war, dachte ich, ich könnte sie genauso gut testen.

„Übrigens“, fragte ich, „haben Sie zufällig jemals mit Miss Rendall über meinen letzten Besuch auf der Insel gesprochen?“

Sein überraschter Blick war an sich schon eine ausreichende Antwort.

„Erzähl ihr von deinem Abenteuer? Kein Wort! Warum?“

„Die Ärztin hat den Verdacht, dass sie mehr weiß, als sie sagt, und dass Sie ihr möglicherweise etwas erzählt haben.“

"Müll!"

„Das wusste ich“, versicherte ich ihm.

Und so wurde diese Möglichkeit endgültig ausgeschlossen.

Wir hielten es für klüger, dass sich unsere Wege in einiger Entfernung vom Pier trennten.

„Viel Glück, alter Junge", sagte er und schüttelte meine Hand. „Spielen Sie weiter mit dem Spiel, das Sie gerade spielen, und machen Sie sich keine Sorgen darüber, nachts Ausschau zu halten. Das wird bereits getan, und obwohl ich nicht glaube, dass die Kerle Ihnen viel nützen – nicht, wenn so schlaue Teufel gegen sie sind. " Ich kann nichts tun, um ihnen zu helfen . Nachts rauszugehen ist zu riskant und du bist zu weit vom Haus entfernt. Deine Aufgabe besteht darin, es von der anderen Seite aus zu erledigen. Früher oder später werden sie dir unbedingt etwas geben ein Anhaltspunkt."

Sein Geist und meine kleine Entdeckung des Morgens versetzten mich in eine deutlich hoffnungsvollere Stimmung.

<h1 style="text-align:center">VII</h1>

<h3 style="text-align:center">EINE ERINNERUNG</h3>

Am nächsten Tag machte ich mich am frühen Nachmittag auf den Weg, um meinen Besuch abzustatten. Das schöne Wetter hielt immer noch an, strahlender Sonnenschein mit einem Hauch in der Luft und die Straße unter meinen Füßen war fest vom Frost, und ich schritt, alles in allem, in wunderbar zuversichtlicher Stimmung weiter. Denn um die Wahrheit zu sagen, ich hatte diesen Besuch nur vermasselt. Instinktiv traute ich mir Miss Jean Rendall nicht zu. Wenn sie einen Verdacht hätte und mir die Kunst ihres Geschlechts und die Reize ihres eigenen Ichs zeigen würde, wäre mir klar, dass es Thomas Sylvester schlecht ergehen würde. Tatsächlich wagte ich es wirklich nicht, für die Nervosität des Kerls zu antworten. Da er sowohl kritisch als auch empfänglich war, war ein Mädchen mit dem unverwechselbaren Duft von Jeans eine gefährliche Gesellschaft bei einem Auftrag dieser Art. Und als die andere Partei Miss Rendall war, hörte ich ganz auf, den vom Whisky geschwächten Narren mit dem schmutzigen schwarzen Bart zu spielen. Doch heute Morgen fühlte sich Mr. Hobhouse mutiger und trat zügig hinaus, entschlossen, seinen Beitrag zu leisten.

Als er sich dem Haus näherte, öffnete sich die Haustür und die Dame selbst erschien. Sie trug einen Stock und machte sich offenbar auf den Weg.

„Es ist sehr nett, dass Sie so bald kommen, Mr. Hobhouse", sagte sie. „Ich bin froh, dass ich nicht weiter gegangen bin, bevor du aufgetaucht bist."

„Oh, aber lassen Sie sich nicht von mir aufhalten, Miss Rendall", sagte Mr. Hobhouse besorgt. „Wirklich, ich kann es nicht zulassen; nein, nein, wirklich nicht. Sie dürfen nicht umkehren, in der Tat dürfen Sie nicht! Vielleicht finde ich Mr. Rendall zu Hause."

„Ich wollte nur einen Spaziergang ins Nirgendwo machen." Sie sah ihn mit einer unwiderstehlichen Mischung aus Schüchternheit und Offenheit an und schlug vor: „Möchten Sie auch für einen kleinen Spaziergang vorbeikommen? Für einen Tee ist es viel zu früh."

Was konnte der arme Herr tun? Er war natürlich begeistert von dem Vorschlag und nahm ihn an.

„Ich wollte zum Ufer hinuntergehen", sagte sie. "Wird dir das passen?"

Mr. Hobhouse versicherte ihr, dass ihm alles passen würde; er hatte überhaupt keine Wahl: überall, überall, nirgendwo würde es ihm egal sein.

Als sie Seite an Seite zum Meer hinabgingen, hatte er plötzlich das Gefühl, sich in einer vertrauten Situation zu befinden, als würde sich etwas wiederholen, was schon einmal passiert war. Und dann wurde ihm klar , dass dies tatsächlich der Spaziergang war, den dasselbe Mädchen und ein junger Mann Merton in einer denkwürdigen Augustnacht unternommen hatten. Durch seine Brille bemerkte er genau die Wand, hinter der er seine Pfeife angezündet hatte, als das Fackeln seines Streichholzes das Ende einer Pistole enthüllte, und plötzlich folgten sie demselben gewundenen Weg über dem Strand.

Dies trug nicht dazu bei, seine Rolle leichter zu spielen. Es erfüllte ihn tatsächlich mit der ständigen Angst, sich selbst zu verraten, indem er etwas tat, was er schon einmal getan hatte. Es war wirklich eine höchst irrationale Angst; aber da war es. Unter diesen Umständen war sein anhaltendes Geplapper und Blinzeln durchaus lobenswert.

Aber was ihm einen entschuldbareren Grund zur Besorgnis gab, war Miss Rendalls eigene Haltung. Er war sich moralisch sicher, dass etwas in ihrem Kopf steckte, etwas hinter ihren Worten steckte. Sie sprach auf die natürlichste Art und Weise und über die alltäglichsten Themen, aber es kam häufig zu Schweigen, und während dieser Momente hatte er das Gefühl, dass sie ihn beobachtete, ohne ihn direkt anzusehen. Und ein- oder zweimal kam er zu dem Schluss, dass sie ein wenig verwirrt und unsicher war, obwohl er keine Ahnung hatte, ob es darum ging, was er denken oder tun sollte. Er sagte sich, dass das alles nur seine eigene krankhafte Einbildung war. Trotzdem wurde dieser Weg zu einer unangenehmen Tortur, und selten musste sich der Schauspieler mehr anstrengen, um sein Ziel zu erreichen.

Glücklicherweise besaß der Mann jedoch die Tugend der Unverschämtheit, und es gelang ihm nicht nur, die Dame mit einem geschwätzigen Bericht über seine antiquarischen Forschungen zu unterhalten (wobei er deutlich zum Ausdruck brachte, dass Frauen in solchen Angelegenheiten selten Experten sind), sondern er wagte es sogar, ein heikles Thema anzusprechen seine eigenen Ziele.

„Der Herr, der letzten Sommer bei Dr. Rendall wohnte, war, glaube ich, nicht besonders an Antiquitäten interessiert", bemerkte er. „Kannten Sie ihn, Miss Rendall? Mr. O'Brien war sein Name, glaube ich."

„Ja", sagte sie, „ich kannte Mr. O'Brien."

In ihrer Stimme war ganz sicher nicht die Spur eines Gefühls, weder eines Gefallens noch eines Abneigungsgefühls.

„Kein sehr angenehmer Kerl, glaube ich", fuhr Mr. Hobhouse fort. „Zumindest sollte ich nicht urteilen; ich sollte es nicht verstehen. Aber ich gehe davon aus, dass er kein Freund von Ihnen war, Miss Rendall?"

„Kein besonderer Freund. Aber warum denkst du, dass er unangenehm war?"

„Oh, nur aufgrund von Dr. Rendalls Hinweisen auf ihn – nur aufgrund dessen, das versichere ich Ihnen", sagte Mr. Hobhouse mit besänftigendem Eifer.

"Wirklich?" sagte sie und ihre Augen öffneten sich.

Es bestand kein Zweifel, dass diese Information sie wirklich überraschte.

„Ich dachte, sie schienen gute Freunde zu sein", fügte sie hinzu.

„Oh, vielleicht war es das – vielleicht war es das. Vielleicht tue ich Mr. O'Brien Unrecht. Möglicherweise habe ich Ihren Verwandten missverstanden – durchaus möglich."

Danach schwieg sie eine Weile, und auch Mr. Hobhouse hörte auf zu plaudern. Er beäugte die Küste sehr neugierig und versuchte, seine Erinnerungen daran zusammenzusetzen.

„Ich denke, vielleicht sind wir jetzt weit genug gegangen", sagte sie, und ein oder zwei Minuten lang standen sie still; und ihr Begleiter hatte das ganz deutliche Gefühl, sich in einer vertrauten Situation zu befinden.

Und dann rief sie plötzlich:

„Hörst du etwas?"

Ich zuckte zusammen und starrte sie an. Für den Moment hatte ich aufgehört, Mr. Hobhouse zu sein, so direkt war ich in die Nacht vor sechs Monaten zurückversetzt worden. Das waren ihre Worte, und wenn ich mich nicht sehr täuschte, war dies genau der richtige Ort. Ich antwortete fast so, wie ich schon zuvor geantwortet hatte, konnte es aber gerade noch überprüfen. Und dann brach sie den Bann, indem sie lachte.

„Es ist nur das Meer! Aber es klang so komisch und hohl."

Es war tatsächlich ein leises Gurgeln zu hören, als würden die Wellen in eine Höhle brechen. Mir fiel auf, dass sie ungewöhnlich scharfe Ohren haben musste, um es bemerkt zu haben. Wir standen noch ein oder zwei Minuten da und dann fragte sie:

„Sehen Sie irgendwelche antiken Überreste, Mr. Hobhouse?"

Tatsächlich handelte es sich nicht um antike Überreste, auf die das Brillenglas blickte, aber ich nutzte die Gelegenheit, um mich zu vergewissern, dass ich mich orientieren konnte, und sagte ihr mit einem Anschein von großem Eifer, dass an der Erscheinung offenbar etwas ausgesprochen Interessantes zu liegen schien Steine an dieser Stelle.

„Ich kann einen Moment warten, wenn Sie sie näher betrachten möchten", sagte sie.

„Das ist Glück!" Ich sagte mir, als ich hinunterkletterte. „Ich glaube, ich habe den richtigen Ort gefunden."

Ein paar Minuten Erkundung ließen in meinem Kopf keinen Zweifel aufkommen. Ich fand genau die Felswand, unter der ich angelockt worden war, und konnte einen Punkt klären. Ein Mann von oben hätte leicht mit einem etwa zwei Meter langen Gerät auf mich einschlagen können. Ich schloss meine Augen und stellte mir dieses geschwungene Geheimnis vor, und dann hatte ich es blitzschnell: eine Sensenklinge, die an einer Stange befestigt war! Wenn ich ein an einer Stange befestigtes Sensenblatt oder eine getrennte Klinge und Stange finden könnte, wäre ich nicht mehr weit vom Ende meiner Suche entfernt. Im nächsten Moment lächelte ich über meinen eigenen Optimismus, als mir klar wurde , was für eine Wohnungssuche das bedeuten würde. Dennoch sah ich eine neue Möglichkeit und kam schweigend zurück und dankte meinem Führer.

Das Gespräch fiel mir bei der Rückkehr leichter, vielleicht weil ich besser gelaunt war und meine absurde Rolle mit mehr Elan spielen konnte. Dennoch blieb das Mädchen ein wenig beunruhigend. Sie war jetzt in einer sehr lächelnden und freundlichen Stimmung, und ein Mann, der durch eine goldgerändete Brille blinzelte und durch einen gefärbten Bart kicherte, hätte sich außerordentlich geschmeichelt fühlen sollen. Aber jetzt sagte ich mir, dass sie für ein Mädchen mit anspruchsvollem Geschmack wirklich zu nett zu so einem Kerl war. Und dann fiel mir ein, dass O'Brien auch einen schwarzen Bart hatte, und mir kam der Gedanke:

„Kann sie so angenehme Erinnerungen an schwarze Bärte haben, dass ich ihr eine Erinnerungsromanze beschere?"

Ich glaube, gerade als mir diese Idee kam, riss sie mich plötzlich aus meinen Meditationen.

„Ich nehme an, Sie haben von dem mysteriösen Mann gehört, der letzten Sommer hier aufgetaucht ist?" sie erkundigte sich.

Herr Hobhouse brauchte die ganze Zeit, um sich an diese Frage zu gewöhnen, aber ich glaube, er hat es nicht ohne Erfolg geschafft.

„Die – ah? Oh, ja, oh, ja. Der Arzt hat mir die Geschichte erzählt. Höchst geheimnisvoll – höchst geheimnisvoll! Was halten Sie selbst davon, Miss Rendall?"

„Hat Ihnen der Arzt erzählt, dass ich einmal mit ihm an diesem Ufer entlang gelaufen bin? Es war auch nachts und er war mit einer Pistole bewaffnet!"

Ein einziger erstaunter Blick konnte glücklicherweise zwei Gefühle überdecken. Mein eigener Gedanke drückte sich in dem Gedanken aus: „Was zum Teufel treibt sie denn jetzt voran?" Mr. Hobhouse äußerte sich anders.

„Das sagst du nicht! Gott segne mich, was für ein Risiko! Er hat nicht – ähm – auf dich geschossen, hoffe ich?"

„Nein", sagte sie, „er schien ziemlich harmlos zu sein."

„Ah, aber Sie sollten solche Risiken nicht eingehen, meine liebe junge Dame. Das sollten Sie wirklich nicht! Befugnisse erheblich. Er schaffte es jedoch, und die Kommentare hielten an, bis sie wieder im Haus waren.

Tatsache war, dass mein Mut nicht ganz ausreichte, um hinter meinem eigenen Rücken ein Gespräch über mich selbst zu ertragen. Es hätte amüsant und lehrreich sein können, aber es wäre sicherlich peinlich gewesen. Der Vorfall bestärkte mich jedoch darin, dass der Verdacht, den sie mir gemacht hatte (und mir ging das Gefühl, beobachtet zu werden, nicht aus dem Kopf), nicht der richtige Verdacht war. Hätte sie die Wahrheit erraten, hätte ich in ihrer Erinnerung an den geheimnisvollen Fremden überhaupt keinen Sinn erkennen können, es sei denn, es handelte sich um reinen, sinnlosen Unsinn, und sie kam mir nicht wie eine sinnlose Dame vor. Außerdem sagte ich mir, als ich mich im Spiegel des Wohnzimmers betrachtete: „Wer könnte das schon erraten?"

Nach diesem Spaziergang waren Tee und ein Gespräch mit ihrem Vater keine aufregenden Episoden. Sie hielt sich weitgehend im Hintergrund, aber als wir uns trennten, schien ich wieder das Aufflackern eines sehr verführerischen Lächelns zu bemerken.

„Kann es sein, dass sie eine krankhafte Vorliebe für Betrunkene hat?" Ich fragte mich. „Man hat von Frauen mit merkwürdig kranken Fantasien gehört. Oder vielleicht hat sie einfach eine Leidenschaft dafür, sie zu reformieren. Eins dieser Lächeln für jede nüchterne Stunde wäre ein eindeutiger Anreiz, sich zu benehmen!"

Aber es ging mir hier nicht ums Geschäft, und als ich nach Hause ging , richtete ich meine Gedanken streng auf die Sense.

VIII

HMS *Uruguay*

Als ich mich meinem trostlosen Sanatorium näherte , sagte ich mir:

„Wenn nur etwas passieren würde!“

Woche für Woche innerhalb dieser Mauern zu verbringen oder über diesen begrenzten Raum aus schlammigen Straßen und durchnässten Feldern zu wandern, ohne etwas vorzuweisen, war eine wenig berauschende Aussicht. Vielleicht verstärkte die Erinnerung an das gemütliche Haus und die angenehme Gesellschaft, die ich gerade verlassen hatte, dieses Gefühl, und das schnelle Verschwinden unseres flüchtigen Blicks auf Frische und Sonnenschein trug nicht dazu bei, das Herz zu heben. Auf dieser tief gelegenen Insel hatte man die außergewöhnlichsten Aussichten auf das Wetter und konnte sehen, wie sich Stürme näherten, als sie noch Meilen entfernt waren, und dass Regen oder Wind Stunden vor ihrem Kommen ankündigte. An diesem Abend war der Frost verschwunden, die Sonne versank in einem graublauen Ufer, kleine Windwolkenfäden breiteten sich über den ganzen Himmel aus, und vom Meer her wehte bereits eine steife, kühle Brise.

„Wir werden eine Veränderung erleben“, dachte ich.

Und wir würden tatsächlich eine Veränderung erleben; und von mehr als nur Wetter. Diese Sturmwolken ließen das explodieren, was ich wollte, aber wie schnell hätte ich meinen Wunsch geändert, wenn ich es nur geahnt hätte! Aber das Schicksal hatte diesen Nordweststurm losgelassen und die Ordnung der Dinge war nun nicht mehr aufzuhalten.

Ich erinnere mich, wie ich nachts ein- oder zweimal aufwachte, den Wind durch den Schornstein brüllen hörte und mich im Bett sehr wohl fühlte. Als ich aufstand, wehte immer noch ein starker Sturm, und als ich aus meinem Fenster schaute, konnte ich gerade noch einen Blick auf die Masten und Schornsteine eines großen Dampfers erhaschen, der unter der Leeseite der Insel zu liegen schien, um Schutz zu suchen. Was sie genau war, konnte ich nicht genug sehen, um es sagen zu können, und als wir uns beim Frühstück trafen, wusste der Arzt auch nicht mehr über sie.

Wie so mancher Sturm, der sehr plötzlich aufkommt, ließ auch dieser schnell nach, und im Laufe des Vormittags machte ich mich auf den Weg, mir das seltsame Schiff genauer anzusehen. Eine Viertelstunde zu Fuß in diese Richtung verriet mir alles, was ich über sie wissen wollte. Tatsächlich erkannte ich sie als überhaupt keine Fremde, sondern als eine alte Bekannte, die HMS *Uruguay* , *ein großer Brocken von einem Ex-Liner,* der einst mit einer Band nachts im Saloon zu südamerikanischen Häfen lief. Jetzt, grau gestrichen, mit der weißen Flagge über ihr, einigen Hundert blauen Jacken und einer beeindruckenden Anzahl von Sechs-Zoll -Geschützen an Bord, war sie einer dieser Hilfskreuzer, die so viele Gelegenheitsarbeiten erledigt und so viel Dreck durchgemacht haben , riskante, mühsame Arbeit während dieses Krieges.

Was sie in den Windschatten von Ransay gebracht hatte, konnte ich nur vermuten; Wahrscheinlich ein Motorschaden und dazu noch ein Sturm, aber da war sie, und da standen die Inselbewohner an jeder Tür und starrten sie an. Ich schaute auch eine Weile zu und kehrte dann zu unserem frühen Abendessen zurück.

Als der umgängliche Mr. Hobhouse am Nachmittag wieder hinausging, verbrachte er innerhalb von fünf Minuten die Zeit mit ein paar Unteroffizieren, und als er seinen Spaziergang fortsetzte, sah er, dass HMS Uruguay, was auch immer der Grund sein mochte , nicht *abfahren* würde sofort. Der Wind war inzwischen zu einer steifen Brise geworden, und als sie im Schutz der Insel lag, hatten offenbar einige Männer Landurlaub bekommen. Zuerst auf einer Farm und dann auf einer anderen konnte er Gruppen von Blaujacken entdecken, die Butter und Eier, Geflügel und Käse kauften, alles frisch vom Land, das sie bekommen konnten. Es war fröhlich, sie wiederzusehen, und doch kam mir ein unangenehmer Gedanke in den Sinn, als ich ihr großes graues Schiff betrachtete, das dort vor Anker lag.

„Was für ein sitzendes Ziel für ein U-Boot!" Ich sagte zu mir. „Bete zum Himmel, dass heute kein U-Boot hier auftaucht!"

Ich war auf die kahle nördliche Landzunge hinausgegangen und wollte gerade wieder nach Hause gehen, um Tee zu trinken, als ich zufällig auf der Straße eine kleine Gruppe dieser blauen Jacken sah, die sich gerade von ein paar Landsleuten trennten. Dieses Paar drehte sich zu mir um und in einem Moment erkannte ich meine Bekannten Peter Scollay junior und Jock. Mr. Hobhouse hatte ihr Haus inzwischen mehrmals besucht und pflegte ein äußerst freundschaftliches Verhältnis zur Familie.

„Guten Tag, Peter!" er weinte, als er an ihnen vorbeiging. „Hast du deinen Bruder mitgenommen, um sich das Schiff anzusehen?"

Aus irgendeinem Grund starrte Peter ihn seltsam an und Jock brach in sein lautestes Lachen aus. Peter schien etwas zu murmeln, was Mr. Hobhouse nicht verstand, und als sie dann vorbei waren, konnte er ihn auch lachen sehen.

Ausgelacht zu werden, ohne den Grund dafür zu kennen, ist selbst für jemanden von Mr. Hobhouses außergewöhnlich liebenswürdigem Temperament immer irritierend und hatte den Effekt, dass seine kritischen Fähigkeiten plötzlich geschärft wurden. Etwas traf ihn, was ihm noch nie zuvor passiert war. Was machte dieser große, kräftige Scollay zu Hause auf einem kleinen Bauernhof, wo er völlig überflüssig war, wo doch sein Land jeden Mann brauchte? Und warum starrte der Lümmel und lachte dann? Wenn man bedenkt, was für ein wachsames Auge ihn hinter Mr. Hobhouses Brille beobachtete, kam es mir sowohl unklug als auch unhöflich vor.

Einen Moment später kam ich an den Blaujacken vorbei, die einige Einkäufe unter ihrer Gruppe verteilten, bevor sie zu ihrem Schiff aufbrachen, und ich sah eine mögliche Ausrede für Peters Belustigung, auch wenn sie schlecht zu sein schien. Die Männer trugen ein paar Körbe voller Eier, zwei oder drei große Käsesorten, ein Paket, das wahrscheinlich Butter enthielt, und ein oder zwei Geflügel. Vermutlich hatte das Paar ihnen einen Teil dieses Sortiments verkauft, und vielleicht kam ihnen meine Vermutung, dass sie nur eine Besichtigungstour gemacht hatten, komisch vor. Es deutete auf einen schlechten Sinn für Humor hin ; Dennoch gab es eine Möglichkeit.

Wieder einmal bewies der liebenswürdige Mr. Hobhouse seinen freundlichen Geist, indem er ein paar freundliche Worte an die guten Kerle richtete (so nannte er sie, da die Bezeichnung am besten zu seinem törichten Aussehen passte), und auf seine schlichte Art gelang es ihm Zusammenfassend lässt sich sagen, dass er mit seiner Annahme, dass Peter und Jock zu ihren Lieferanten gehörten, recht gehabt hatte. Leider hatte er nicht die Weitsicht, sich konkret zu erkundigen, welche der Artikel die beiden geliefert hatten. Aber ich frage mich sehr, ob irgendein möglicher Leser dieses Berichts angesichts dessen, was ich bis zu diesem Zeitpunkt wusste, ehrlich sagen kann, dass er diese Frage gestellt hätte?

Nun, ich kam nach Hause und setzte mich mit Dr. Rendall zum Nachmittagstee zusammen, und natürlich begann er, über den Besuch *Uruguays zu sprechen*. Selbst wenn danach nichts anderes passiert wäre, hätte ein solches Ereignis Ransay Stoff für mehrere Tage Gespräch gegeben.

„Wir essen wahrscheinlich unsere letzten Eier und unsere letzte Butter für die nächste Woche", sagte er lachend. „Soweit ich das hören kann, haben diese Seeleute die Insel gesäubert . Sie waren sogar in diesem Haus und haben bekommen, was sie konnten, und ich glaube, sie haben praktisch die Farm meines Cousins gesäubert."

"Wirklich?" sagte Herr Hobhouse. „Wirklich? Ha, ha! Weißt du, dass ich sogar die Scollays gefunden habe , die ihnen Sachen verkauft haben?"

„Oh, ich gehe davon aus, dass jeder Heu gemacht hat, während die Sonne scheint", sagte er.

Er hatte in letzter Zeit, genau wie am Tag zuvor, einen seiner Launenanfälle gehabt, aber mittlerweile hatte er seine gute Laune wieder ganz wiedererlangt und war an diesem Abend tatsächlich in einer besonders heiteren Stimmung. Wir saßen bis etwa halb elf wach und gingen dann in unsere Schlafzimmer.

Ich hatte gerade das Stadium eines Pyjamas erreicht und wollte gerade mein Fenster für die Nacht öffnen, als das Schreckliche passierte. Plötzlich schien die ganze Insel erleuchtet zu sein. Ich richtete meinen Blick instinktiv auf den Ort, an dem die *Uruguay* lag, und dort erhob sich hoch in den Himmel eine blendende Flammensäule. Der Wind wehte immer noch ziemlich frisch von mir weg und auf das Schiff zu, aber selbst dagegen ließ das darauf folgende Brüllen jedes Fenster und jede Tür im Haus erzittern. Die Flammensäule verschwand im nächsten Augenblick, aber hoch in der Luft schienen Feuerbälle noch einige Minuten zu verweilen. Und dann stieg die Rauchsäule auf. Er erhob sich und erhob sich, schnell und gigantisch, und sein Umfang wurde immer größer und schrecklicher, bis er sich schließlich, als er mehrere hundert Fuß hoch war, langsam an der Spitze ausdehnte, bis er wie ein riesiger böser Baum aussah, den man in einem Albtraum sieht .

Und da stand ich am Fenster und starrte. Und dort, an der Stelle, wo die HMS *Uruguay* mit ihrer hundertköpfigen Besatzung und ihrer gesamten Offiziersmannschaft (hauptsächlich RNR- und RNVR-Männer wie ich) gelegen hatte, stand diese gigantische Rauchsäule. Dann wurde mir plötzlich klar , dass alles, was in diesem Schiff lebte, und der größte Teil ihres leblosen Selbst nur noch durch diese widerliche Säule repräsentiert wurden.

Ich hörte, wie sich die Tür des Arztes öffnete und seine Stimme sagte: „Mr Hobhouse!
Hobhouse!"

Ich hatte die Geistesgegenwart, mir hastig die Brille auf die Nase zu setzen, bevor ich in den Flur stürmte.

„Was ist passiert? Glaubst du, dass das Schiff weg ist?" fragte er mit leiser Stimme.

Mir fiel auf, dass er ein Mann zu sein schien, der seine Gefühle gut unter Kontrolle hatte. Ich hatte meine auch ziemlich gut in der Hand, aber in einem solchen Moment den absurden Thomas Hobhouse zu spielen, war mehr, als mir lieb war. Ich wollte lieber ein wenig von dem zeigen, was ich fühlte, und mich unter diesem Vorwand von ihm distanzieren. Also stammelte ich etwas, dann sahen wir uns einen Moment lang an und ich ging eilig zurück in mein Zimmer.

IX

BOLTON AUF DEM TEACK

„Nur ein Überlebender.“

Der Arzt schaute am nächsten Morgen gegen acht Uhr in mein Zimmer, um mir diese kurze Mitteilung zu überbringen. Beim Frühstück erzählte er mir, dass er die meiste Nacht außer Haus gewesen sei, es für ihn aber nur diesen einen Fall gegeben habe. Ein Boot von der Insel hatte einen einsamen lebenden Seemann aus dem Ölschlamm herausgepickt, der wie ein Neger geschwärzt war und keinen einzigen Stich an seiner Kleidung hatte. Einige der Toten waren gefunden worden, aber nicht in einem besprochenen Zustand, und natürlich viele Trümmerfragmente. Und nun waren mehrere Patrouillenboote vor Ort, er hatte seinen Patienten einem Marinearzt übergeben, und das war bis acht Uhr die Nachricht von der Tragödie.

Ich wusste, dass John Whiteclett mit Sicherheit in einem der Patrouillenboote sein würde, und verbrachte den Morgen damit, nach ihm Ausschau zu halten. Als der Kommandant gegen Mittag landete, traf er offenbar durch einen Zufall sehr bald auf Mr. Hobhouse. Das Gesicht meines Cousins war ernst und ernst, und da es keine Zeugen gab, musste glücklicherweise keiner von uns handeln.

„Na, Jack?“ Ich sagte .

„Hast du es gesehen?“ er forderte an.

„Ich war zufällig an meinem Fenster.“

„Erzähl mir, was du gesehen hast“, sagte er.

Ich sagte es ihm und er nickte ab und zu.

„Genau das, was mir ein paar andere Zeugen gesagt haben “ , sagte er.

„U-Boote?“ Ich fragte.

Er schüttelte den Kopf.

„Die Wahrscheinlichkeit, dass ein Torpedo ein Schiff auf diese Weise direkt nach oben schickt, ist enorm. Und man hätte zwei Explosionen gehört – was niemand tat. Außerdem konnte der eine Mann, der aufgegriffen wurde, zum Glück schon ein wenig reden. Da bin ich mir sicher.“ es gab keinen Torpedoangriff.“

„Dann ist sie einfach in die Luft geflogen?“

"Das war es."

„Unfall oder Absicht?“

„Gott weiß! Vielleicht wird es nie jemand anderes tun. Vielleicht lag es nur an der Munition. Wie Sie wissen, ist das schon einmal passiert. Aber es ist ein sehr merkwürdiger Zufall, dass es vor Ransay passiert sein soll, soweit wir wissen, was wir wissen. Ich höre Viele der Männer waren an Land und kauften Dinge. Ich frage mich, was sie mit an Bord gebracht haben!“

„Ich kann Ihnen sagen, was eine Partie mitgebracht hat: Eier, Geflügel, Käse und ein großes Paket Zeitungspapier, das ich für Butter hielt. Aber das war nur eine Gruppe, die ich zufällig gesehen habe. Sie waren überall auf der Insel verteilt.“

Er dachte einen Moment lang schweigend nach und blickte dann auf seine Uhr.

„Schau her, alter Junge“, sagte er, „ich fürchte, ich muss jetzt wieder aussteigen. Geh mit mir so weit zurück, wie es sicher ist, und ich werde dir etwas sagen, das du wissen musst. Wir können die Beweise besprechen.“ später, wenn etwas mehr gesammelt wurde. Der Punkt, der Sie beunruhigt, ist, dass Bolton erneut gerufen wurde.

„Der Teufel hat er! Soll ich mich dann zurückziehen?“

„Überhaupt nicht. Wie Sie sehen, ist in dieser Gegend niemand in das Hobhouse-Geheimnis eingeweiht, also schickten sie sofort nach Bolton, um seine eigenen Nachforschungen anzustellen, während wir unsere eigenen anfertigen. Natürlich machen Sie trotzdem weiter auf Ihre eigene Art und Weise . Dennoch halte ich es für taktvoll, abseits zu stehen – natürlich mit offenen Augen –, während Bolton an der Arbeit ist.“

„Takt“, stimmte ich zu, „aber ein wenig nervig.“

„Nun, Roger, ich fürchte, daran lässt sich nichts ändern. Ich bin hier nicht der Boss und der Mann macht sich jetzt auf den Weg, so schnell er reisen kann. Und wie wäre es jetzt, wenn du ihm erzählst, wer du wirklich bist? Ich habe darüber nachgedacht, und wenn Sie damit einverstanden sind , denke ich, dass ich es tun sollte.

Ich sah, dass dies bedeutete, dass er beschlossen hatte, es zu tun, also sagte ich lediglich:

„Wenn Sie es für das Beste halten, sagen Sie es ihm auf jeden Fall. Verpflichten Sie ihn nur zur Verschwiegenheit.“

„Sicherlich. Und ich bin mir sicher, dass der Mann selbst den Sinn darin erkennen wird. Aber wenn ich ihm nicht sagen würde, wer Sie wirklich sind, würde er Sie höchstwahrscheinlich als verdächtigen Charakter abtun und Ihre Entfernung empfehlen. "

„Da hast du völlig recht", stimmte ich zu.

„Außerdem könnte ihm das, was Sie wissen, helfen, und es wäre eine Art Hundespiel, irgendetwas zurückzuhalten, jetzt, wo er das Geschäft aufgenommen hat."

„Genau wieder. Nun, ich werde mich aus dem Geschäft heraushalten, bis Bolton seine Innings hat."

"Guter Mann!" sagte Jack. „Nun, wir sollten uns jetzt besser trennen. Viel Glück euch beiden!"

Ich vertraue darauf, dass ich nicht übermäßig neidisch bin, aber auf diese Weise aufgefordert zu werden, in den Hintergrund zu treten, gerade als etwas wirklich Bestimmtes passiert war, belastete meine Philosophie. Die Tragödie von *Uruguay* hatte möglicherweise nichts mit dem Geheimdienst auf der Insel zu tun – obwohl ich das in meinen Knochen spürte, und Mr. Bolton könnte kommen und gehen und mir möglicherweise ein paar Informationen hinterlassen, die mir bei meiner eigenen Suche helfen könnten. Trotzdem war es ärgerlich.

Gleichzeitig waren die Argumente meines Cousins absolut stichhaltig und ich sah vollkommen ein, dass es sowohl dumm als auch unhöflich gewesen wäre, mit dem Mann Hobhouse zu spielen. Also ging ich zurück, nahm mir einen Roman und versuchte in der Zwischenzeit, die ganze Geschichte aus meinem Kopf zu verbannen.

Die nächsten vierundzwanzig Stunden lang war die Insel voller grausamer Geschichten und wilderer Gerüchte , doch die meiste Zeit blieb Mr. Hobhouse zu Hause und beendete seinen Roman. Es war am Abend des Tages nach der Tragödie, als der Arzt und er am Feuer im Raucherzimmer saßen und nach dem Tee ihre Pfeifen anzündeten, als die Glocke läutete. „Hallo, wer ist das um diese Uhrzeit?" sagte der Arzt.

Ich hörte schwere Schritte im Flur und vermutete, aber die einzige Ankündigung war, dass ein Herr Dr. Rendall sprechen wollte. Er war lange Zeit außer Haus, fast eine Stunde nach der Uhr, und als er zurückkam, verhielt er sich ernst und ein wenig entschuldigend.

„Es tut mir leid, Sie zu stören, Mr. Hobhouse", sagte er, „und ich versichere Ihnen, dass es keinen Grund zur Sorge gibt, aber Tatsache ist, dass ein Detektiv hier ist und mit Ihnen sprechen möchte."

"Ein Detektiv!" rief Mr. Hobhouse nervös aus. „Das sagst du nicht? Meine Güte, wofür kann er mich wollen!"

„Er ist ein Mann, Bolton", sagte der Arzt, „derselbe Mann, der vor etwa sechs Monaten unter dem Namen Thompson aufgetaucht ist und sich als

Viehhändler ausgegeben hat. Bei Gott, ich weiß jetzt, wofür er gekommen ist! Aber egal." Diesmal geht es um das *Uruguay- Geschäft und er interviewt jeden, und wenn es Ihnen nichts ausmacht, würde er gerne ein paar Worte mit Ihnen sprechen.*

Ich ging ins Esszimmer und sah zum ersten Mal meinen Rivalen. Er war ein großer, kräftiger Mann mit rotem Gesicht und schlichtem, schroffen Auftreten, ein idealer Dealer; aber seine Augen waren klug und scharf. Tatsächlich hielt ich ihn, nachdem ich sie mir genauer angesehen hatte, für einen besseren Mann, als ich gedacht hatte . Wir tauschten auf beiden Seiten ein konventionelles Wort aus und dann warfen wir beide instinktiv einen Blick zur Tür.

„Sprechen Sie besser ruhig, Mr. Merton", sagte er.

Ich nickte und sagte lächelnd: „Sie sind also dieses Mal nicht als Händler hier, Mr. Bolton?"

„Nein", sagte er, „ich möchte gleich zur Sache kommen, und es ist zu viel Humbug und Zeitverschwendung, wenn man erst eine halbe Stunde lang über Vieh reden muss. Außerdem wären sie nach dem, was gerade passiert ist, ziemlich scharfsinnig . " Hier reicht es aus, um ins Spiel zu stolpern. Wie dem auch sei, die Leute, die ich erreichen möchte, sind es, und es hat keinen Sinn, die anderen zu belästigen."

„Nun", sagte ich, „Sie wissen, weshalb ich hier bin, und obwohl es mir leid tut, sagen zu müssen, dass ich bisher nicht viel mitnehmen konnte, steht Ihnen alles, was ich mitgenommen habe, zur Verfügung."

„Vielen Dank, Herr Merton", sagte er. „Wir sind wie ein paar Terrier, die es auf die gleiche Ratte abgesehen haben, und solange wir ihn kriegen, ist das alles, was zählt. Du hast es geschafft, und jetzt werde ich es ein wenig versuchen."

Er lachte freundlich, aber es war klar genug, dass er, wenn er von „zwei Terriern" sprach, jeweils einen Terrier meinte, und ich akzeptierte die Situation offen.

„Da hast du recht", sagte ich. „Ich werde eine Verschnaufpause einlegen, während du hineingehst und ihn fertig machst. Nur natürlich, wenn du möchtest, dass ich dir unter die Arme greife, dann bin ich hier und habe nichts anderes zu tun."

Er schien sichtlich erleichtert über diese Erklärung und wurde freundlicher denn je.

„Nun kommen wir zum Geschäftlichen", sagte er. „Ich muss Ihnen zunächst ganz offen sagen, Herr Merton, dass es in Ihrer Geschichte, als Sie das letzte Mal hier waren, einige Dinge gab, von denen ich nicht wusste, wie sehr ich glauben sollte. Die ehrlichsten Menschen stellen sich manchmal die seltsamsten Dinge vor . Wenn Sie meine Erfahrung gemacht hätten, Mr. Merton, würden Sie bei einer Geschichte wie Ihrer genauso denken. Aber jetzt, wo ich Sie kenne und weiß, was hier passiert ist, und insbesondere, was gestern passiert ist, ist es eine andere Geschichte. Tun Sie es Würde es Ihnen etwas ausmachen, mir einfach in Ihren eigenen Worten zu erzählen, was Sie das letzte Mal gesehen haben und was Ihnen auf dieser Reise aufgefallen ist?"

Meine Meinung über Mr. Boltons Klugheit nahm immer mehr zu, als ich bemerkte, wie aufmerksam er meiner Geschichte folgte und wie sehr seine Fragen auf den Punkt kamen. Hin und wieder unterbrach er mich, während er in einem dicken, kleinen braunen Ledertaschenbuch Notizen machte, und am Ende beobachtete er.

„Nun, Mr. Merton, es ist ein seltsamer Fall, aber ich wage zu behaupten, dass ich vielleicht ein wenig Licht auf die Dinge werfen kann, bevor ich es getan habe."

Ich wunderte mich sehr, und seinem Gesichtsausdruck nach zu urteilen, konnte ich keinen Moment glauben, dass er zu diesem Zeitpunkt auch nur einen einzigen Lichtblitz gesehen hatte.

„Und jetzt", sagte er, „wenn ich zu dieser Explosion komme, möchte ich nichts mehr von den Flammen und dem Rauch und dergleichen hören. Das alles ist für die Marineleute. Das fällt mir nicht in den Sinn." Abteilung, Mr. Merton; aber dieser Kauf von Waren an Land und der Transport von Paketen an Bord des Schiffes fallen darunter. Tatsächlich bin ich hier, um dies zu untersuchen, denn das ist selbst einem Mann wie mir, der nichts weiß, ziemlich klar von Schiffen, aus denen niemand auf dieser Insel herausschwimmen und ein Streichholz an ein Kriegsschiff halten und es auf diese Weise in die Luft jagen könnte! Wenn es von hier aus geschehen *ist* , muss es von einem dieser Pakete ausgegangen sein."

„Offensichtlich", stimmte ich zu. „Und ich stimme auch zu, dass es Sache der Experten ist, zu entscheiden, ob eine Bombe in ein Papierpaket Butter, einen großen Käse oder irgendetwas anderes, das sie gekauft haben, gesteckt werden kann; und Sie müssen einfach herausfinden, was genau gekauft wurde und wer es verkauft hat." ."

„Ein Papierpäckchen Butter und einen großen Käse", wiederholte er. „Haben Sie zufällig selbst gesehen, wie eines dieser Dinge verkauft wurde?"

„Ich bin zufällig an einigen Blaujacken vorbeigekommen, die sie gerade gekauft hatten."

Er ließ mich ihm genau die Umstände erzählen, unter denen ich die Männer gesehen und zuvor an Peter und Jock vorbeigekommen war; genau so, wie ich es in diesem Bericht erzählt habe. Nachdem ich fertig war, dachte er einen Moment lang schweigend nach und fragte mich dann, ob ich sicher noch andere Leute kenne, die etwas an die Matrosen verkauft hätten.

„Zufällig weiß ich mit Sicherheit Bescheid über Dr. Rendall und seinen Cousin Mr. Philip Rendall – oder besser gesagt über den Farmer von Mr. Philip Rendall, aber nach allem, was ich gesehen und gehört habe, vermute ich, dass die Schwierigkeit darin bestehen wird, ein Haus zu finden, das sich nicht verkaufen lässt etwas."

Er nickte nachdenklich.

„Genau das ist die Schwierigkeit", sagte er, dann erhob er sich und streckte seine Hand aus. „Gute Nacht, Mr. Merton, ich bin Ihnen sehr dankbar und ich verspreche Ihnen, dass Sie bald wieder einen Vorwand finden werden, um Sie wieder aufzusuchen und Ihnen mitzuteilen, wie es mir geht. Übrigens sollten Sie es besser sagen Herr Doktor, Ihr Bericht darüber, wie es zu der Explosion kam, hat mich sehr interessiert. Das wird meine Berufung erneut begründen."

„Ich muss selbst Detektivinstinkte haben", lächelte ich. „Ich hatte bereits an die gleiche Lüge gedacht."

Tatsächlich war es spätestens nach Mr. Boltons Abreise an diesem Abend sehr praktisch . Der Arzt fragte sich sehr, was der Detektiv seinem Patienten zu sagen hatte, was er so lange brauchte, um es zu erzählen, und seine Neugier wurde wie vereinbart befriedigt.

<h1 style="text-align:center">X</h1>

WO DIE CLUE LED

Am nächsten Tag sah ich nichts von Bolton, und das hatte ich auch nicht erwartet. Als er mich am nächsten Morgen abholte, kam es tatsächlich viel früher, als ich erwartet hatte. Der Arzt war nicht da, also war keine Fabel nötig, und ich nahm ihn mit ins Raucherzimmer und bot ihm einen Sessel an.

„Nun, Mr. Bolton, gibt es Neuigkeiten?" Ich habe nachgefragt.

Er blieb stehen und schüttelte angesichts des Stuhls den Kopf.

„Ich habe keine Zeit, mich zu setzen", sagte er, „aber ich dachte, ich schaue einfach im Vorbeigehen vorbei."

In seiner Stimme lag ein Unterton, der mich dazu veranlasste, ihn scharf anzusehen.

„Haben Sie etwas entdeckt?“ Ich fragte.

Er nickte langsam mit dem Kopf.

„Nicht sehr viel, Mr. Merton, aber etwas.“

Dennoch scheint in seinen Augen ein Anflug von Jubel zu liegen.

„Willst du es nicht dem anderen Terrier erzählen?“

Sein Gesichtsausdruck entspannte sich ein wenig und einen Moment lang dachte ich fast, er würde sich mir anvertrauen, und dann sagte er:

„Es ist noch ein bisschen zu früh, um viel zu sagen. Aber ich bin einer Sache auf der Spur, das gebe ich gerne zu; auch etwas ziemlich Überraschendes, wenn es die richtige Spur ist. Vielleicht kann ich Ihnen heute Abend mehr erzählen.“ . Könntest du heute Abend mit mir rauskommen, wenn ich dich bräuchte?“

"Eher!"

„Nun“, sagte er und ging zur Tür, „ich kann jederzeit nach Einbruch der Dunkelheit hineinschauen – wenn das zu irgendetwas führt.“

„Selbst wenn das nicht der Fall ist, schauen Sie rein und bringen Sie mich aus der Spannung, wie ein guter Kollege – Tec, Mr. Bolton.“

Er lächelte wieder. Offensichtlich war er heute Morgen ausgesprochen zufrieden mit sich.

„In Ordnung, Mr. Merton. Das werde ich für Sie tun.“

Kurz bevor ich ihm die Tür öffnete, nahm ich noch einen letzten Schuss.

„Würden Sie mir nicht einmal einen Hinweis geben, Mr. Bolton?“

Er sah mich einen Moment lang an und sagte dann mit leiser Stimme (denn wir befanden uns in der Nähe der Tür):

„Es gibt jemanden auf dieser Insel, der nicht sein ganzes Leben dort gelebt hat – auf keinen Fall. Das habe ich herausgefunden.“

Er nickte mir bedeutsam zu, aber seine Lippen schlossen sich wieder fest und ich sah, dass nichts mehr aus ihm herauszuholen war, also wünschte ich ihm Glück und kehrte zum Nachdenken zu meinem Stuhl zurück.

Ob die Aussicht, in dieser Nacht tatsächlich den Höhepunkt dieses Abenteuers zu erreichen, mich begeisterte oder ob ich mich darüber ärgerte, dass das Problem, das mir entgangen war, von diesem großartigen Kerl von vornherein gelöst wurde, das konnte ich kaum sagen. Ich weiß, dass beides stark vermischt war, und für ein paar Minuten kam es mir überhaupt nicht in den Sinn zu fragen, ob der Mann wirklich in Sichtweite einer Lösung war. Und dann begann ich mich zu wundern.

Wer war diese mysteriöse Person, die nicht „ihr ganzes" Leben auf der Insel verbracht hatte? Er hatte, wahrscheinlich absichtlich, „ihr" Geschlecht verschwiegen. Und war es dann eine Tatsache, von der ich selbst nichts wusste? Bolton sagte, er habe es herausgefunden. Aber für mich ist es vielleicht keine Neuigkeit. Ich dachte an mehrere Menschen, eine Frau und mindestens zwei Männer, die sicherlich einen beträchtlichen Teil ihres Lebens außerhalb der Insel verbracht hatten. Aber es hatte keinen Sinn, zu spekulieren, da der Test so nah vor der Tür stand.

Trotzdem fühlte ich mich so unruhig, dass ich hätte losgehen sollen, um die Sache hinter mir zu lassen, und dann hätte ich nicht befürchtet, ich könnte Boltons Spuren folgen und ihn denken lassen, dass ich es absichtlich getan habe. Ich wollte um jeden Preis, dass er sah, dass ich das Spiel spielte (wie ich es spielte), also wartete ich bis nach unserem frühen Abendessen und machte mich dann auf den Weg.

Ich erinnere mich noch gut an den Tag, ein scheußliches, rohes Exemplar des Märzwetters, nicht gerade regnete es, aber es versuchte die ganze Zeit, und insgesamt grau und trostlos. Das Frühjahrspflügen ging zügig voran, und als die Felder braun wurden, waren in der Landschaft immer weniger Spuren von Farbe zu sehen. Tatsächlich war es ein Tag, an dem etwas Böses kaum verhindern konnte; oder zumindest scheint es rückblickend so zu sein.

Ich ging zügig, um die Kälte fernzuhalten, und folgte der kurvenreichen Straße, war aber so in meine Gedanken versunken , dass ich kaum bemerkte, wohin ich ging, bis ich von der asphaltierten Straße auf die holprige Straße überging, die über die letzte Straße hinausführte Bauernhöfe bis hin zum einsamen Landstrich am nördlichen Westende der Insel. Auf beiden Seiten und besonders im Norden stiegen die Felsen hier an, bis sie zu echten Klippen wurden, nicht sehr hoch, aber schroff und zerklüftet, mit kleinen Mulden, die hier und da durch sie hindurchführten und einen kletternden Zugang zu kleinen Buchten ermöglichten. Ich hielt mich in der Nähe dieser nördlichen Klippenlinie auf und dachte die ganze Zeit über nach, bis mir mit einem Ruck und schneller werdendem Herzen plötzlich eine Gestalt etwa fünfzig Meter vor mir bewusst wurde.

Ich hatte plötzlich eine dunkle Erinnerung; Er kam mir beunruhigend bekannt vor, und dann erkannte ich Jock plötzlich , obwohl ich nicht sagen konnte, warum der Anblick von Jock einen beunruhigenden Gedanken hervorrufen sollte. Als ich ihn sah, befand er sich in der Nähe einer dieser kleinen Senken, aber ob er unten am Ufer gewesen war oder nicht, konnte ich nicht sagen, denn bis zu diesem Moment war ich völlig unaufmerksam gewesen. Aber auf jeden Fall war Jock ein so chronischer, zielloser Wanderer, dass sein Erscheinen nirgendwo seine Bekannten überraschte.

Offensichtlich erkannte er den harmlosen Exzentriker Mr. Hobhouse schnell genug, denn er verfiel in einen schlurfenden Trab und kam mit einer ungewöhnlichen Miene des Eifers auf mich zu.

„Steine!" er weinte, als er auf mich zukam. „Jock kennt Steine!"

„Steine?" sagte ich freundlich. „Meine Güte, Jock, das sind großartige Neuigkeiten. Sind das die Steine?" und ich zeigte auf die Felsen um uns herum.

„Steine hier!" rief Jock, zeigte eifrig auf die andere Seite des Vorgebirges und packte mich freundlich am Arm.

Ich hatte die Kreatur noch nie zuvor so aufgeregt gesehen und konnte einen Moment lang weder Kopf noch Schwanz erkennen. Und dann erinnerte ich mich. Bei meinem letzten Besuch auf dem Hügel in der Nähe der Scollays hatte Jock mich beobachtet, und indem ich meine Rolle gründlich spielte, hatte ich ein großes Interesse an bestimmten großen Steinplatten geweckt, die hier und da durch das Gras zu sehen waren. Das Betrachten von Steinen war das Letzte, worauf ich an diesem Nachmittag Lust hatte, aber Jock konnte einfach nicht widerstehen. Mit der Miene eines erfreuten Kindes führte er mich auf dem Weg, den er gehen wollte, und ließ meinen Arm erst los, als er sah, dass ich wirklich seine Steine inspizieren wollte.

„Das ist eine ungewöhnliche Leistung für Jock", dachte ich, aber in der Figur des Mr. Hobhouse blieb mir nichts anderes übrig, als große Befriedigung vorzutäuschen und dorthin zu gehen, wo er mich hinführte.

Das Vorgebirge war zu diesem Zeitpunkt etwa eine halbe Meile breit, und als wir diese Reise hinter uns hatten, wies mein intelligenter Führer triumphierend auf ein paar gewöhnliche Felsbrocken am Ende des Vorgebirges hin. Sie waren zwar groß, aber damit endeten ihre Vorzüge. Ich musterte sie jedoch mit allem Anschein von Freude, dankte Jock überschwänglich und gab ihm sogar einen Sixpence, wünschte ihm schließlich einen guten Tag und machte mich auf den Heimweg.

Humor auf der Suche nach Hinweisen gewesen wäre, hätte ich sie zweifellos sorgfältig analysiert — und mich dann selbst als fantasievollen Narren beschimpft. Aber heute Nachmittag hatte ich zu viel anderes im Kopf und der Vorfall war in der Zwischenzeit aus meinem Kopf verschwunden.

Beim Tee bereitete ich den Arzt auf die Möglichkeit vor, dass ich nachts ausgehen würde, indem ich ihm einen langatmigen, plappernden und völlig fiktiven Bericht über Boltons Morgenbesuch erzählte, aus dem hervorging, dass Mr. Bolton so sehr an Mr. Hobhouses Bericht darüber interessiert war

Als er sah, wie das Schiff explodierte, würde er wahrscheinlich am Abend anrufen, um bestimmte Einzelheiten zu überprüfen, und vielleicht wollte er sogar, dass Mr. Hobhouse ihn zu dem Haus begleitete, in dem er wohnte. Und nach dem Tee habe ich geraucht, gelesen und gewartet.

Als wir an diesem Abend mit dem Tee fertig waren, begann es dunkel zu werden, und als wir das Raucherzimmer betraten, brannten die Lampen. Der Ruf konnte jeden Moment kommen, und doch schlug es acht Uhr, neun und zehn, und ich überredete den Arzt sogar, bis nach elf aufzubleiben, aber von Bolton war immer noch nichts zu sehen. Und dann sagte ich mir endlich ein paar ernste Worte über den Mann, und wir gingen zu Bett.

Der nächste Morgen war ebenso kühl und düster, und nachdem der Arzt einen Fall besucht hatte, saß ich am Feuer und war entschlossen, dort zu bleiben, bis Mr. Bolton kam und sich erklärte. Ich blieb den ganzen Morgen dort, aber er kam nie und Dr. Rendall auch nicht. Die Stunde unseres Abendessens rückte näher und verging, und schließlich setzte ich mich hin und aß allein. Ich war gerade fertig, als ich hörte, wie sich die Haustür plötzlich öffnete und der Arzt im Flur Schritte machte. Es kam mir sofort seltsam schnell vor für ihn. Er betrat das Esszimmer und ich sah sofort, dass etwas nicht stimmte.

„Bolton wurde ermordet", sagte er plötzlich. „Seine Leiche wurde gerade im Meer gefunden."

XI

EIN AUGENÖFFNER

Ich sprang auf und starrte ihn an. "Ertrank?" Ich keuchte.

„Nein, er wurde zuerst aus nächster Nähe mit einer Pistole erschossen. Ich habe gerade die Leiche untersucht."

„Wo wurde es gefunden?"

„Ganz am nördlichen Ende."

Die Episode von gestern kam mir in den Sinn.

"Ganz am Ende?"

"Praktisch."

„Es war nicht zufällig eine halbe Meile auf dieser Seite?"

Er starrte mich neugierig an und ich erinnerte mich, dass dies sicherlich eine seltsame Anfrage war und dass Mr. Hobhouse sehr prägnant sprach.

„Nein", sagte er. "Warum fragst du?"

Ich flüchtete mich in eine ultra- hobhousianische Erklärung, wie ich selbst vor ein paar Tagen dort gewesen war und es mir wie ein sehr mörderisch aussehender Ort vorgekommen war, und dann fragte ich:

„Ist etwas Weiteres bekannt, Doktor?"

„Nein", antwortete er und fügte dann abrupt und mit ungewöhnlicher Energie hinzu:
„Das ist absolut verdammenswert!"

Während er sprach, verließ er den Raum wieder und ich blieb meinen Gedanken überlassen. Ich ging ins Raucherzimmer, vergaß aber, meine Pfeife anzuzünden. Mit dem Kopf in den Händen beugte ich mich über das Feuer und versuchte zunächst, diese zweite Tragödie zu begreifen und dann die Dinge zusammenzusetzen und eine Abfolge darin zu erkennen.

Dass Bolton wirklich auf der richtigen Fährte gewesen war, schien jetzt sehr wahrscheinlich, obwohl er, da er sein Geschäft nicht verbarg, möglich war, dass eine Behörde, die versucht hatte, mich zu ermorden, sich monatelang und allen Anschein nach allen Bemühungen widersetzte, dies zu überprüfen Hatte kürzlich einen Kreuzer in die Luft gesprengt, könnte ihn nach allgemeinen Grundsätzen einfach loswerden. Dennoch muss die Arbeitshypothese sein, dass er ihnen auf die Spur gekommen war. Und, oh, wenn er mir nur erzählt hätte, was er entdeckt hatte! Aber dieses Geheimnis war mit ihm gestorben, und nun musste man noch einmal von vorne beginnen.

Doch dieses Mal hatte ich mir einen bedeutungsvoll aussehenden Ausgangspunkt gesichert. Der Zufall, dass Jock ungefähr zu der Zeit, als der Mord stattgefunden haben musste, an diesem einsamen Ort auftauchte und mich in eine andere Richtung als die, die ich wollte, führte, war sicherlich suggestiv. Das Geschöpf hatte offenbar mehr Intelligenz gezeigt, als ich ihm zugetraut hatte, und könnte es dann nicht von jemandem , der es gut kannte und starken Einfluss auf ihn hatte, dazu benutzt werden, eine so einfache Rolle zu spielen, wie er es getan hatte? Angenommen, er wäre mit einer solchen Person zusammen und diese Person hätte mich kommen sehen und wollte nicht, dass ich ihn erblickte, wie leicht wäre es dann zu sagen: „Geh, Jock, und zeig dem Herrn da drüben Steine!"

Die Frage, wen man verdächtigen sollte, einen solchen Einfluss auf ihn zu haben, war einfach genug. Ich erinnerte mich an den Blick und das Lachen des jungen Peter Scollay , als ich vorschlug, dass sie sich das Schiff ansehen würden, und für mich klang das Lachen jetzt sehr unheimlich.

Und je mehr ich darüber nachdachte, desto mehr Einwände fielen mir auf. Erstens wurde die Leiche nicht dort gefunden, wo ich Jock gesehen hatte. Gewiss, es hätte bewegt werden können, wenn der Mörder schlau und misstrauisch genug gewesen wäre zu glauben, dass der einfache Mr. Hobhouse in der Lage sei, die harmlose Episode mit den Steinen mit seinem grausamen Werk in Verbindung zu bringen, obwohl selbst das mehr zu bedeuten schien, als wahrscheinlich war; Eine größere Schwierigkeit bestand jedoch darin, bei jedem von dieser Hand begangenen oder versuchten Verbrechen den Beweis einer gebildeten List zu erbringen. Für „diese Hand" entschied ich, dass ich auf jeden Fall „diese Hände" ersetzen muss. Ich hatte immer geglaubt, da sei mehr als eins drin, und jetzt war ich mir dessen sicherer als je zuvor.

Im Hinterkopf hörte ich, wie man sagt, wie Dr. Rendall zum Abendessen ging und dann wieder in den Flur hinauskam, und dann hörte ich, wie er, anstatt ins Raucherzimmer zu kommen, die Haustür öffnete und schloss. Er war offensichtlich wieder ausgegangen und es tat mir nicht leid, allein gelassen zu werden.

Etwas später hörte ich ebenso geistesabwesend die Klingel an der Haustür leise läuten und erwachte erst aus meinen Träumereien, als sich die Tür des Raucherzimmers öffnete.

„Dr. Rendall ist draußen, wie ich höre", sagte eine Stimme, die mich sehr hastig aufspringen ließ.

Es war Jean Rendall, entzückend anzusehen wie immer, aber mit einem neuen Gesichtsausdruck. Wenn sie vor etwas nicht ängstlich war, und zwar sehr ängstlich, dann täuschte ich mich gewaltig.

Widerwillig übernahm ich wieder die Rolle des Thomas Hobhouse und teilte ihr nervös mit, dass der Arzt gegangen sei, ich wüsste nicht wohin .

Sie sagte einen Moment lang nichts, blieb aber trotzdem stehen. Dann sagte sie:

„Was für eine schreckliche Sache mit dem armen Mr. Bolton!"

"Schrecklich!" stimmte Herr Hobhouse zu. „Schrecklich! Schrecklich! Schrecklich!"

„Hat dir mein Cousin viel darüber erzählt?"

„Oh nein, nicht viel, sehr wenig. Er war verärgert, sehr verärgert, das konnte ich sehen."

„Jeder ist es", sagte sie und fügte dann hinzu: „Ich denke, Sie müssen es sein, Mr. Hobhouse."

In ihrer Stimme schien ein merkwürdiger Ton zu liegen, der eine vage Kette beunruhigender Gefühle auslöste, aber Mr. Hobhouse antwortete im gleichen Ton wie zuvor:

„Oh ja, ich bin verzweifelt; furchtbar verzweifelt.“

Wieder schwieg sie, aber sie verweilte noch immer.

„Ich gehe wieder nach Hause“, sagte sie plötzlich. „Würdest du Lust, ein Stück mit mir zu gehen?“

In diesem Moment wollte ich meine eigene Gesellschaft haben und hatte eine gewisse Scheu vor ihr; also meckerte die Stimme von Mr. Hobhouse etwas darüber, dass er sich eine leichte Erkältung zugezogen hatte.

„Bitte kommen Sie ein kleines Stück“, sagte sie. „Ich möchte besonders mit Ihnen sprechen.“

In ihrer Stimme lag ein Anklang, dem ein kräftigerer Mann als Thomas Hobhouse hätte widerstehen können. Außerdem war er außerordentlich neugierig. Ihr gesamtes Auftreten während des Interviews weckte tatsächlich ein sehr starkes Gefühl der Neugier.

Er holte seinen Hut und seinen Mantel (Mr. Hobhouse trug immer einen Mantel), und sie knirschten die holprige Auffahrt hinunter und gingen ohnmächtig auf die Straße, ohne ein Wort zu sagen. Und dann erlebte Mr. Hobhouse den mitreißendsten Augenöffner seiner Karriere oder von Roger Merton. Sie drehte sich zu ihm um und sagte leise:

„Ich hoffe, Sie kümmern sich um Ihr eigenes Leben, Mr. Merton.“

XII

DER VERTRAUER

Es vergingen ein oder zwei Sekunden, bis ich überhaupt antworten konnte, und selbst dann war meine erste Bemerkung dieser Gelegenheit nicht im Geringsten würdig; aber es drückte genau das aus, was in meinem Kopf vorging.

„Wie zum – wie um alles in der Welt hast du mich herausgefunden?“

Sie lächelte ein wenig, aber ihre Art war immer noch ängstlich.

„Ich habe nicht mein ganzes Leben in Ransay verbracht“, sagte sie. „Ich war sogar in London und in ziemlich vielen Londoner Theatern. Tatsächlich habe ich Sie schon einmal spielen sehen, Mr. Merton.“

„Was für eine außergewöhnliche Art, das herauszufinden!" Ich dachte und sagte laut:

„Aber mein Name steht in Ransay nicht auf dem Programm ."

„Das war, als du das letzte Mal hier warst, daran musst du dich erinnern", sagte sie.

Ich schaute sie einen Moment lang an, und sie schaute mich an, und in diesem Blickwechsel kam ich mit Nachdruck zu dem Schluss, dass in diesen Augen kein Zeichen von Bösem zu sehen war. Jedenfalls würde ich nichts verlieren, wenn ich ihr Vertrauen gewinnen würde, und mein eigenes konnte ich zurückhalten oder nicht, wie ich es für richtig hielt.

„Wir könnten genauso gut offen sein", sagte ich. „Wie genau hast du mich entdeckt?"

Wieder lächelte sie, und jedes Mal, wenn sie mich direkt anlächelte, wurde ich, ehrlich gesagt, weniger vorsichtig.

„Erinnern Sie sich, als Captain Whiteclett kam, um Sie zu verhaften, stand Ihre Schlafzimmertür nur eine Minute lang offen?"

Ich erinnerte mich jetzt und erinnerte mich lebhaft an ihr Gesicht draußen und seinen Ausdruck.

„Ich hörte, wie er dich ,Roger' nannte, und sah, dass ihr euch gut kannt, und dann wusste ich natürlich, dass wir uns völlig geirrt hatten, als wir dachten, dass ihr …"

Sie hielt inne und ich beendete den Satz für sie.

"Ein Spion."

„Nun, sind Sie wirklich überrascht? Sie haben einige äußerst außergewöhnliche Dinge getan, Mr. Merton! Ich begann erst einige Zeit später, die geringste Vorstellung davon zu bekommen, worum es Ihnen ging."

„Und auf welche Idee bist du dann gekommen? Und wie bist du darauf gekommen?"

„Das war, als wir von dem schlechten Ruf unserer Insel hörten. *Dann* vermutete ich, dass Sie versucht haben, Nachforschungen anzustellen und den Verräter zu fassen – und ich war hingegangen und habe mich eingemischt – und Sie sogar eingesperrt!"

„Dann warst du es?"

„Na ja, Vater hat natürlich zugestimmt, aber ich habe die Tür verschlossen. Und nachdem ich die Wahrheit herausgefunden hatte, hätte ich mich umbringen können! Aber warum hast du uns so verwirrt?“

Ihr Charme, ihre Aufrichtigkeit und ihre Lebhaftigkeit brachten mich fast dazu, es ihr auf der Stelle zu sagen, aber ich hatte gerade noch genug Kraft, um stattdessen zu fragen:

„Aber das erklärt nicht, wie du mich dieses Mal herausgefunden hast?“

„Nun, in gewisser Weise stimmt es; denn ich wusste damals, dass Roger Merton Ihr richtiger Name war, und dann erinnerte ich mich, wo ich ihn schon einmal gehört hatte, und ich wusste, dass Sie dieselbe Person waren. Als Sie an jenem ersten Tag als Mr. Hobhouse anriefen hatte von Anfang an nicht den geringsten Verdacht, und dann kamen Sie plötzlich bekannt vor –
“

„Mit diesem Bart!“

„Nun, dein Gesicht ist nicht ganz von deinem Bart verdeckt und ich dachte, ich hätte die anderen Teile erkannt . Wenn ich nicht gewusst hätte, dass du Schauspieler bist –“

„Ein ziemlich schlimmes, wie es scheint“, warf ich ein.

„Oh nein, in der Tat, Sie waren einfach großartig! Sie haben mich immer noch verwirrt und waren mir nur halb sicher, selbst nachdem ich Sie und Captain Whiteclett beim gemeinsamen Spaziergang getroffen hatte und bemerkte, dass Sie sich auseinander bewegten, als Sie mich sahen. Tatsächlich war ich mir bis dahin nicht sicher Dieser Spaziergang am Ufer entlang. Ich habe das arrangiert, um ganz sicher zu sein.

„Du hast es arrangiert!“ rief ich aus. „Wie toll Sie es gemacht haben, Miss Rendall!“

Sie lachte trotzig.

„Ich wollte unbedingt sichergehen! Als ich dich also auf das Haus zukommen sah, stürzte ich in meine Sachen und ging dir entgegen. Ich dachte, wenn ich mit dir den gleichen Spaziergang machen könnte wie zuvor, könntest du kaum helfen etwas tun, um sich selbst zu verraten. Und schließlich hast du es getan!“

„Darf ich fragen, was mein Rückfall war?“

„Als ich dich an die gleiche Stelle wie beim letzten Mal gebracht und dasselbe gesagt habe, habe ich bemerkt, dass du gesprungen bist. Und dann hast du dich wirklich lieber verraten, als ich dich gefragt habe, ob du dir die Felsen ansehen möchtest, und du bist auf die gesprungen Zufall. Ich weiß nichts über Antiquitäten – nicht einmal so viel wie Sie, Mr. Merton –"

„Schlag mich noch einmal!" Ich lachte.

„Oh, aber es war sehr klug von dir, so zu tun, als wärst du so gebildet!" sie beeilte sich zu sagen. „Trotzdem wusste ich, dass es unterhalb der Hochwassergrenze keine Antiquitäten gibt , also wusste ich, dass du nur den Ort inspizieren wolltest, an dem dir zuvor etwas passiert ist."

„Wo ist was passiert?" Ich habe nachgefragt.

„Das möchte ich, dass du es mir sagst! Oh, wenn du nur wüsstest, wie ich gestorben bin, um zu wissen, was in dieser Nacht passiert ist!"

„Woher wissen Sie, dass etwas passiert ist?"

„Ich habe es erraten", sagte sie.

Auf dem Papier mag das nicht überzeugend klingen, aber es tat, was sie sagte. Tatsächlich war ich jetzt fast bereit, bei Jean Rendall zu schwören.

„Und so hast du für Thomas Hobhouse gesorgt!" Ich sagte . „Aber warum hast du ihn dann nicht gleich entlarvt?"

„Oh, aber das war nicht meine Aufgabe! Natürlich hatte ich erraten, was du hier machst –"

"Was?"

„Ich versuche natürlich, unsere Insel von Verrätern zu befreien! Ich hatte Sie einmal gestört, aber ich hatte nicht vor, es noch einmal zu tun. Tatsächlich habe ich versucht, Sie zu beruhigen , indem ich von meinem Spaziergang mit Mr. Merton gesprochen habe."

„Miss Rendall", sagte ich, „ich bin bei diesem Spiel ein Kind. Sie haben mich beruhigt. Ich war wie Lehm in Ihren Händen. Aber sagen Sie mir noch etwas: Warum um alles in der Welt haben Sie mich zuerst darauf angesprochen?" Gehen Sie – bewaffnet mit dieser Pferdepistole?"

„Oh, da hast du es gesehen!" rief sie aus.

„Ich habe das langsame Streichholz fast gerochen! Aber warum hast du das getan?"

„Nun, du weißt, wofür ich dich damals gehalten habe, und es gab sonst niemanden, der dich begleiten konnte."

„Dann sind Sie tatsächlich nachts mit einem Spion ausgegangen, um ein Auge auf ihn zu haben – und ihn zu erschießen, wenn er ein Spion war?"

„Das hätte ich wahrscheinlich verpassen sollen!" Sie lachte.

Ich war jetzt ziemlich bereit, bei Jean Rendall zu schwören. Apropos Mut! Ich habe noch nie von einem furchtloseren Auftritt gehört!

„Bitte verstehen Sie, Mr. Merton", fuhr sie ernst fort, „dass ich nie im Traum daran gedacht hätte, Ihnen mitzuteilen, dass ich Sie erkannt habe – ich habe es Vater noch nicht einmal gesagt, das versichere ich Ihnen! –, erst als ich davon hörte." schrecklicher Tod von Mr. Bolton –"

Sie hielt inne und sah mich an, halb entschuldigend, halb flehentlich, wie es schien.

"Also?" Ich sagte .

„Nun, mir war klar , wie gefährlich es für Sie war, wenn Sie annahmen, jemand anderes hätte es erraten. Und ich dachte, ich komme und spreche mit Ihnen. Ich fürchte, ich handle manchmal aus einem Impuls heraus."

„Das tue ich auch", gestand ich. „ Tatsächlich werde ich jetzt spontan handeln. Möchten Sie einige Teile der Geschichte hören, die Sie nicht kennen?"

Ihre Augen tanzten absolut.

„Oh, das würde ich liebend gern! Ich habe mich danach gesehnt – ich wollte unbedingt den Rest wissen!

Ich erinnerte mich deutlich an die einstweiligen Verfügungen meines Onkels. Ich erinnerte mich auch an die Warnungen meines Cousins und meine eigenen guten Vorsätze. Ausgerechnet eine Frau, vor der ich mich hüten musste; aber ich wusste, dass ich die ganze Reihe von Warnungen völlig über Bord werfen konnte, und schon hatte ich den starken Verdacht, dass ich dadurch kein Verlierer sein würde. Miss Rendall schien tatsächlich deutlich natürlichere Fähigkeiten zur Detektivarbeit zu haben als ich, gemessen an ihren bisherigen Leistungen.

Also stürzte ich mich direkt in die Geschichte meiner ersten Landung auf Ransay und meines Abenteuers mit dem ölbekleideten Mann am Ufer, und möge ich immer ein ebenso aufmerksames Publikum haben, wenn ich eine Geschichte erzähle.

„ Es gibt also tatsächlich einen Deutschen, der es wagt, auf Ransay zu leben!" rief sie, ihre Wangen wurden ein wenig rot.

„Ein Mann, den ich mit Sicherheit für einen Deutschen gehalten habe – ein Mann, der fließend Deutsch spricht."

Sie wurde sehr nachdenklich und wiederholte kurz darauf:

„Mittelgroß – mit Bart – und dunklen Augen?"

„Ja", sagte ich selbstbewusst; denn irgendwie begann ich mich dieser Eigenschaften besonders sicher zu fühlen.

„ Natürlich weiß ich, wen Sie verdächtigen", sagte sie und blickte plötzlich auf. „Und Sie haben ihn danach von der Insel entfernen lassen."

„Du meinst O'Brien? Ja, ich habe ihn verdächtigt – obwohl ich wohlgemerkt nichts dagegen hatte. Wissen Sie, ob er Deutsch sprach?"

„Er hat es mir einmal gesagt, aber ich habe es nie gehört und ich habe ihm nicht geglaubt."

"Warum nicht?"

„Man konnte nicht die Hälfte glauben, was er gesagt hat, und ich glaube nicht, dass er es beabsichtigt hatte. Er war sehr irisch. Aber ich glaube nicht, dass er der richtige Mann war."

"Warum nicht?" Ich fragte noch einmal.

„Oh, nur weil ich es nicht tue. Und was geschah als nächstes?"

Ich erzählte ihr von meiner Nacht bei den Scollays und meinem Plan, die Spione in die Falle zu locken. Meine Selbstachtung als Straftäterin wurde deutlich gestärkt, als ich ihre herzliche Zustimmung zu diesem Plan hörte.

„Es war furchtbar genial", sagte sie entschieden. „Ich kann mir keinen besseren Plan vorstellen, und du hast es so gut gemacht, dass du uns alle vollständig aufgenommen hast. Ich nehme an, du hattest das Gefühl, dass du uns zu den verdächtigen Charakteren zählen musstest, aber wie schade, dass du dich nicht Vater anvertraut hast oder." Ich hätte es geschafft! Wir hätten alles getan, was wir konnten, um dir zu helfen. Am liebsten hätte ich schreckliche Gerüchte über dich verbreitet !"

„Das würdest du sicher tun", sagte ich, „aber wie sich die Dinge entwickelten und angesichts dessen, was seitdem passiert ist, glaube ich, dass du mir das Leben gerettet hast, indem du mich verhaftet hast."

Sie drehte sich zu mir um und fragte atemlos.

„Haben sie erraten, wer du wirklich bist? Haben sie versucht, dir etwas anzutun?"

„Mich einfach ermorden, so wie sie den armen Bolton ermordet haben. Der erste Versuch wurde in dieser Nacht am Ufer unternommen."

Ich sah, wie sich ihre Lippen öffneten, als ich ihr diese Geschichte zu Ende erzählte, und als ich fertig war, weinte sie:

„ Natürlich hast du gedacht, es wäre Vater!"

Ich tat mein Bestes, um rauszukommen, aber sie war eine hoffnungslose Person, die man täuschen wollte.

„Es war ganz natürlich, dass du das tun solltest", sagte sie, „aber ich kann dir jetzt etwas sagen, das etwas Licht auf die Dinge wirft. Am nächsten Morgen hörte ich, dass ein Mann nach dem Abendessen nach dir gerufen hatte und mir gesagt wurde, dass du mit ausgegangen seist Ich. Und das Komische war, dass das Dienstmädchen ihn weder vom Sehen noch von seiner Stimme kannte. Er hielt sein Gesicht ziemlich verborgen, sagte sie, und sprach mit leiser Stimme. Natürlich verstärkte das nur unser Misstrauen Ihnen gegenüber . Aber dadurch wussten sie, wo du warst! Und das war der Mann, der versucht hat, dich zu töten."

„Und wer hätte es mit Sicherheit getan, wenn er mich in dieser Nacht zu Hause gefunden hätte", fügte ich hinzu.

Ich muss ehrlich gestehen, dass mir dieser kleine Vorfall unangenehm war. Die Kühnheit der Schritte, die meine Feinde unternahmen, ihre unbarmherzige Gründlichkeit, die außergewöhnliche Vollständigkeit, mit der sie ihre Spuren verwischten, ihr Auftauchen aus dem Nichts und ihr Verschwinden im Weltraum – das war ein besonders unangenehmer Gedanke, wenn ich Boltons Schicksal noch so frisch im Kopf hatte.

„Sie sind ziemlich gründlich", sagte ich.

Sie schien die Gedanken hinter dieser Bemerkung zu erraten.

„Aber sie haben Sie noch nicht verdächtigt", sagte sie beruhigend, „und das dürfen sie auch nicht! Und jetzt erzählen Sie mir noch etwas mehr, Mr. Merton."

Also erzählte ich ihr weiter: – über den Mann mit der Brille, die Schießerei, alles, woran ich mich erinnern konnte. Als wir uns dem Haus näherten, gingen wir immer langsamer, aber meine Geschichte war kaum zu Ende, als wir dort ankamen.

„Du kommst doch rein, nicht wahr?" Sie sagte. „Ich weiß, dass Vater nicht da ist, also können wir weiter reden."

Sie sah, wie ich zögerte, und ihre Farbe stieg leicht an.

„Du vertraust mir jetzt wirklich!" Sie sagte.

„Auf jeden Fall, Miss Rendall. Aber diese Teufel könnten mir jeden Moment auf der Spur sein, und wenn sie vermuten, dass Sie in meinem Vertrauen sind –"

"Was für ein Unsinn!" rief sie, „wenn es ein Risiko gibt, *möchte* ich es teilen. Zum Wohle unserer Insel müssen diese Leute gejagt werden, und ich möchte, dass sie wissen, dass ich sie jage! Außerdem gibt es lieber einen schönen Kuchen zum Tee." ; du musst reinkommen."

Und wir gingen hinein.

XIII

Jeans Vermutungen

„Komm in Vaters Zimmer und dann kannst du rauchen", sagte Jean.

Es war dasselbe angenehme, wohlerinnerte Zimmer, das sie mir an dem Tag gezeigt hatte, als ich sie zum ersten Mal kennengelernt hatte, und als ich ihr jetzt hinein folgte, wurde mir plötzlich klar, dass ich an diesem Augustmorgen falsch abgebogen war. Wenn ich diese Menschen damals ins Vertrauen gezogen hätte, wäre ich zumindest auf dem richtigen Weg gewesen. Besser denn je wurde mir klar, welche Streiche mir meine Instinkte spielen. Oder vielleicht sind es meine Bemühungen, sie im Lichte meiner Vernunft zu regulieren, die zu solch unglücklichen Ergebnissen führen.

„Ich frage mich, wie sie dich herausgefunden haben", begann sie. „Es kommt mir so mysteriös vor, dass sie plötzlich versucht haben, dich auf diese Weise zu ermorden. Sie müssen sich ziemlich positiv gefühlt haben – und was hat sie positiv gefühlt?"

„Haben Sie oder Ihr Vater irgendjemandem etwas über meine Stimme gesagt, dass ich anscheinend nicht so viel Akzent hatte wie am Anfang, oder irgendetwas in der Art?"

„Kein Wort", sagte sie positiv. „Vater ist der zurückhaltendste Mensch, und ich habe etwas von seiner Nahe geerbt."

„Deine Diener?" Ich empfahl.

„Sie sind Ransay-Mädchen, und für sie ist ein ausländischer Akzent dasselbe wie der andere", lachte sie.

„Dann muss es an der Suche nach dem Fallschirm gelegen haben. Ich dachte immer, das hätte mich verraten."

„Aber es wurde erst am Montagmorgen gefunden, nachdem wir diesen Spaziergang gemacht hatten."

„Vielleicht wäre es von diesen Leuten früher gefunden worden."

„Vielleicht", gab sie ohne große Überzeugung zu. „Aber trotzdem – wen haben Sie außer uns und Dr. Rendall und Mr. O'Brien gesehen oder mit wem gesprochen?"

„Die Scollays ", sagte ich, „und mehrere Bauern, denen ich zufällig begegnet bin; aber immer mit einem höchst verdächtigen Akzent. Oh, und es gab einen Vorfall, den ich vergessen habe zu erwähnen. Am Sonntagnachmittag machte ich ein kleines, ausgefallenes Shooting mit meinem." Ich warf den Revolver auf den Strand, als Jock auftauchte. Kennst du Jock, den Idioten?"

„Nun", sagte sie, aber ihre Aufmerksamkeit war offensichtlich von meinen ersten Worten erregt worden. „Du hast ausgefallene Aufnahmen gemacht", wiederholte sie. „Sind Sie ein sehr guter Schütze?"

„Ganz nützlich", gab ich mit zunehmender Bescheidenheit zu. „An diesem Nachmittag war ich ziemlich über mir selbst."

„Dann", rief sie, „wurden Sie gesehen, und deshalb hörte der Mann auf, auf Sie zu schießen, sobald Sie auf ihn zielten! Er wusste, dass er getroffen werden würde, wenn er weitermachte!"

Ich öffnete meine Augen ein wenig und lächelte.

„Das ist eine schmeichelhafte Lösung", sagte ich, „aber wenn ich das so sagen darf, scheint es eine ziemlich kühne Schlussfolgerung zu sein."

„Ich bin sicher, dass es richtig ist", sagte sie selbstbewusst. „Hast du mit Jock gesprochen?"

„Ja, ich habe ein kleines Gespräch mit ihm geführt; das heißt natürlich, dass ich das ganze Gespräch geführt habe."

„Mit deiner natürlichen Stimme?"

„In letzter Zeit habe ich es getan", gab ich zu.

„Warst du weit weg von der Mauer über dem Strand?"

"Nicht sehr."

„Und ich nehme an, da waren viele Steine herum?"

„Das übliche Angebot."

„Dann war jemand hinter der Mauer oder den Felsen und du wurdest belauscht! So hat man dich herausgefunden!"

„Miss Rendall", sagte ich, „Sie gelangen durch so brillante Abkürzungen zu Lösungen, dass ich mich wie ein altes Karrenpferd fühle, das hinter Ihnen außer Sichtweite stolpert. Meine Vorbilder waren bisher die klassischen Detektive –"

„Tuts!" Sie lachte, „das waren nur Männer!"

„Ja", stimmte ich zu, „wir haben kein großes Geschlecht. Und jetzt raten Sie bitte noch einmal, diesmal ist es ein ganz einfaches Rätsel – für Sie. Wer war der Mann hinter der Mauer – oder den Felsen?"

Sie sah ein wenig verletzt aus.

„Ich versuche wirklich zu helfen", sagte sie.

"Ich weiß es!" Ich versicherte ihr. „Und glaube nicht, dass ich dich auslache. Diese voreiligen Schlussfolgerungen sind wahrscheinlich der richtige Weg, sie zu erreichen. Jedenfalls ist mein Weg gescheitert, und ich bin nur zu gern bereit, deinen zu versuchen."

Aber ich konnte sehen, dass ich eine ebenso sensible wie kluge Verbündete hatte, und ihre Begeisterung war offensichtlich etwas gedämpft. Ich habe mein Bestes versucht, es wieder aufleben zu lassen.

„Ich habe Ihnen noch nichts über Mr. Hobhouses Entdeckungsversuche erzählt", sagte ich. Er entdeckte eine kleine Tatsache: Der alte Mann mit der getönten Brille wurde von einem kleinen Kind gesehen, wie er zum Strand rannte, nachdem er mich befragt hatte ."

Ich konnte sehen, wie sie wieder die Ohren spitzte, aber dieses Mal sagte sie wenig, und ich erzählte ihr weiter von Boltons beiden Gesprächen mit mir. Als ich zu seiner Entdeckung kam, war ihre Begeisterung wieder ziemlich entbrannt, dennoch schien sie sich immer noch ein wenig zurückzuhalten.

„ Jemand , der nicht sein ganzes Leben an diesem Ort verbracht hat", wiederholte   sie.
„Ja, es hört sich an, als meinte er eine Frau."

„Oh, das habe ich nicht gesagt", warf ich ein.

„Du hast es gedacht", erwiderte sie, „und in diesem Fall vermute ich, dass ich es war."

„Aber das muss er bestimmt schon vorher gewusst haben!"

„Das könnte man meinen", sagte sie nachdenklich, „aber er schien kein sehr intelligenter Mann zu sein – der arme Kerl! Trotzdem wäre es eine dumme Entdeckung, um die man so viel Aufhebens machen würde."

„Ich muss dir nur noch eines sagen", sagte ich; und ich erzählte ihr von der seltsamen Episode an den Klippen an dem Tag, als Bolton ermordet wurde, und erwähnte meine eigenen Schlussfolgerungen, so wie sie waren, und meine Schwierigkeiten, sie in die Beweise einzupassen.

Es gab jetzt keinen Zweifel mehr an ihrem Eifer, doch mir fiel auf, dass es dieses Mal keine kühnen Schlussfolgerungen gab. Sie stellte mir auch nicht viele Fragen. Aber ich sah, wie sie sehr nachdenklich wurde.

„Nun", sagte ich, „haben Sie irgendwelche Ideen – irgendwelche Vermutungen?"

Sie antwortete einige Augenblicke lang nicht, dann sagte sie:

„Ich werde nicht noch einmal voreilige Schlüsse ziehen, Herr Merton. Es hat keinen Sinn, verrückte Ideen in die Tat umzusetzen, bis wir etwas mehr herausgefunden haben. Möglicherweise gehen Sie einfach sinnlose Risiken ein, und Sie sind völlig in der Lage Gefahr, wie sie ist.

„Hobhouse wird sich um mich kümmern", versicherte ich ihr.

Sie blickte mich mit einem Blick an, der mich ein wenig erregte, und dann sah ich, wie ein leichter Schauer sie überlief.

„Sie sind zu mutig, um zu erkennen , in welcher Gefahr Sie sich befinden! Denken Sie an Bolton!"

„Glauben Sie mir, Miss Rendall, ich achte genauso auf meine Haut wie andere Menschen, aber es besteht absolut keine Gefahr, solange sie mich nicht bemerken."

„Aber wie lange wird das dauern? Und Sie treffen überhaupt keine Vorsichtsmaßnahmen!"

„Aber das tue ich! Das versichere ich Ihnen. Ich habe eine Codeübertragung mit meinem Cousin vereinbart und wenn er die Nachricht erhält: ‚Bitten Sie um Erlaubnis, von meinem eigenen Arzt aufgesucht zu werden', wird er so schnell er kann in Ransay sein. "

Sie lachte ein wenig, sah aber immer noch besorgt aus.

„Was für eine köstliche Nachricht! Nun, das ist besser als nichts. Aber Sie können sich doch nicht vorstellen, dass sie Sie warnen werden, oder?"

„Das wirst du", sagte ich selbstbewusst. „Wenn Sie vermuten, dass Gefahr droht, telegrafiere ich. Und jetzt hoffe ich, dass Sie neben dieser Vorstellung von meiner Gefahr noch eine andere Vorstellung im Kopf haben. Seien Sie ehrlich! Was geht Ihnen durch den Kopf?"

Aber jetzt erkannte ich, dass ich auch einen hartnäckigen Verbündeten hatte.

„Ich habe Ihnen gesagt " , beharrte sie, „wir müssen noch ein wenig mehr herausfinden, bevor wir etwas Unüberlegtes tun. Und ich verspreche, nichts zu verheimlichen und es Ihnen sofort zu sagen, wenn ich etwas Wissenswertes herausfinde. Oh, wenn Sie Ich wusste nur, wie sehr ich will, dass du diese Leute erwischst! Als ob ich irgendetwas noch einmal tun könnte, um dich zu behindern!"

Am liebsten hätte ich ihre Hände genommen und etwas sehr Freundliches gesagt. Was ich tat, war, ihr zu danken und ihr zu versichern, dass ich ihr vertraue, und zwar mit Worten, von denen ich glaube, dass sie wusste, dass sie aufrichtig waren; und arrangiere, sie am nächsten Tag zufällig zu sehen. Und dann machte ich mich mit nicht im geringsten detektivischen Gedanken auf den Weg in mein Sanatorium.

Es waren Jean Rendalls Augen, ihre Stimme, ihr Lächeln und ihr Gesicht – sie selbst von den Haaren bis zu den Knöcheln –, die mich erfüllten, als ich summend nach Hause ging. Im Gegensatz zu dem misstrauischen Fremden hatte Thomas Sylvester Hobhouse beim Gehen nicht gern gesungen, gepfiffen oder gesummt, aber jetzt machte er sich los. Ich hatte instinktiv eine zu enge Bekanntschaft mit diesem Mädchen gefürchtet, als der Fall noch zweifelhaft war. Ich spürte in meinen Knochen, dass sie gefährlich sein würde. Jetzt war ich entzückt, als ich feststellte, dass sie tödlich war.

XIV

DAS TASCHENBUCH

Aus dem Fenster des Raucherzimmers des Arztes sah man nichts als ein oder zwei Felder gebleichten Wintergrases, mit einem Blick auf das graue Meer dahinter und den unheilvollen Kieselweg ganz in der Nähe. Das war zumindest alles, was ich an dem tristen Märzmorgen nach meinem Tee mit Jean Rendall sehen konnte. Das kühle, feuchte Wetter war einem kühleren, harten Wetter gewichen. Da die Temperaturen unter dem Gefrierpunkt lagen und hin und wieder dünne trockene Schneeschauer aufzogen, bevor ein beißender Nordostwind wehte, gab es kaum eine Versuchung, ohne Entschuldigung ins Ausland zu reisen. Meine Entschuldigung war in einer Stunde fällig, als Miss Rendall und Mr. Hobhouse vorschlugen, einander zufällig auf der Straße zu begegnen, und ich mich inzwischen vom Fenster zum Feuer umdrehte, als ich das Knirschen des Kieses hörte.

Grundsätzlich drehte ich mich um und schaute hinaus, um einen bestimmten Kleinbauern zu sehen, der sich der Haustür näherte. Ich kannte den Mann einigermaßen und interessierte mich überhaupt nicht für ihn. Vermutlich, dachte ich, war es ein Anruf beim Arzt; und dann wurde meine Aufmerksamkeit plötzlich geweckt. In seiner Hand hielt er eine dicke, kleine braune Leder-Taschenbuch, und sofort fiel mir ein, wo ich genau so eine Brieftasche schon einmal gesehen hatte.

Ein oder zwei Minuten später geschah es, dass, während das Dienstmädchen mit dem Mann an der Tür sprach, der liebenswürdige Mr. Hobhouse in die Halle kam und auf seine freundliche Art näher kam, um zu sehen, was los sei; und er wurde tatsächlich sehr interessiert, als er es hörte. Das

Taschenbuch, sagte der Bauer, trug darin den Namen James Bolton, und das Dienstmädchen schauderte über einen matten Fleck auf dem Einband, als Mr. Hobhouse erschien. Der Mann erklärte weiter, dass er und ein Freund am frühen Morgen den Ort der Tragödie besucht und das Taschenbuch zwischen den Felsen in der Nähe des Fundorts der Leiche entdeckt hätten. Die örtliche Polizei sei gestern Nachmittag auf der Insel gewesen und habe die Stelle besucht, sagte er, und er habe ihnen seinen Fund übergeben wollen, aber jetzt habe er gehört, dass sie wieder gegangen seien. Sie würden zurückkommen, und mit ihnen die Londoner Polizei, sagten die Leute, aber inzwischen war er der Meinung, dass das Taschenbuch entweder beim Arzt oder beim Laird (dem Friedensrichter) deponiert werden sollte, und hatte zuerst beim Arzt vorbeigeschaut. Da der Arzt nun nicht da war, wollte er es zu Mr. Rendall bringen.

Unnötig zu erwähnen, dass Mr. Hobhouse sofort die Verantwortung auf sich nahm, dafür zu sorgen, dass der Arzt das Taschenbuch erhielt, sobald er zurückkam, und der Bauer, froh genug, sich einen längeren Spaziergang ersparen zu können, überreichte es ihm. Und dann stellte Herr Hobhouse ein paar sehr natürliche Fragen.

„War die Handtasche nass, als sie gefunden wurde?"

„Nicht nasser als jetzt", sagte der Mann.

„Dann muss es dem armen Bolton aus der Tasche gefallen sein, bevor sein Körper ins Meer geworfen wurde! Schrecklich! Schrecklich!" rief der verzweifelte Herr. „Und war es ziemlich auffällig – leicht auf den Felsen zu erkennen?"

„Wir haben es richtig gesehen", sagte der Mann.

„Und doch hat es die Polizei nie bemerkt? Liebes, liebes Ich! Na gut, ich werde es dem Arzt geben. Guten Morgen, mein lieber Freund, und vielen Dank; guten Morgen!"

Am Feuer im Raucherzimmer untersuchte ich diese Entdeckung sehr nachdenklich. Dass es die ganze Zeit auf den Felsen gelegen haben soll und bis jetzt niemand, nicht einmal die Polizei, es bemerkt hat, erschien seltsam. Dennoch erinnerte die braune Farbe , wenn man darüber nachdachte, sehr an die Algen, und in diesem Durcheinander von Felsbrocken hätte so etwas leicht passieren können. Aber sicherlich war es herausgefallen, bevor die Leiche ins Meer geworfen wurde, wie ihr Zustand bewies.

Ich blätterte die Einträge durch, bis ich zum allerletzten Eintrag kam, den der arme Mann gemacht hatte; und dann setzte ich mich auf und öffnete meine Augen ganz weit. Klar und deutlich diese Meme. wurden notiert:

„Beweis positiv O'B. oder Konföderierter.

„Es bleibt abzuwarten, ob O'B. selbst – oder der andere?

„Möglichkeiten – Thomsons – keine Scotts – keine Scollays – nein.“

Ich wusste, dass die Thomsons und Scotts Pächter von Küstenhöfen wie die Scollays waren , und nach den Scollays kamen drei weitere Namen, hinter denen jeweils „Nein“ stand. Alle sechs Namen wurden außerdem mit einem Bleistiftstrich markiert.

Hier war also Boltons Geheimnis. Entweder war O'Brien tatsächlich selbst auf der Insel, oder er hatte einen „Verbündeten“ hier, und seit dieser Eintrag gemacht wurde, hatte einer der beiden seine Verbrechensserie gekrönt, indem er den Mann ermordete, der ihm auf der Spur war. Und wer war dieser Verbündete? Oder alternativ: Wo lauerte O'Brien selbst? Offensichtlich handelte es sich bei den sechs Namen um eindeutig freigesprochene Personen, jedenfalls nach Boltons Einschätzung; denn das „Nein“ und der Strich durch ihre Namen konnten nur das bedeuten.

In dieser Liste waren bestimmte Namen nicht enthalten – ich war schon so weit gekommen, als ich zufällig einen Blick auf die Uhr warf und aufstand. Mein Termin mit Jean war bereits überfällig.

Als ich die Straße erreichte, war von ihr nichts zu sehen, also machte ich mich langsam auf den Weg zu ihrem Haus und dachte, dachte, dachte. Natürlich war der Mann, der am meisten verdächtigt wurde, ihr eigener Cousin. Und wenn er darin wäre, wusste ich, dass mich jeder Mensch mit gesundem Menschenverstand warnen würde, mich nicht seinen einzigen Verwandten auf der Insel anzuvertrauen. Aber ich war mir sicher, dass ich es besser wusste als jeder Mensch mit gesundem Menschenverstand. Dennoch konnte ich sie kaum bitten, mich bei der Verurteilung des Arztes zu unterstützen. Dann darf ich ihr das Notizbuch nicht zeigen. Und das bedeutete gleich zu Beginn einen Vertrauensbruch.

Ich war weitergegangen, bis ich mich ihrem Haus genähert hatte, und immer noch war nichts von ihr zu sehen, und ich konnte auch keine Schlussfolgerung ziehen. Und dann schaute ich mich zufällig um und sah, wie sie etwa ein paar hundert Meter entfernt hinter mir her eilte. Ich drehte mich um und traf sofort eine meiner typischen willkürlichen Entscheidungen. Ich würde ihr einfach das Taschenbuch zeigen und sehen, wie sie es annahm.

Offensichtlich war sie gerannt und begegnete mir halb verärgert, halb lachend und nach ihrer strengen Verfolgungsjagd himmlisch rot.

„Ich habe dich kilometerweit verfolgt!“ Sie weinte. „Warum hast du dich nie umgeschaut?“

„Aber ich dachte, du kämst direkt von zu Hause!“

„Das habe ich nie gesagt, und das habe ich auch nicht gesagt! Ich war zuerst woanders.“

In diesen letzten Worten schien eine Andeutung von etwas Bedeutsamem zu liegen, aber ich war so begierig darauf, zum Punkt zu kommen, dass ich nie innehielt, sie zu befragen.

„Es tut mir furchtbar leid“, sagte ich, „aber ich habe so angestrengt nachgedacht, dass ich nie daran gedacht habe, mich umzusehen. Ich habe Neuigkeiten für Sie.“

Ihre Augen funkelten.

"Was ist es?" Sie weinte.

„Boltons Taschenbuch wurde zwischen den Felsen gefunden und dies war sein letzter Eintrag, bevor er getötet wurde.“

Ich reichte ihr das Buch aufgeschlagen vor Ort und beobachtete ihr Gesicht, während sie las. Und eines verriet ihr Gesichtsausdruck zweifelsohne. Sie war völlig verblüfft und starrte einige Momente lang schweigend auf die Notizen. Dann sah ich ein plötzliches Leuchten in ihren Augen und einen Moment später drehte sie sich zu mir um und weinte:

„Das wurde nicht von Bolton geschrieben!“

Ich war an der Reihe zu starren.

„Nicht von Bolton geschrieben!“ rief ich aus. „Lass es mich noch einmal anschauen.“

Als wir mitten auf der kurvigen Straße standen, vergaßen wir die Temperatur völlig und ein vorbeiziehender Schneeschauer peitschte uns sogar unbemerkt.

"Sehen!" Sie sagte. „Die Schrift ist dicker und schwärzer und etwas größer als die anderen Einträge.“

oder mit einem stumpfen, spitzen Bleistift geschrieben. Ein Mann, der mit einem kurzen, stumpfen Stumpf schreibt, schreibt natürlich etwas größer und schwärzer. Aber schauen Sie sich die _ t_s und die _ r_s und das große P *an* Schauen Sie sich alle Buchstaben an. Sie sind genau vom gleichen Typ.

" Natürlich „Jeder, der versucht, die Hand eines anderen Mannes zu kopieren, würde seine Buchstaben gleich machen“, erwiderte sie, „aber der Charakter ist nicht derselbe.“ Kannst du nicht sehen?

„Es gibt einen kleinen Unterschied“, gab ich zu, „aber ich kann ehrlich gesagt nicht sagen, dass ich einen ausreichenden Grund dafür sehe, dies als eine Fälschung abzutun. Außerdem, was glauben Sie, dass es ein Scherz ist?“

„Nein, natürlich nicht. Es wurde vom wahren Mörder geschrieben, um die Leute von der Spur zu täuschen."

Ich habe versucht, nicht zu lächeln, aber ich fürchte, das ist mir gelungen.

„Eine weitere brillante Vermutung!" Ich sagte und beeilte mich dann hinzuzufügen: „Aber eine äußerst geniale Sache, und möglicherweise – sehr wahrscheinlich, tatsächlich haben Sie Recht."

Aber sie durchschaute meine Komplimente und ich spürte eher, dass ich eine sofortige Veränderung in ihr bemerkte.

„Oh, vielleicht hast du recht", sagte sie und gab mir die Handtasche zurück.

„Oder falsch", antwortete ich, „aber ich möchte versuchen herauszufinden, was."

Anstatt mich zu fragen, was ich vorhabe, wie ich befürchtet und erwartet hatte, ging sie sehr nachdenklich und schweigend an meiner Seite. Ich gab ihr einen oder zwei Moment Zeit, um die Frage zu stellen, die nie gestellt wurde, und wechselte dann das Thema.

„Und hast du etwas entdeckt?" Ich fragte.

„Nicht entdeckt – nur vermutet", antwortete sie mit einem Lächeln in den Augen, halb trotzig, halb schelmisch.

„Und was hast du erraten?"

„Oh, ich werde Sie nicht mit weiteren Vermutungen belästigen. Ich muss zuerst etwas herausfinden – etwas wirklich Überzeugendes, wie dieses Notizbuch."

Ich war ein wenig verärgert, aber ich lachte nur und sagte:

„Na ja, wir werden sehen!"

Zu diesem Zeitpunkt waren wir schon ganz in der Nähe des Hauses.

„Willst du nicht reinkommen und mit uns zu Mittag essen?" Sie fragte.

Die Versuchung war groß, aber der Duft schien zu warm, um ihn loszuwerden, und ich sagte, ich müsse zum Mittagessen zu Hause zurück sein. Wir blieben stehen, und als sie mich ansah, bemerkte ich in ihren Augen, was zunächst wie Zweifel und Angst aussah und sich einen Moment später in Entschlossenheit verwandelte.

„Mr. Merton", sagte sie; Ihre Stimme war eher leise. „Wer von uns hat recht, ich denke, wir nähern uns einem ziemlich kritischen Punkt. Meinen Sie nicht, dass es besser wäre, das Telegramm an Kapitän Whiteclett zu schicken?"

Ich schüttelte den Kopf.

„Noch nicht ganz“, sagte ich. „Sie sehen, es ist eine ernste Angelegenheit, meinen Cousin hierher zu schleppen, es sei denn, man ist ganz sicher, dass er gebraucht wird.“

„Aber dann kommt er vielleicht nicht rechtzeitig!“

„Das muss ich riskieren. Aber Sie können sicher sein, dass ich Ihnen in dem Moment telegrafiere, in dem ich weiß, dass es ihn nicht in eine wilde Jagd verwickeln wird.“

Für einen Moment schwieg sie wieder, und dann sagte sie plötzlich:

„Ich bin sicher, dass die Schrift gefälscht war!“

Mir kam es so vor, als würde ich in ihrem Ausruf eine Art Aufpeitschen ihres Unglaubens lesen, als müsste sie sich selbst beruhigen.

„Ein Paar Handschuhe drauf?“ Ich empfahl.

Ich muss ganz gestehen, dass das nicht einer meiner taktvollsten Vorschläge war. Sie erstarrte sofort wieder. Als wir uns verabschiedeten, war in ihrem Blick nichts Unfreundliches zu sehen , nur war klar, dass wir mittlerweile jeder seinen eigenen Weg gingen.

Ich machte mich in meinem besten Tempo auf den Rückweg, denn ich wollte unbedingt sofort handeln, und Jeans Zweifel, obwohl ich sie durch irgendetwas in dem Schreiben als völlig ungerechtfertigt abtat, machten mich dennoch bestrebt, die Frage sofort zu klären. Das Ende könnte tatsächlich sehr nahe sein, sagte ich mir, als ich mit den letzten Überresten meines Hinkens hinausging. Aber was löste diese Zweifel aus? ein echter Unglaube an die Authentizität der Handschrift oder eine Wahrnehmung der logischen Konsequenzen und ein ganz natürliches Zurückschrecken davor? Ich habe mich sehr gefragt. Die Tatsache, dass sie es unterlassen hatte, eine einzige Frage zu stellen, was ich vorhatte, legte die zweite Lösung nahe. Und doch war es seltsamerweise anders als Jean Rendalls furchtloser Geist.

XV

TEIL DER WAHRHEIT

Ich kann mich noch nie erinnern, dass ich mich stärker geärgert habe, als als ich zwanzig Minuten zu spät zu unserem frühen Abendessen in unserem trostlosen Haus ankam und feststellte, dass der Arzt eine Viertelstunde vor der üblichen Stunde eine hastige Mahlzeit zu sich genommen hatte und zu einem dringenden Fall geeilt war.

Ich fragte sofort, ob ihm das Taschenbuch bekannt gewesen sei. Ja, es schien, als hätte er es getan. Er schien sehr interessiert zu sein, hatte aber sofort angeordnet, die Essenszeit vorzuverlegen, und war dann ohne weitere Fragen davongeeilt.

War seine Eile eine Folge dessen, was ihm gesagt wurde, oder nur ein Zufall? Nun, ich war entschlossen, diesen Punkt spätestens nach seiner Rückkehr im Zweifel zu lassen. Ich habe kaum darüber debattiert, was ich tun soll. Das verwirrende Geschäft, im Dunkeln zu tappen und täglich Pläne zu schmieden, um ein Fenster zu finden, ohne mich selbst zu verraten, hatte schon lange genug gedauert. Endlich hatte ich einen Kopf gefunden und ich wollte ihn treffen. Es könnte sich herausstellen, dass es der falsche Kopf ist; Dennoch war ich davon überzeugt, dass ich kaum umhin konnte, etwas Neues zu entdecken.

Aber obwohl ich vorschlug, einen mutigen Weg einzuschlagen und einen kurzen Weg zum Kern dieses höllischen Mysteriums zu finden, war mir völlig klar, dass es sich als äußerst gefährlicher Nebenweg erweisen würde, wenn der Weg mich tatsächlich dorthin führen würde. Es war ein solches Wagnis, dass ich davor zurückschreckte, meinen Cousin zu rufen, bis es losging, aber ich schrieb das Codetelegramm auf, das wir arrangiert hatten, und steckte es für den Notfall in die Tasche. Von den beiden Dienern des Arztes war die jüngere ohnehin absolut vertrauenswürdig, davon war ich überzeugt, und ich wollte sie mit dem Telegramm zur Post schicken, während ich den Gefangenen bewachte. Und dann, um sicherzustellen, dass es einen Gefangenen gab, sah ich, dass alle Kammern meines Revolvers geladen waren, und steckte ihn griffbereit in meine Manteltasche.

Der Nachmittag zog sich hin, der Wind stürmte immer noch um das Haus und der Hagel prasselte ab und zu an die Fenster; aber kein Dr. Rendall erschien. Die Teezeit kam und immer noch kein Zeichen von ihm. Ich gab ihm eine halbe Stunde Zeit, trank dann meinen eigenen Tee und kehrte ins Raucherzimmer zurück. Mittlerweile war es Abend geworden, die Vorhänge waren zugezogen und die Lampen angezündet.

Und dann endlich hörte ich, wie er die Haustür betrat. Ich sprang auf und stellte mich mit dem dramatischen Instinkt, die Mitte der Bühne einzunehmen, vor das Feuer, aber ich hörte ihn die Treppe hinaufrennen und es dauerte einige Minuten, bis mich das Geräusch seiner herabsteigenden Schritte erreichte . In dem Moment, als sich die Tür öffnete, wurde mir bewusst, dass bei dem Mann eine dieser seltsamen Veränderungen stattgefunden hatte, die ich so oft bemerkt hatte. Er lächelte mich an, aber mit einem seltsam verstohlenen Blick, dann schloss er die Tür und trat vor.

„Du hast Tee getrunken, hoffe ich", sagte er.

Ich habe keine Zeit mit den Vorbereitungen verschwendet. Während ich die rechte Hand über dem Revolver in meiner Tasche hielt, streckte ich mit der linken die Handtasche aus.

„Dr. Rendall", sagte ich, „Sie haben gehört, dass Boltons Taschenbuch gefunden wurde. Hier ist es. Bitte schauen Sie sich diesen Eintrag an."

Der Mann zuckte merklich zusammen und starrte mich an. Als ich in diesem Tonfall und ohne meine Brille sprach, musste ich einen erstaunlichen Kontrast zu dem Thomas Hobhouse geschaffen haben, den er zuletzt am Morgen beim Frühstück gesehen hatte.

„Lesen Sie das", befahl ich.

Er nahm die Handtasche und ich beobachtete ihn genau. Ich sah, wie er beim Lesen die Augenbrauen hob.

„Worum geht es hier?" er hat gefragt.

„Es ist Boltons letzter Eintrag in seinem Notizbuch, bevor er ermordet wurde, und es bedeutet, dass O'Brien entweder immer noch auf dieser Insel ist oder dass einer seiner Verbündeten an seiner Stelle den Verräter spielt und dass einer der beiden es gerade getan hat Ich habe einen Mord begangen. Es ist ganz unmöglich, dass Sie davon nichts wissen!"

In seinen blauen Augen lag jetzt deutlich mehr Wut als Schuldgefühle. Tatsächlich musste ich zugeben, dass er mit seinem grauen Schnurrbart, seiner hohen Hautfarbe und dem Ausdruck unverkennbarer Empörung im Gesicht wie ein guter, aufrechter Mann aussah .

„Wer zum Teufel bist du?" er forderte an.

„Ich kann Ihnen sagen, dass ich *nicht* Thomas Sylvester Hobhouse bin und dass ich in meinem Leben nie genug Alkohol getrunken habe, um mich zu verletzen. Ich bin hier, um bestimmte Dinge zu untersuchen, die auf dieser Insel vor sich gegangen sind, und ich werde eines sagen Frage direkt an Sie, Dr. Rendall. Sie erinnern sich, dass ein gewisser Mann, Merton, letzten August Besuch hatte. Als Sie ihn auf Ihr Haus zukommen hörten, warum haben Sie Ihre Jalousien heruntergelassen?"

Der Schuss ging direkt ins Ziel. Die ganze Empörung verschwand und ich sah sofort, dass ich ihn meiner Gnade ausgeliefert hatte.

„Was – was – hat das damit zu tun?" er stammelte.

„Machen Sie sich nicht die Mühe, sich abzusichern. Tatsächlich bin ich Merton und habe selbst miterlebt, wie die Jalousie zu Boden ging. Seitdem sind wir Ihnen immer auf der Spur, Dr. Rendall. "

„Ich schwöre, das hatte nichts mit Verrat zu tun!"

„Ihnen wird Hochverrat vorgeworfen, Ihre Beziehungen zu O'Brien waren sehr eigenartig, und wenn Sie diesen Blind und diesen Eintrag und eine Reihe anderer Dinge nicht erklären können, werden Sie in einer äußerst schlimmen Lage sein."

Der Arzt unternahm keine weiteren Anstrengungen, mir Paroli zu bieten. Er sank auf einen Stuhl, während ich über ihm stand, und ich wusste, dass ich endlich die Wahrheit erfahren würde. Und doch waren dieser plötzliche Zusammenbruch und seine ganze Haltung so unerwartet, dass ich eher verwirrt als triumphiert war.

„Mr. Merton", sagte er, „verraten Sie mich um Gottes willen nicht, dann sage ich Ihnen die ganze Wahrheit. Mein Cousin Philip kann es bestätigen – oder zumindest einen Teil davon. Ich bin hierher gekommen, weil – nun ja.", ich hatte die falsche Frau geheiratet und war etwas aus den Fugen geraten, und Philip hat mich hier untergebracht, um mich auf dem Laufenden zu halten. Ich hatte auch Schulden – ich muss ehrlich sagen, ich habe sie immer noch . Deshalb habe ich O'Brien aufgenommen. Ich durfte keinen Alkohol im Haus haben – das war eine der Bedingungen. Aber verdammt, ich wurde nicht als Abstinenzler geboren, und das ist die klare Wahrheit, Mr. Merton. Das hat O'Brien herausgefunden hat mich rausgeworfen und angefangen, mich zu erpressen –"

"Erpressung?" Ich fragte.

„Auf seine eigene Art. Er ließ mich ihm Alkohol geben – und da waren wir beide! Deshalb habe ich die Jalousie heruntergezogen. Die Karaffe und die Gläser standen alle draußen auf diesem Tisch hier! Und deshalb hatte O'Brien Angst Sie könnten von seinen Verwandten geschickt werden. Das war das Einzige, wovor er Angst hatte – dass er entdeckt und weggebracht werden könnte.

Ich beugte mich über ihn und schnupperte.

„Du hast jetzt einen Schluck getrunken!" rief ich aus.

„Und es ist auch nicht das erste Mal, seit Sie hier sind. Sie sehen, ich bin vollkommen offen zu Ihnen, Mr. Merton. Wenn Sie mich an Philip verschenken möchten – seien Sie beruhigt, das können Sie, wenn Sie möchten.". Aber das wirst du bestimmt nicht? Ich habe dir gesagt, was ich niemandem sonst erzählt habe."

Zumindest für einen Teil der Geschichte des armen Teufels kam mir eine ausreichende Bestätigung in den Sinn. Seine seltsamen Stimmungen, sein Verhalten, als er heute Abend das Zimmer betrat, O'Briens schelmische Anspielungen auf Alkohol, als ich das Haus zum ersten Mal besuchte, all das passte jetzt zusammen. Doch obwohl dies meine Hoffnungen völlig zunichte gemacht hatte, war ich, glaube ich, mehr froh als traurig, als der Arzt aus dieser Tortur mit nur einem solchen Makel in seinem Charakter hervorging. Er war ein sympathischer Mann, wir waren gute Freunde – und er war Jeans Cousin.

„Ich verspreche Ihnen, Herr Doktor", sagte ich, „dass ich kein Wort dieser Geschichte wiederholen werde – außer natürlich im Vertrauen gegenüber denen, dic dicser Sache in Ransay auf der Spur sind. Nur im Gegenzug müssen Sie es mir ganz offen sagen, wenn." Sie haben irgendeinen Grund gesehen, O'Brien eines Hochverrats zu verdächtigen – was auch immer."

Der Arzt schüttelte nachdrücklich den Kopf.

„Der einzige Plan, zu dem der Mann fähig war, bestand darin, an Alkohol zu kommen. Ansonsten war er nur ein Gassack. Ich habe ihn zu oft in einem Zustand gesehen, in dem er alles verschenkt hätte, wenn es etwas gegeben hätte."

Und dann fiel mir das Taschenbuch ein.

„Aber dieser Eintrag!" Ich weinte. „Wie erklären Sie das?"

Der Arzt schaute es sich noch einmal an und seine Verwirrung war offensichtlich aufrichtig.

„Ich bin ehrlich gesagt ratlos, wenn ich es überhaupt hinbekomme", sagte er. „Bolton muss auf die falsche Fährte geraten sein; das ist das Einzige, was ich mir vorstellen kann."

Und dann, wie ein scharfer Schlag ins Gesicht, fiel mir wieder ein, wie Jean diesen Eintrag gelesen hatte. Konnte sie es doch richtig erraten haben? Es sah ungewöhnlich so aus.

„Und dennoch", sagte ich mir, „ist es eine tolle Sache, die andere Hypothese getestet zu haben."

Tatsächlich ist es nicht leicht, jemanden zu entmutigen, wenn man nicht dazu gebaut ist, leicht entmutigt zu werden. Ich sah den Arzt an und etwas in meinem Gesichtsausdruck schien ihn zum Lächeln zu bringen. Als er lächelte, sah er so freundlich aus, dass mich mein Gewissen quälte. Ich sagte mir, dass er auf jeden Fall eine Wiedergutmachung für die Tortur verdiente, die ich ihm zugefügt hatte.

„Doktor", sagte ich, „ich bin selbst teuflisch durstig nach diesem Kampf. Lasst uns jeder einen Whisky und eine Limonade trinken!"

Vielleicht war es der klügste Vorschlag, den ich gemacht habe, vielleicht aber auch nicht. Ich bin kein Experte in diesen Angelegenheiten. Aber wenn ihm sein Getränk genauso gut schmeckte wie mir, war es zumindest eine gute Idee.

Wir hatten unsere Pfeife angezündet, unsere Gläser an der Seite, und ich war gerade dabei, dem Arzt eine weitere Wiedergutmachung in Form der wahren Geschichte meiner Abenteuer zu geben, als ich sah, wie er plötzlich zusammenzuckte und schuldbewusst auf sein Glas blickte.

„Ist das jemand in der Halle?" er rief aus.

„Wahrscheinlich die Diener", schlug ich vor.

Im nächsten Moment öffnete sich die Tür und ohne Ankündigung kam mein Onkel Sir Francis Merton herein, gefolgt von meinem Cousin Commander John Whiteclett .

XVI

AUFGESPÜRT

„Ich vertraue darauf, dass wir dich nicht unterbrechen, Roger", sagte mein Onkel.

Seine Stimme war bissig und sein Blick streng, und da das Kostüm, das er für diesen blitzschnellen Auftritt ausgewählt hatte, offenbar eine Kombination aus Nordseepilot und Piratenkönig suggerieren sollte (einschließlich einer Pelzmütze mit Ohrenklappen, die unter seinem ehrwürdigen Kinn gebunden waren), könnte man das auch tun Ich habe mit einer Zwölf-Zoll -Kanone in den Raum geschossen und viel weniger Eindruck gemacht.

„Nicht ein bisschen", sagte ich und sprang auf, „aber – ähm – möchtest du nicht deine Haube aufbinden, Onkel Francis?"

Er blickte mich stirnrunzelnd an, aber ich war dankbar, dass sein Auge für einen Moment zwinkerte.

"Was ist die Bedeutung davon?" er forderte an.

„Das ist genau die Frage, Sir, die ich stellen wollte."

Mein Cousin mischte sich ein.

„Onkel Francis ist heute Morgen angekommen, um zu sehen, wie es weitergeht, und als ich Ihr Telegramm bekam , habe ich ihn mit rausgebracht. Was ist passiert?"

„Habe meinen Draht!" rief ich aus. „Sicher – ich bin mir sicher, dass ich es nie abgeschickt habe!"

Ich steckte meine Hand in die Tasche und da war es richtig.

„Mein lieber Jack, hier ist es. Es wurde nie verschickt.“

Seine Hand tauchte in seine eigene Tasche und hielt ihm dann ein zerknittertes Telegramm entgegen. Ich nahm es und las diese Nachricht.

„Bitten Sie um die Erlaubnis, von meinem eigenen Arzt besucht zu werden. Hobhouse.“

„Willst du damit sagen, dass du das nie selbst losgeschickt hast?“ rief Sir Francis aus.

"Niemals!"

„Wer dann zum-!“ Der Gesichtsausdruck meines Onkels vervollständigte den Satz.

Jack Whiteclett sah ungewöhnlich ernst aus.

„Das ist eine ziemlich ernste Angelegenheit, Roger“, sagte er leise. „Hast du das auch nicht geschrieben?“

Er reichte mir ein halbes Blatt Papier, auf dem diese Worte mit Bleistift geschrieben waren.

SOFORT ZU SCOLLAYS .“

Es wurde in Großbuchstaben gedruckt, um keinen Hinweis auf die Handschrift zu geben.

„Wann hast du das bekommen?“ Ich weinte.

„Es wurde mir bei der Landung überreicht. Der Bote ging sofort wieder los, aber ich nahm natürlich an, dass es von dir war.“

„Roger!“ donnerte mein Onkel. „Wen haben Sie ins Vertrauen gezogen?“

Sein Blick richtete sich bedrohlich auf den Arzt und ich beeilte mich einzugreifen.

„Dr. Rendall – Sir Francis Merton“, stellte ich vor. „Aber es war sicherlich nicht
Dr. Rendall, der diese Nachrichten gesendet hat. Er hat die Fakten gerade erst erfahren.“

Mein Onkel verneigte sich sehr steif vor dem Arzt und wandte sich wieder an mich.

„Und wie viele weitere Menschen haben ‚die Fakten erfahren‘ – die Fakten, ich möchte Sie daran erinnern, von denen es so wichtig war, dass sie sie *nicht* erfahren sollten?“

Ich entblößte meine metaphorische Brust und sagte ihm mit der größtmöglichen Nachahmung eines jungen Mannes mit gutem Gewissen , der die harmlose, notwendige Wahrheit enthüllt, ohne Probe:

„Ich habe nur eine Person informiert, und sie ist absolut vertrauenswürdig."

"Sie!" sagte mein Onkel nicht sehr laut, aber äußerst unangenehm.

„Sie ist Miss Rendall", fügte ich hinzu.

Da meine Äußerungen gegenüber dem Arzt noch nicht so weit waren, als wir unterbrochen wurden, kann ich ehrlich sagen, dass keine meiner Äußerungen jemals eine aussagekräftigere Wirkung auf diese Männer gleichzeitig hervorgerufen hat.

„Jean!" rief der Arzt aus.

„Oh, ist das ihr Name?" sagte mein Onkel, sobald er sich zu Wort trauen konnte.

Allein mein Cousin kam direkt zur Sache.

„Dann hat sie mir dieses Telegramm und diese Nachricht geschickt?"

„Das muss sie haben", stimmte ich zu.

sofort zu den Scollays vordringen und sehen, was sie meint."

„Glaubst du nicht, dass es eine Falle ist?" fragte mein Onkel.

Jack Whiteclett lächelte leicht. Der Gedanke, dass die Marine eine Pause einlegen und das Risiko abwägen könnte, schien ihn zu amüsieren.

„Wir müssen unsere Chance nutzen", sagte er kurz. „Wir haben beide unsere Schießeisen."

„Und ich auch", fügte ich hinzu, „und auf jeden Fall gehe *ich zu den* Scollays .

Sie können Miss Rendall vertrauen!"

„Das kannst du!" sagte der Arzt herzlich. „Und wenn es dir nichts ausmacht, komme ich mit."

Ich sah Zweifel in den Augen meines Onkels und gab schnell nach.

„Sicherlich, Doktor! Vielleicht werden wir alle gebraucht. Komm schon!"

Es war ziemlich dunkel und tödlich kalt; Die Straße war hart gefroren und der Nordostwind fegte darüber hinweg, ohne sich von Mauern oder Hecken abzugrenzen. Wir trabten alle vier ein wenig, um unseren Kreislauf anzukurbeln, und begaben uns dann zu einem schnellen Spaziergang von fünf Meilen pro Stunde. Ungefähr die Hälfte der Strecke war zurückgelegt, als ich vor mir zum ersten Mal ein leises Geräusch hörte.

"Was ist das!" Rief ich, und wir standen still und lauschten.

„Jemand rennt!" sagte mein Cousin.

„Zu uns?" fragte Sir Francis.

"Ja."

Immer deutlicher klangen die klappernden Schritte auf der gefrorenen Straße, und als sie näher kamen , glaubte ich zu erkennen, dass es leichte Schritte waren – die einer Frau oder eines Jungen, so schien es.

„Lass uns in den Graben fallen und sehen, wer es ist", flüsterte Jack.

Wir machten Pause, zwei von uns auf beiden Seiten der Straße, und ich befand mich mit meinem Onkel gebückt im einen Graben, während Jack und der Arzt auf der anderen Straßenseite im anderen waren. So gebeugt konnte man die Objekte am Himmel deutlicher erkennen, und einen Augenblick später erspähte ich undeutlich den Läufer, der mitten auf der Straße direkt auf uns zulief. Und dann, in wenigen Sekunden, nahm dieser Läufer nach und nach Gestalt an und meine Augen konnten endlich den Schwung eines Rocks sehen und glaubten sogar die schlanke Figur zu erkennen . Ich sprang auf.

"Warten!" murmelte mein Onkel.

„Schon gut! Wir dürfen sie nicht erschrecken", sagte ich.

Ich kam mitten auf die Straße und sah, wie die anderen drei an den Seiten aufstiegen. Die Läuferin war inzwischen kaum zwanzig Meter entfernt und ich hörte sie keuchen, als sie abrupt anhielt.

„Fräulein Rendall?" Ich sagte .

Im nächsten Moment war sie auf mich zugestürmt, ihre Augen funkelten, ihre Stimme klang keuchend.

„Herr Merton!" sie keuchte und dann fiel ihr Blick auf die anderen. „Sie sind also gekommen – ich bin so froh! – verzeihen Sie mir die Verkabelung – aber – schauen Sie!"

Sie reichte mir etwas Kleines und Langes. Es war ein Brillenetui.

"Nehmen Sie sie heraus!" Sie sagte.

Wir waren jetzt alle vier um sie versammelt und ich hörte meinen Onkel sagen:

„Wo ist deine Taschenlampe, Jack?"

Dann fiel der Blitz der Taschenlampe meines Cousins auf die Brille und mein Herz machte einen Sprung.

„Die getönten Brillen!" Ich weinte.

„Wo hast du sie gefunden?" fragten mein Onkel und mein Cousin gleichzeitig, und ich konnte an ihren Stimmen erkennen, dass alle Zweifel verschwunden waren und dass sie, genau wie ich, nur noch vor Aufregung der Jagd brannten.

„Bei den Scollays !" sagte sie immer noch keuchend. „Aber wir dürfen keine Zeit verlieren – Sie werden alles sehen, wenn wir uns nur beeilen – er könnte zurückkommen, wenn wir es nicht tun!"

Sir Francis steckte (natürlich) das Brillenetui ein, und wir alle fünf machten uns im Gleichschritt auf den Weg, Jean trottete vorn zwischen Jack und mir, und Sir Francis und der Arzt klapperten hinterher. Mein Cousin und ich versuchten jeweils eine Frage, aber wir sahen, dass Jeans Atem besser für das, was vor uns lag, aufgehoben werden sollte, und so verstummten unsere Stimmen, und als wir die Hauptstraße schließlich verließen, verstummten auch unsere Füße fast. Wir machten erst einen Spaziergang, als die Wirtschaftsgebäude dicht vor uns aufragten, und dann hielt uns Jean für einen Moment an und lauschte aufmerksam.

„Sie sind alle noch im Haus", flüsterte sie. „Ich denke, wir sind pünktlich!"

Sie führte uns im Gänsemarsch und auf Zehenspitzen mitten durch die Ansammlung niedriger Häuser, bis wir zu einer offenen, stockdunklen Tür kamen. Und dann zündete sie eine kleine Taschenlampe an und wir folgten ihr in ein Gebäude, an das ich mich noch genau erinnerte. Ein Ende war die Scheune, in der ich in dieser denkwürdigen ersten Nacht in Ransay schlief. Der andere war mit einem Haufen Krimskrams gefüllt – Seilrollen, Fischernetze, ein oder zwei Fässer, Spaten, eine Spitzhacke und ich kann mich nicht erinnern, was sonst noch. Mit fieberhafter Energie schob und zog sie diese Dinge beiseite, die Taschenlampe meiner Cousine beleuchtete das Durcheinander, bis eine große, raue Holzkiste sichtbar wurde, die ganz in der Ecke an der Wand stand. Ich konnte auf den ersten Blick erkennen, dass es verschlossen und aufgebrochen worden war.

„Ich habe es aufgebrochen!" Sie flüsterte. „ Es gab also keine Zeit zu verlieren, sonst hätte er es gewusst!"

Wir hoben den schweren Deckel und das allererste, was mein Blick fiel, war ein weißer, falscher Bart. Jean hob es auf und ich konnte hören, wie ihre Stimme vor Aufregung zitterte.

„Da ist noch der Rest der Verkleidung!" Sie sagte.

Und da war der alte Mantel und eine hässlich aussehende Sensenklinge und eine Reihe anderer Dinge, von denen die Machthaber jetzt eine Bestandsaufnahme haben, deren Erwähnung sie mir aber hier kaum danken würden. Ich kann jedoch sagen, dass sie für die Aufgabe, mit der ihr Besitzer beauftragt war, eine sehr gründliche Ausrüstung angefertigt haben. Darunter befand sich ein sehr merkwürdig aussehender Fund: die beiden Hälften eines großen Käses, ausgehöhlt und die andere Hälfte durchbrochen. Jack Whiteclett wies mit grimmigem Blick darauf hin.

„Ein erfolgloses Experiment", flüsterte er. „Er muss es für *Uruguay* besser gemacht haben "

„Meinst du", keuchte Jean, „dass das für eine Bombe war?"

„Sieht so aus", antwortete er.

"Stille!" Ich flüsterte.

Die Taschenlampe ging augenblicklich aus und in absoluter tintenschwarzer Dunkelheit hielten wir den Atem an und lauschten. Jemand näherte sich leise der Scheune. Die Stufen waren nicht gerade verstohlen, aber vorsichtig und vorsichtig, wenn auch ziemlich sicher, als ob der Mann nur eine allgemeine Vorsichtsmaßnahme treffen würde.

„Halten Sie Ihre Gesichter so gut es geht verborgen!" flüsterte Whiteclett .

Es war genug Licht in der offenen Tür, um die Silhouette einer Gestalt zu erkennen, als sie eintrat, und einen Moment später sah ich für einen Moment noch einmal ganz deutlich die Umrisse dieses ölbekleideten Mannes. Und dann war er für vielleicht drei lange Sekunden in der Düsternis in seinem Inneren verloren und wir wussten nur durch das Geräusch seiner Schritte, dass er sich näherte. Abrupt hörten sie auf. Er war jetzt kaum mehr als ein paar Schritte von uns entfernt und ich glaubte, ihn einen Schritt zurücktreten zu hören. Wahrscheinlich hatte er das Weiße im Gesicht von jemandem gesehen.

Es gab ein kleines Klicken und Whitecletts Taschenlampe blitzte voll auf ihn. In diesem Moment sah ich, wie sich seine Hand hob, und mit gesenktem Kopf griff ich ihn an. Der Knall seiner Pistole hallte durch die Scheune und fast gleichzeitig kam er herunter, und endlich hatte ich diese Ölzeuge fest im Griff.

Wie der Mann gekämpft hat! Erst als ich auf seinen Beinen saß und Jack und der Arzt jeweils einen Arm am Boden festhielten, hörte er auf zu kämpfen, und selbst dann hörte er nicht auf zu fluchen. Sir Francis stand über ihm, die Fackel in der Hand, und schaltete nun das Licht auf sein Gesicht. Als ich sah, was es enthüllte, hätte ich vor purer Verwirrung fast die Beine unseres

Gefangenen losgelassen. Denn dort im hellen Kreis der Fackel lag der arme Idiot Jock und verfluchte uns in fließendem Deutsch.

XVII

DER REST DER WAHRHEIT

" Tut jemand Kennst du ihn?", fragte mein Onkel.

„Das ist der Idiotensohn der Scollays !" Ich keuchte.

Ich hörte einen Ausruf sowohl von Jean als auch vom Arzt.

"Sohn?" sagte Jean. „Was! Hast du gedacht, dass Jock ein Scollay ist ?"

Scollays versorgt zu werden ", erklärte der Arzt. „Wir haben immer angenommen, dass er jemandes … ist?" Er warf Jean einen Blick zu und zögerte – „ähm – jemandes Sohn."

"Du lieber Himmel!" Ich weinte. „Was für ein Narr ich war!"

Rasch ging ich in Gedanken an meine erste Nacht im Scollay- Haushalt. Hatte man mir jemals gesagt, dass Jock ein Sohn sei? Nein, ich hatte es einfach angenommen und bin von dieser Annahme ausgegangen, ohne jemals mehr darüber nachzudenken. Und so, mit diesem undurchdringlichen Vorhang zwischen mir und jeder Möglichkeit, die Wahrheit zu erraten, hatte ich nutzlos weitergetastet.

"Narr!"

Eine raue Stimme erschreckte mich. Es war Jock, der bösartig zu mir aufsah und jetzt gutturisches Englisch sprach. Sein Gesicht war immer noch im Kreis der Fackel eingerahmt, und als ich es jetzt betrachtete, wurde mir klar , dass dort tatsächlich die ganze Zeit die Wahrheit geschrieben stand, damit ein genau beobachtendes Auge sie lesen konnte. Die Gesichtszüge dieses Mannes unterschieden sich deutlich von denen der Scollays , und vor allem waren in seinen Augen keine Schatten zu erkennen.

"Narr!" Er knurrte: „Ja, du warst ein verdammter Narr, du Hobhouse! Ach, wenn ich das gewusst hätte, hättest du ein toter Narr sein sollen!"

„Du meinst, wenn man dich nicht auch ein bisschen lächerlich gemacht hätte?" Ich empfahl.

Er war ein tapferer Mann und ein nützlicher Mann für sein Land, aber die deutsche Prahlerei ließ nach.

„Ach, aber ich hätte dich bald herausfinden sollen! Ich, du hättest es nie herausgefunden!"

Seine Augen rollten über unsere Gruppe und ich konnte sehen, dass die Neugier sogar seine Prahlerei überwand.

„Wer hat es dir erzählt?" er forderte an.

„Wenn es für Sie eine Genugtuung ist zu erfahren", antwortete Sir Francis, „Ihre Machenschaften wurden entdeckt und Sie wurden von einem Mädchen aufgespürt und gefasst." Er wandte sich an Jean und fügte hinzu: „Ein überaus kluges, mutiges und patriotisches Mädchen."

Es tut mir leid, sagen zu müssen, dass unser Gefangener seine Akte noch weiter befleckt hat. Was er sagte, war glücklicherweise auf Deutsch und die Worte am Anfang seines Satzes waren nicht die Art, die Jean kennen würde. Bevor er damit fertig war, schlug ihm mein Onkel mit dem Ende der Fackel auf den Mund.

„Halten Sie Ihre schlechte Zunge!" Er weinte und wandte sich dann ab und ich konnte sehen, wie eine Art Schauer ihn überlief.

"Gott vergib mir!" er murmelte. „Ich habe noch nie einen Mann geschlagen, als er am Boden lag!" Und dann erholte er sich ein wenig und fügte hinzu: „Aber ist ein Deutscher ein Mensch?"

In der Zwischenzeit holte Jean unter Anleitung meines Cousins bereits ein Bündel Seil aus der Ecke, und in wenigen Minuten hatten seine geübten Hände unseren Gefangenen so fest gefesselt, dass wir uns von ihm entfernen und einen hastigen Kriegsrat abhalten konnten.

„Jetzt zum Rest der Bande!" sagte mein Onkel. „Glaubst du, sie haben uns gehört und sind abgehauen?"

„Meinst du die Scollays ?" fragte Jean. „Oh, ich glaube nicht, dass sie es wussten!"

„Meine liebe junge Dame, es tut Ihnen sehr weh, wenn Sie glauben, dass Ihre Mieter solche Spiele spielen, aber sie müssen es einfach gewusst haben!"

„Wir können es uns nicht leisten, ihnen im Zweifelsfall zu vertrauen", sagte Jack
Whiteclett . „Das ist absolut sicher. Ich fürchte, ich muss sie verhaften, Miss Rendall, und je früher es vorbei ist, desto besser."

"Jack!" befahl unser Onkel: „Das ist eine Angelegenheit, mit der ich meiner Meinung nach viel besser umgehen könnte als ein hitzköpfiger junger Mann." (Man darf erwähnen, dass Commander Whiteclett in der Marine dafür bekannt war, einen bemerkenswert kühlen Kopf zu haben.) „Dr. Rendall, vielleicht sind Sie so freundlich, ein paar Minuten lang auf unseren Gefangenen aufzupassen, während wir weg sind. Roger, Geben Sie dem Arzt

Ihre Pistole. Wenn wir Sie schießen hören, Doktor, sind wir in ein paar Sekunden draußen. Jack und Roger, kommen Sie mit."

Jack und ich wechselten einen Blick, sagten aber nichts. Unser Onkel hielt immer noch die Fackel in der Hand und führte sie vor sich her, während er aus der Scheune hinausging. Wir folgten ihm, aber ich fürchte, mein Blick blickte über meine Schulter. Ich sah, wie Jean dem Arzt ihre eigene Taschenlampe in die Hand gab und dann hinter mir herlief.

„Darf ich auch kommen!" Sie flüsterte.

"Natürlich!" Ich sagte: „Sie haben das Kommando über die Partei – oder sollten es sein!" und raus gingen wir zusammen.

Das Gehen auf dem Hof war schwierig, und es schien jede Entschuldigung dafür zu geben, dass ich ihren Arm nahm, aber keine dafür, dass sie Einwände erhob; sie tat es auch nicht.

„Wer ist dieser entzückende, willkürliche alte Herr?" fragte sie in mein Ohr. „Du hast mich nie vorgestellt!"

„Unser Onkel", murmelte ich zurück. „Jack und ich haben beide Erwartungen, also müssen wir ihm seinen Kopf geben!"

Ich muss sagen, dass Sir Francis unseren Eintritt in das Haus der Scollays sehr effektiv inszeniert hat. Als er leise die Tür öffnete, drängte er uns alle dicht hinter sich, ganz wie eine Räuberbande, so dass wir einander auf den Fersen waren und ein oder zwei Meter durch den schmalen Durchgang gingen. Die Scollays saßen alle um den Küchentisch, als die Gestalt unseres Onkels plötzlich aus der Dunkelheit aufragte, seine Pistole den Kopf von Peter Senior verdeckte und seine Stimme donnerte:

"Hände hoch!"

Beim ersten Befehl schnappten sie einfach nach Luft.

„Hände hoch oder ich schieße!" donnerte Sir Francis noch einmal, und alle Händepaare hoben sich, und außerdem blieben sie oben.

„Ihr Verbündeter ist gefangen und hat alles gestanden!" verkündete Sir Francis.

Die Familie zitterte sichtlich, wirkte aber erstaunter als je zuvor.

„Diesen Kerl nennen sie …" Mein Onkel schaute über seine Schulter und flüsterte: „Wie zum Teufel hieß der Kerl?" Und dann wieder mit seiner lärmenden Stimme: „Dieser Kerl namens Jock hat gestanden! Ich weiß also alles darüber. Was habt ihr selbst zu sagen?"

Ich sah, wie ihre verwirrten Augen von einem zum anderen der Familie wanderten, und einen Moment später fragte Mrs. Scollay mit zitternder Stimme:

„Was ist mit Jock passiert, sagen Sie, Sir?"

„Er hat *gestanden* !" wiederholte mein Onkel. „Wir wissen, dass er ein deutscher Spion ist!"

Er starrte nacheinander jedes verblüffte Gesicht an und rief dann über seine Schulter:

„Beim Himmel, ich glaube tatsächlich nicht, dass sie es wussten!"

„Ich glaube, Sir, wenn Sie erlauben", schlug mein Cousin vor, „würde ich gerne ein paar Fragen stellen."

„Na ja", knurrte unser Onkel, „feuer los!"

Wir marschierten alle in die Küche und verhörten zu viert nacheinander die Familie, so dass wir am Ende eine ziemlich gute Vorstellung davon bekamen, wie das Land lag.

Scollays zwei Jahre zuvor von einem höflichen Fremden besucht worden waren, der offenbar zur Touristenart gehörte. Nachdem dieser Herr die gesunde, aber dennoch zurückgezogene Lage ihres Wohnsitzes bewundert hatte, wurde er plötzlich von einer Eingebung gepackt. Genau der Ort für einen unglücklichen jungen Mann aus seinem Bekanntenkreis! schrie er und fragte sie daraufhin, ob sie sich um einen tadellosen, hilflosen, harmlosen Idioten kümmern könnten. Der Fremde deutete an, dass es die besten Gründe dafür gebe , warum die Eltern dieses Unglücklichen wünschten, er würde im Hintergrund bleiben. Wie es schien, war er zuvor mit Brettern verpfändet worden, aber zu nahe an seinem Zuhause, und jetzt war hier ein idealer, abgelegener Ort für seinen Ruhestand! Die Bedingungen waren so gut, dass weitere Nachforschungen seitens der Scollays überflüssig schienen, und so war Jock innerhalb einer Woche angekommen.

Seine Unschädlichkeit war absolut garantiert, vorausgesetzt, dass ihm keinerlei Beschränkungen auferlegt wurden und jeder kleinen unschuldigen Fantasie freien Lauf ließ. So wanderte er zu jeder Tages- und Nachtzeit über die ganze Insel, manchmal sogar nachts, wenn ihm der Sinn nach Lust und Laune gefiel, bis dies für den harmlosen Jock als normal akzeptiert wurde. Eine weitere unschuldige Laune, die er hatte, war, eine Sammlung von Müll zu sammeln und sie in einer Kiste in der Scheune aufzubewahren. Er hatte sogar „Lock! Lock!" wiederholt. und stampfte mit seinem harmlosen Fuß auf, bis sie ihm gutmütig ein Schloss und einen Schlüssel für diese Schatztruhe gaben. Und so wurde Jock lange vor August 1914 mit einem Charakter ausgestattet, der seine Gewohnheiten über jeden Verdacht erhaben machte, und mit einem Tresor, den niemand im Traum untersuchen würde.

Zwei- oder dreimal besuchte derselbe höfliche Tourist die Insel, um zu sehen, wie man sich um den armen, wahnsinnigen jungen Mann kümmerte, und bei diesen Gelegenheiten machte er mit Jock einen ziemlich langen Spaziergang und versicherte der Familie anschließend, dass es sich um einen Gast handelte Die Gesundheit kam sehr gut voran. Aber dieser Herr hatte die Insel offenbar seit dem Krieg nicht mehr besucht.

Das war die Geschichte der Scollays , und ich denke, wir alle glaubten, dass sie im Wesentlichen wahr war. Tatsächlich hat es seitdem allen Beweisen standgehalten, die zu seiner Überprüfung zur Verfügung standen. Gleichzeitig schien es ziemlich klar, dass ihre Gier sie blinder gemacht hatte, als es irgendjemand ohne ein starkes Geldinteresse jemals hätte sein können. Aus Angst, ihre kleine Goldgrube zu verlieren, hatten sie ihre Augen geschlossen, obwohl Menschen mit durchschnittlichem gesunden Menschenverstand sie weit geöffnet hätten. Unsere Fragen überzeugten sie davon, und am Ende sagte Whiteclett nachdrücklich, dass die beiden Peters schon in dieser Nacht mit ihm zur weiteren Untersuchung aufbrechen müssten, schon allein deshalb nicht.

„Ich lasse Sie für einen Moment hier bei ihnen, Sir, während ich mir den anderen Gefangenen ansehe", sagte er schnell, bevor unser Onkel beginnen konnte, die Befehle zu erteilen, von denen wir wussten, dass sie kommen würden, und machte ein Zeichen dazu Jean und ich eilten hinaus.

Wir waren ihm auf den Fersen und folgten ihm zur Scheune. Dort lag Jock immer noch gefesselt, während der Arzt über ihm saß.

„Hat er etwas zu dir gesagt?" fragte mein Cousin, als er den Arzt beiseite gerufen hatte.

Dr. Rendall lächelte unter seinem grauen Schnurrbart.

„Er bot mir 200 Pfund in Gold an, die ich auf den Nagel zahle, wenn ich ihn freilassen würde. Wir müssen morgen nach dem Geld suchen, Whiteclett ."

"Irgendetwas anderes?"

„Kein Wort, nachdem ich mich geweigert hatte, und ich bin davon überzeugt, dass Sie bis zu seiner Hinrichtung nie wieder ein Wort aus dem Mann herausbekommen werden."

„Er scheint so einer zu sein", stimmte mein Cousin zu. „Und jetzt, Doktor, werden Sie und ich ihn ins Haus tragen und Sir Francis Gesellschaft leisten. Dann werden wir drei alle Gefangenen im Auge behalten, bis ich ein paar Kerle aus dem Drifter holen kann, um sie zu begleiten. Tun Sie es „Macht es dir etwas aus, zum Boot zu gehen, Roger, und eine Gruppe hochzuschicken? Kannst du dich im Dunkeln zurechtfinden?"

„Ich werde einen Wechsel vornehmen."

Hause geht, bringt sie Sie vielleicht auf den richtigen Weg", schlug er vor.

" Natürlich werde ich!" sagte Jean.

Als ich ihn verließ, drückte Jack meine Hand und flüsterte:

„Sag nie wieder, dass ich nicht taktvoll bin, Roger! Herzlichen Glückwunsch, alter Junge, wenn ich mich nicht irre, hast du ein Triple-Event auf die Beine gestellt!"

"Verdreifachen?"

„Das ist einer", sagte er und zeigte auf unseren Gefangenen, „Onkel Francis ist ein anderer, und ich wette mit dir, Sixpence, dass ich mit dem dritten Recht habe, sobald du dir diesen dreckigen Bart rasierst. Verschwinde jetzt mit dir und tu es nicht." Lass eine Dame warten!"

XVIII

DIE FROSTIGE STRASSE

Manchmal gingen wir und manchmal trotteten wir im Gleichschritt Seite an Seite, ihren Arm in meinen, wo ich es überredet hatte, sich zu wagen, und wo es mich begeisterte, weil es blieb. Persönlich war ich nicht im Geringsten darauf bedacht, unseren Auftrag bald zu Ende zu bringen, aber Jean brannte voller Eifer, meine Verwandten durch die Schnelligkeit, mit der wir Verstärkung brachten, in Erstaunen zu versetzen, und so eilten wir im Trab und im Schritt die gefrorene Straße hinunter In dieser schwarzen Märznacht wurde geredet, geredet, fast bei jedem Schritt.

Sie war es, die begann, sobald wir die Farm verlassen hatten.

„Gehen Ihr Onkel und Captain Whiteclett heute Abend zurück?" fragte sie ängstlich, und als ich sagte, ich wüsste es nicht, rief sie: „Na dann muss ich zurückkommen und sie sehen, falls sie gehen. Es war keine Zeit, es zu erklären, und man muss ihnen sagen, dass es einfach meine Dummheit war." Das hat dich daran gehindert, Jock früher zu fangen!"

"Dein was?" rief ich aus.

„Ja, ich hätte sehen sollen, dass du nicht wusstest, dass er nicht zur Familie gehört!" sie bestand darauf. „Und das war einer der Gründe, warum ich mich erneut eingemischt habe, obwohl ich geschworen hatte, es nicht zu tun. Ich dachte, wenn du ihn nicht verdächtig hättest, hätte ich mich vielleicht geirrt, und wenn ich es getan hätte, hättest du es nie getan." Ich habe wieder meinen „Vermutungen" vertraut; deshalb wollte ich Beweise haben, die ich Ihnen zeigen kann. Aber das ganze Verdienst liegt wirklich bei Ihnen."

Unsere Debatte zu diesem Punkt war zu einseitig, um aufgezeichnet zu werden. Und obwohl meine Argumente unwiderstehlich waren, beharrte sie darauf – und beharrt bis zum heutigen Tag –, dass ich Jock, den Spion, auf die eine oder andere Weise entlarvt hätte.

„Nun, belassen wir es dabei", sagte ich schließlich. „Als Miss Rendall verkleidet, allein habe ich es getan! Und jetzt sagen Sie mir, warum Sie den Mann verdächtigt haben?"

„Erst als du mir erzählt hast, dass du ihn am Tag des Mordes an den Klippen getroffen hast, dachte ich plötzlich an Boltons Entdeckung und dann wurde mir klar, dass er Jock gemeint haben musste. Zumindest habe ich es vermutet, aber ich wusste, dass es so aussehen würde Die wildeste Idee, bis es etwas mehr Beweise gab, und so beschloss ich, ein paar Nachforschungen anzustellen und Ihnen dann sofort zu sagen, ob an meiner Idee etwas dran zu sein schien. Also ging ich am nächsten Morgen zu den Scollays und stattete ihnen einen freundlichen Besuch ab und begann über Jock und seine Gewohnheiten und Bewegungen zu sprechen, und ich fand heraus, dass er für einen Großteil des Tages, als Bolton ermordet wurde, verschwunden war. Ich fand auch heraus, dass er nachts oft draußen war und dass er diese verschlossene Kiste in der Scheune aufbewahrte.

„ Also warst du dir sicher?"

„Das hätte ich getan, wenn du mich nicht etwas weniger zuversichtlich gemacht hättest, was meine Vermutungen angeht. Trotzdem hätte ich es dir am nächsten Morgen gesagt, aber als du mir die Brieftasche gezeigt hast, schienst du so zuversichtlich zu sein, dass du mich ziemlich erschüttert hast. Und dann Ich beschloss, selbst in die Kiste einzubrechen und nach Beweisen zu suchen.

„Das ist das Einzige, was ich dir nicht ganz verzeihen kann: dieses ganze Risiko alleine einzugehen!"

„Aber das war genau der Punkt! Irgendwie hatte ich mir in den Kopf gesetzt, dass, nachdem ich Sie herausgefunden hatte, er es vielleicht auch getan hatte, und ich erinnerte mich daran, was mit Bolton passiert war, und ich konnte nicht zulassen, dass Sie das Risiko eingingen, als es soweit war." ganz ungefährlich für mich!"

"Relativ sicher!" rief ich aus. „Ganz sicher, wenn er dich beim Öffnen seiner Schachtel erwischt hätte?"

„Oh, da muss man ein *kleines* Risiko eingehen“, gab sie zu. „Aber ich wusste, dass er mich niemals verdächtigen würde, wenn er mich nicht tatsächlich erwischte.“

„Nun“, sagte ich, „ jeder hat seine eigene Vorstellung davon, was ein Softjob ist. Aber Sie dachten, es lohnt sich, für meinen Cousin zu telegrafieren?“

„Glauben Sie mir“, sagte sie ernst, „ich habe mich erst wirklich dazu entschlossen, nachdem Sie zurückgekehrt waren und ich Sie nicht um Rat fragen konnte! Ich habe darüber nachgedacht, als Sie bei mir waren, aber Sie waren sich so sicher, dass es keine gab. "Ich brauchte eine Verkabelung, von der ich dachte, dass Sie mir auf jeden Fall die Erlaubnis verweigern würden …“

„Und Sie haben sich also entschieden, eine Entscheidung zu treffen, nachdem ich gegangen war? Ich verstehe! Nun, ich kann nur sagen, dass ich sehr umsichtig behandelt wurde.“

„Du bist furchtbar gutmütig!“ erklärte sie, offenbar in aller Aufrichtigkeit.

Zu diesem Zeitpunkt hatte ich es aufgegeben, über meine Tugenden zu diskutieren.

„Es ist diese Seeluft“, sagte ich bescheiden und genoss das köstliche Gefühl, sie im Dunkeln lächeln zu sehen und mir vorzustellen, wie süß sie aussehen würde, wenn es heller wäre.

Während wir in dieser Nacht jeden Vorfall gemeinsam durchgingen, während wir über die Insel eilten, stellte ich mit Freude fest, dass ein Teil meines Verhaltens durch die Ereignisse völlig gerechtfertigt war. Wenn ich in dieser ersten Nacht nicht sofort die Rolle eines Hunnenkollegen übernommen hätte, wäre ich jetzt sicherlich nicht mit Jean Rendall unterwegs gewesen. Zweifellos hatte ich meinen Feind bis zu jenem unglücklichen Sonntagnachmittag wach gehalten, als ich den fatalen Fehler begangen hatte, den plappernden Jock als Verbündeten zu gewinnen, sonst wäre ich schon längst tot gewesen.

„Du hast richtig geraten“, sagte ich. „Das war, als ich mich verriet – nur dass es niemandem hinter einer Mauer passierte! Und weißt du, ich glaube, der Kerl hat mich tatsächlich mit der richtigen Antwort auf das Schaf-Rätsel versucht, nur dass ich nichts daraus herausbekommen konnte. War Ich bin ein Idiot, oder irgendjemand sonst haben das Gleiche getan?“

"Irgendjemand!" sagte sie mit Überzeugung. „Und glauben Sie nicht, dass ich gerade jetzt darüber nachgedacht habe, warum er am nächsten Tag aufgehört hat zu schießen?“

„Ich fange an, das zu glauben. Er war schlau genug, um zu erkennen, dass es sich nicht lohnte, ein Risiko einzugehen, obwohl er beim nächsten Mal wahrscheinlich einen Schuss im Sitzen bekommen könnte. Und er hätte mich erwischt, wenn Sie mich nicht verhaftet hätten. Himmel! Wenn ich an diesen Mann denke, der sich im Alleingang der britischen Marine und der britischen Polizei widersetzte und es tatsächlich jedem Verfolger, den er für gefährlich hielt, unmöglich machte, auf dieser Insel am Leben zu bleiben! Bolton ging, der arme Kerl, und ich wäre gegangen, wenn du nicht gewesen wärest ."

Vielleicht habe ich ihren Arm ein wenig gedrückt. Jedenfalls antwortete sie einen Moment lang nichts und sagte dann mit leiser Stimme:

„Armer Bolton! Oh, du hast keine Ahnung, wie viel Angst ich an diesem Morgen hatte, als ich die Nachricht hörte!“

Ich wusste, dass es nicht um sie selbst ging, sie hatte Angst und mein Herz schlug schneller.

„Ich frage mich, wie es passiert ist“, fuhr sie fort. „Das habe ich mich seitdem oft gefragt!“

„Wenn ich es auch raten darf“, sagte ich, „sollte ich sagen, dass Bolton zweifellos auf dem richtigen Weg war. Er hatte herausgefunden, dass Jock nicht zur Familie gehörte, und war misstrauisch gegenüber seinen Bewegungen geworden, aber man kann davon getrost ausgehen.“ Jock beobachtete ihn wie eine Katze eine Maus – höchstwahrscheinlich gelang es ihm, Boltons Nachfragen zu belauschen, und er legte absichtlich eine Fährte für ihn ab, die ihn zu den Klippen führte.

„Das klingt sehr wahrscheinlich“, sagte sie. „Und dann nahm er Boltons Taschenbuch und machte diese Einträge.“

„Dieses Taschenbuch ist ziemlich ein heikles Thema!“ Ich sagte .

Ich hörte ein leises Gelächter, aber dann wusste sie nicht, wie schmerzhaft das Thema war. Meine Szene mit dem unglücklichen Arzt war wohl kaum meine glücklichste Erinnerung an Ransay.

Und so trabten und gingen wir weiter und unterhielten uns, und mit der Zeit wurde mir immer deutlicher klar, dass ich der glücklichste Mann der Welt sein würde, wenn dies nur der erste von zehntausend Abenden mit ihr wäre . Außerdem wurde mir klar , dass sie aus irgendeinem Grund zu glauben schien, ich hätte etwas ziemlich Heldenhaftes getan , als ich an den Ort zurückkehrte, an dem ich beinahe von der Sense getroffen und erschossen worden wäre, und den unbekannten Feind mit einer Hand angegriffen habe; besonders nachdem sie zufällig herausgefunden hatte, dass ich verwundet worden war. Es machte mich – nun ja, ein wenig beschämt und schreckliche

Angst davor, entdeckt zu werden, obwohl sie mich besser kannte, aber im Moment war ich außerordentlich glücklich.

Ohne eine ernüchternde Tatsache hätte ich ihr alles sagen sollen, was ich fühlte und hoffte, bevor dieser Spaziergang zu Ende war. Der Bart von Thomas Sylvester Hobhouse wedelte immer noch zwischen uns. Solange ich diesen schwarzen, haarigen Schrecken nicht losgeworden war, würde ich meine Chancen auf Glück nicht riskieren. Es war stockfinster, das gebe ich zu, aber in bestimmten heiklen Situationen, nun ja, wenn ich ein Mädchen wäre, würde ich energisch dagegen sein, besonders wenn ich wüsste, dass es gefärbt war, und nicht wüsste, ob die Farbe auslaufen würde.

Und so schickten wir Verstärkung herauf, und dann sah ich sie nach Hause und eilte selbst mit tanzendem Herzen zurück, um die anderen zu treffen.

XIX

UNSER MORGENANRUF

John Whiteclett und die drei Gefangenen gingen sofort an Bord, aber der Arzt und ich konnten meinen Onkel leicht überreden, die Nacht bei uns zu verbringen. Er war sehr steif, der arme alte Junge, nach seinen Anstrengungen und ging früh zu Bett, aber ich hatte eine anstrengende Nacht. Mit Hilfe der Rasierer des Arztes und seiner medizinischen Fähigkeiten konnte ich gegen 2 Uhr morgens endlich den Bart und die Farbe loswerden und schlief wieder als glattrasierte Blondine ein.

Während des Frühstücks am nächsten Morgen bemerkte ich mehr als einmal, dass die Augen meines Onkels auf sehr bedeutsame Weise auf mich gerichtet waren, und Dr. Rendall schien es auch zu bemerken, denn als das Frühstück vorbei war, überließ er uns taktvoll uns selbst .

„Hm, du hast keine Zeit verloren, dich wieder wie ein Christ aussehen zu lassen, fällt mir auf", begann mein Onkel.

„Ich habe keine Zeit verloren, Sir, aber ich versichere Ihnen, es war eine teuflisch steife Bekehrung."

„Und was hattest du so eilig, Roger?"

„Es liegt mir daran, dir Ehre zu machen, Onkel Francis."

„Sie werden verdammt plötzlich zu einem pflichtbewussten Neffen", bemerkte   Sir Francis.

„Es ist in diesem einsamen Leben entstanden", erklärte ich.

„Was sollen wir in diesem Fall heute Morgen mit uns selbst machen? Sehen wir uns den Schauplatz der Affäre von gestern Abend noch einmal an, nicht wahr?“

„Ich dachte, ein Spaziergang in die andere Richtung könnte Ihnen einen besseren Eindruck von dieser interessanten Insel vermitteln“, schlug ich vor.

„Gibt es in der anderen Richtung etwas zu sehen?“ erkundigte er sich, immer noch mit der gleichen Ernsthaftigkeit, aber mit einem Auge, das ab und zu unabsichtlich zwinkerte.

„Ich dachte daran, Sie dem Besitzer der Insel vorzustellen, Sir.“

Mein Onkel sah mich einen Moment lang starr an und fragte dann plötzlich:

„Willst du sie heiraten, Roger?“

„Das muss ganz allein sie sagen, Onkel Francis.“

„Nun, du wirst verdammtes Glück haben, wenn sie ‚Ja‘ sagt! Übrigens, was wirst du heiraten?“

Das war eine etwas heikle Frage, aber ich hielt es für das Beste, offen zu sein.

„Die angekündigte Belohnung“, antwortete ich.

„Wofür, darf ich fragen?“

„Dafür, dass du den Spion gefangen hast.“

„Oh, das behaupten *Sie !*“

"Nein sie tut."

Mein Onkel lächelte wohlwollend.

„Das ist schon in Ordnung, Alter“, sagte er, „und das werde ich ihrem Vater verraten. Komm schon! Jetzt bist du rasiert, worauf wartest du noch?“

„Ihr Segen, Sir; aber ich bin jetzt bereit.“

Schon das Wetter war ermutigend, denn der Wind hatte erheblich nachgelassen, und es war gerade kalt genug, um uns in bester Laune über die gefrorene Straße hinausschreiten zu lassen. Mein Onkel pfiff mehrere Male im wahrsten Sinne des Wortes, und einmal bemerkte er *à propos* nichts:

„Ich habe diesen Typ selbst immer bewundert!“

Unter welchem anständigen Vorwand ich es geschafft habe, Jean innerhalb von zwei Minuten nach ihrem Eintreffen bei ihrem Vater aus der Bibliothek zu holen, oder ob es tatsächlich anständig war, meine Erinnerung ist leer. Ich wusste, dass sie mich liebte, weil sie so schnell zu mir kam, und sie kannte mein Herz, weil ich sie darum gebeten hatte. Und wie wir beide am Abend zuvor wirklich wussten, musste kaum eine Frage gestellt und beantwortet werden. Und das ist das Ende von Jeans und meiner Rolle in der Geschichte.

* * * * *

Was diesen mutigen, brutalen und außergewöhnlichen Mann betrifft, der sich zwei Jahre lang als Idiot ausgegeben hatte, um den Ambitionen seines Landes zu dienen, indem er die Rolle einer Art isolierter lebender Basis für die deutsche Marine spielte, als Spion, als Zerstörer, und als Mörder habe ich bis heute weder seinen Namen noch seine Vergangenheit erfahren. Ich glaube, dass er nach seinem ersten Blasphemieausbruch bis zu seinem baldigen Ende beharrlich geschwiegen hat. Er lebte und starb wie ein wildes, listiges, fleischfressendes Tier; oder mit anderen Worten, wie seine Herren, die ihn beschäftigten.